RESSURREIÇÃO

Jason Mott

RESSURREIÇÃO

Tradução
Luiz Augusto da Silveira

2ª edição
Rio de Janeiro-RJ / Campinas-SP, 2014

Editora: Raïssa Castro
Coordenadora editorial: Ana Paula Gomes
Copidesque: Tássia Carvalho
Revisão: Maria Lúcia A. Maier
Projeto gráfico: André S. Tavares da Silva
Capa: Adaptação da edição original (© Harlequin Books S.A., 2013)
Arte da capa publicada mediante acordo com Harlequin Books S.A.

Título original: *The Returned*

ISBN: 978-85-7686-282-6

Copyright © Jason Mott, 2013
Todos os direitos reservados.
Edição publicada mediante acordo com Harlequin Enterprises II B.V./S.à.r.l.

Tradução © Verus Editora, 2014
Direitos reservados em língua portuguesa, no Brasil, por Verus Editora. Nenhuma parte desta obra pode ser reproduzida ou transmitida por qualquer forma e/ou quaisquer meios (eletrônico ou mecânico, incluindo fotocópia e gravação) ou arquivada em qualquer sistema ou banco de dados sem permissão escrita da editora.

Verus Editora Ltda.
Rua Benedicto Aristides Ribeiro, 41, Jd. Santa Genebra II, Campinas/SP, 13084-753
Fone/Fax: (19) 3249-0001 | www.veruseditora.com.br

CIP-BRASIL. CATALOGAÇÃO NA FONTE
SINDICATO NACIONAL DOS EDITORES DE LIVROS, RJ

M876r

Mott, Jason
    Ressurreição / Jason Mott ; tradução Luiz Augusto da Silveira. - 2. ed. - Campinas, SP : Verus, 2014.
    23 cm.

Tradução de: The Returned
ISBN 978-85-7686-282-6

    1. Ficção americana. I. Silveira, Luiz Augusto. II. Título.

14-08181
                                             CDD: 813
                                             CDU: 821.111(73)-3

Revisado conforme o novo acordo ortográfico

AGRADECIMENTOS

Ninguém é uma ilha, e nenhum escritor escreve isolado. "Obrigado" me parece pouco, mas, até que possa brindar pessoalmente com cada um de vocês, aqui vai:

À minha agente, Michelle Brower, e a Charlotte Knott, que pegaram um escritor desajeitado, inseguro e de olhar bovino, e também seu manuscrito, ajeitaram tudo e fizeram com que um acreditasse no outro.

À minha editora, Erika Imranyi, que me conduziu para além das armadilhas e me apoiou até o fim. Eu não sabia o que esperar quando tivesse minha primeira editora, mas não imaginava que seria tão maravilhoso.

A Maurice Benson e Zach Stowell, o melhor par de Rybacks que um Ryback poderia querer. Obrigado por todos aqueles bifes, videogames, refrigerantes e filmes de ação dos anos 80 — e, mais importante, obrigado por me manterem na real, motivando-me sempre ao trabalho. Pela liberdade!

A Randy Skidmore e Jeff Carney, que arrumaram tempo e suportaram a aridez desértica do primeiro rascunho deste romance. A coragem que demonstraram lhes garantiu lugar cativo em Valhala.

A meu irmão de escrita, Justin Edge, por todas as sessões de planejamento que estabeleceram a base deste romance. Sem todas as horas que compartilhamos verificando a história, as personagens e todo tipo de ideia, nada disto teria sido possível.

A minha outra irmã, Angela Chapman Jeter, pela conversa que tivemos naquele dia no estacionamento do trabalho. Há muitos e muitos momentos pelos quais lhe sou grato, mas naquela ocasião eu estava à beira do abismo. Você soube me tranquilizar e, a partir daí, tudo de maravilhoso começou a acontecer.

A Cara Williams, pelos contínuos anos de estímulo e por acreditar que isto seria possível. A língua inglesa não tem palavras suficientes para registrar todo meu agradecimento por seu apoio. Você é maravilhosa demais para alguém como eu.

Aos muitos outros amigos e amigas, pessoas que me apoiaram e colegas escritores que me ajudaram a tornar esta obra uma realidade: Michelle White, Daniel Nathan Terry, Lavonne Adams, Philip Gerard, o Departamento de Escrita Criativa da Universidade da Carolina do Norte, em Wilmington, Bill Shipman, Chris Moreland, Dan Bonne e sua extraordinária trupe da ILY (imleavingyoutheshow.com), Mama & Papa Skidmore (Brenda e Nolan, também conhecido como Mr. Skid), por me fazerem sentir como parte da família, Mama & Papa Edge (Cecelia & Paul), por também terem me adotado, Samantha Haydn e Marcus Edge, William Coppage, Ashley Shivar, Anna Lee, Jacqueline Bort, Ashleigh Kenyon, Ben Billingsley, Kate Sweeney, Andy Wiles, Dave Rappaport, Margo Williams, Clem Doniere e William Crawford.

A todos da MIRA e da Harlequin, por fazerem com que isso tudo pareça um sonho incrível. O apoio, o entusiasmo e a força que me ofereceram foram impressionantes, e por isso lhes serei eternamente grato. Espero deixar vocês todos orgulhosos.

À minha família: Sweetie, Sonya, Justin, Jeremy, Diamond, Aja e Zion, por toda uma vida de amor e apoio.

Acima de tudo, à minha mãe e ao meu pai: Vaniece Daniels Mott e Nathaniel Mott Jr. Embora já tenham partido, estarão sempre comigo.

1

HAROLD ABRIU A PORTA E viu um homem de pele escura e terno bem cortado sorrindo para ele. Primeiro pensou em agarrar a espingarda, mas lembrou que Lucille o obrigara a vender a arma por causa de um incidente envolvendo um pastor andarilho e uma discussão sobre cães de caça.

— Posso ajudar? — quis saber Harold, apertando os olhos contra a luz do sol, que fazia o homem escuro de terno parecer ainda mais escuro.

— Sr. Hargrave? — indagou o homem.

— Pode ser...

— Quem é, Harold? — perguntou Lucille da sala. Ela assistia à televisão, aflita com o âncora do telejornal que falava de Edmund Blithe, o primeiro dos Ressurgidos, e de como a vida de Edmund havia mudado agora que estava vivo novamente.

— *É melhor da segunda vez?* — questionou o jornalista na TV, olhando para a câmera, transferindo o ônus da resposta para os espectadores.

As folhas do carvalho no quintal da casa farfalharam, mas o sol já baixara a ponto de projetar seu brilho entre os galhos e diretamente nos olhos de Harold. Ele levou a mão à testa para fazer sombra, mas ainda assim o homem escuro e o garoto não passavam de silhuetas sobrepostas ao pano de fundo verde e azul produzido pelos pinheiros às margens do quintal, vistos contra o céu claro para além das árvores. Embora o homem fosse magro, o meticuloso terno lhe impunha uma forma quadrada. O garoto era pequeno para os oito ou nove anos de idade que Harold supunha que tivesse.

Harold piscou. Ajustou ainda mais o olhar.

— Quem é, Harold? — perguntou Lucille de novo, ao perceber que continuava sem resposta.

Harold ficou parado na entrada, piscando como uma luz de alerta, enquanto fitava o menino que cada vez mais lhe consumia a atenção. As sinapses começaram a se movimentar nos recônditos de seu cérebro, até que, com seus estalidos, lhe disseram quem era aquele garoto de pé ao lado do estranho de pele escura. Harold, no entanto, tinha certeza de que seu cérebro estava errado. Refez as contas, e a resposta continuou a mesma.

Na sala, a imagem na TV mudou para um monte de punhos agitando-se ao som de um bando de gente que segurava cartazes e falava alto, e em seguida para soldados armados, parados como estátuas, imponentes como só homens investidos de autoridade e carregados de munição conseguem ser. No centro da imagem, destacava-se a pequena casa geminada de Edmund Blithe, com as cortinas fechadas. Tudo o que se sabia era que ele estava em algum lugar ali dentro.

Lucille balançou a cabeça.

— Dá para imaginar? — disse. E logo acrescentou: — Quem está aí, Harold?

Harold continuou parado no umbral, embevecido com o menino: baixo, pálido, sardento, a cabeleira castanha parecendo um esfregão. Usava uma camiseta de estilo antigo, calça jeans, e, nos olhos, uma espécie de alívio — olhos que nada tinham de parados ou fixos, mas que, marejados, fremiam de vida.

— O que é que tem quatro patas e faz "Buuuuu"? — perguntou o garoto com a voz trêmula.

Harold limpou a garganta, incerto momentaneamente até sobre aquilo.

— Não sei — respondeu.

— Uma vaca com resfriado! — Então o menino abraçou o velho homem pela cintura, soluçando: — Papai! Papai! — antes que Harold tivesse tempo de confirmar ou negar. Estupefato, Harold perdeu o equilíbrio, apoiando-se no batente da porta. Movido por um instinto paterno há muito adormecido, afagou a cabeça do garoto.

— Shh — sussurrou. — Shh.

— Harold? — chamou Lucille, finalmente despregando os olhos da TV, certa de que algum horror viera assombrar sua porta. — Harold, o que está acontecendo? Quem é?

O homem passou a língua nos lábios.

— É... É... — Queria dizer "Joseph". — É o Jacob — disse por fim.

Felizmente para Lucille, havia o sofá para lhe amortecer a queda quando desmaiou.

* * *

Jacob William Hargrave morrera em 15 de agosto de 1966 — de fato, no dia do seu oitavo aniversário. Nos anos seguintes, o pessoal da cidade falava sobre a morte dele tarde da noite, quando não conseguiam dormir. Viravam-se na cama para acordar o cônjuge e conversar aos sussurros sobre as incertezas do mundo e as bênçãos que os agraciavam, e sobre quanto era preciso valorizá-las. Por vezes, levantavam-se da cama, parando juntos na entrada do quarto dos filhos para vê-los dormir e ponderar em silêncio sobre a natureza de um Deus que tirava uma criança deste mundo tão cedo. Afinal de contas, eram sulistas morando numa cidadezinha pequena; como seria possível que semelhante tragédia não os levasse a Deus?

Com a morte de Jacob, sua mãe, Lucille, passou a contar que soubera que algo terrível ia acontecer naquele dia por causa do que havia ocorrido justo na noite anterior.

Naquela noite, ela sonhara que seus dentes caíam. E isso — contara-lhe sua mãe havia muitos anos — era presságio de morte.

No decorrer da festa de aniversário de Jacob, o tempo todo Lucille procurou ficar de olho não só no filho, mas em todos os convidados. Ligeira como um passarinho agitado, ela se movimentava entre as pessoas, a cada uma perguntando como estava, se tinha comido o suficiente, comentando quanto ele ou ela havia emagrecido desde a última vez em que se tinham visto, ou então como suas crianças haviam crescido e, volta e meia, como estava bonito o tempo. O sol brilhava em toda parte, e tudo estava verde naquele dia.

A aflição de Lucille a transformou em uma excelente anfitriã. Nenhuma criança ficou sem comer, nenhum convidado sem ter com quem conversar. Ela tinha até mesmo convencido Mary Green a tocar piano mais para o fim de tarde. A voz da mulher era mais doce que mel, e Jacob, apesar da pouca idade, tinha uma queda por ela, levando Fred, o marido de Mary, a provocar frequentemente o menino. Aquele foi um bom dia, até a hora em que Jacob desapareceu.

Sumiu sem ninguém perceber, como sabem fazer as crianças e outros pequenos mistérios. Eram entre três e três e meia, conforme Harold e Lucille mais tarde contaram à polícia, quando, por razões que só o menino e a terra conhecem, Jacob foi dar no lado sul do quintal, passou pelos pinheiros, atravessou o bosque e chegou até o rio, onde, sem licença nem explicação, se afogou.

* * *

Poucos dias antes de o homem da Agência aparecer, Harold e Lucille haviam conversado sobre o que fariam se, quem sabe, Jacob estivesse entre os Ressurgidos.

— Eles não são pessoas — disse Lucille, contorcendo as mãos. Estavam na varanda, onde se davam todos os acontecimentos importantes.

— Nós não poderíamos simplesmente mandá-lo embora — Harold falou à mulher e bateu o pé. O tom da discussão rapidamente se elevara.

— Eles simplesmente não são pessoas — repetiu ela.

— Bom, mas se não são pessoas, o que são? Vegetais? Minerais? — Os lábios de Harold coçavam por um cigarro. Fumar sempre o ajudava a levar vantagem nas discussões com a mulher, o que o fazia suspeitar ser essa a razão principal de ela reclamar tanto do hábito.

— Deixe de ser petulante comigo, Harold Nathaniel Hargrave. O assunto é sério.

— Petulante?

— Petulante, sim! Você é petulante o tempo todo. Sempre disposto a petulâncias!

— Pelo amor de Deus. Ontem foi o quê, "falastrão"? E hoje é "petulante", hein?

— Não me ridicularize por eu tentar ser uma pessoa melhor. Minha mente continua afiada como sempre, talvez até mais. E não queira mudar de assunto, viu?

— Petulante. — Harold acentuou com tanta força a última sílaba que um reluzente perdigoto se projetou para além da balaustrada. — Hã.

Lucille deixou para lá.

— Não sei o que eles são. Só sei que não são como você e eu. São... São... — Fez uma pausa, preparando a palavra na boca, letra por letra. — São demônios — soltou finalmente. Então se contraiu, como se a palavra pudesse se voltar contra ela e mordê-la. — Eles vieram para nos matar. Ou nos tentar! Vivemos o fim dos tempos. "Quando os mortos caminharão sobre a terra." Está na Bíblia!

Harold fungou, ainda pensando no "petulante", e enfiou a mão no bolso.

— Demônios? — disse, buscando reencontrar o fio da meada enquanto a mão localizava o isqueiro. — Demônios não passam de superstições. Produtos de mentes pequenas e de imaginações ainda menores. Se há uma palavra que devia ser abolida dos dicionários, é *demônios*. Ha! Esta sim é uma palavra petulante. Não tem nada a ver com o jeito que as coisas realmente são, nada a ver com essa gente "ressurgida"... E pode ter certeza, Lucille Abigail Daniels Hargrave, que eles são mesmo gente. E podem vir andando para lhe dar um beijo. Nunca vi um demônio que pudesse fazer isso... Se bem que, antes de nos casarmos, teve uma loira em Tulsa, numa noite de sábado. É, ela pode ter sido o Diabo, ou pelo menos um demônio.

— Cale essa boca! — gritou Lucille, tão alto que ela mesma se surpreendeu. — Não vou ficar aqui escutando você falar desse jeito.

— Falar como?

— Não seria o nosso menino — disse ela, enunciando a frase em tom decrescente à medida que a seriedade do assunto lhe voltava à consciência, como a lembrança de um filho perdido, talvez. — O Jacob está com Deus. — Suas mãos haviam se transformado em punhos magros e brancos no colo.

Sobreveio um silêncio.

E então passou.

— Onde está? — perguntou Harold.

— O quê?

— Na Bíblia, onde está?

— Onde está o quê?

— Onde é que diz que "Os mortos caminharão na terra"?

— Apocalipse! — Lucille abriu os braços enquanto pronunciava a palavra, como se a pergunta não pudesse ser mais burra, como se lhe houvessem perguntado sobre o padrão de voo dos pinheiros. — Está bem ali, no livro do Apocalipse! "Os mortos caminharão sobre a terra"! — Ficou satisfeita de ver que suas mãos ainda formavam punhos. Sacudiu-os no ar, para ninguém, como as pessoas às vezes fazem nos filmes.

Harold riu.

— Onde em Apocalipse? Em que capítulo? Em que verso?

— Shh. Está lá, é isso o que importa. Agora, fique quieto!

— Sim, senhora. Longe de mim querer ser petulante.

* * *

Mas, quando o demônio apareceu na porta da casa — o demônio particular deles —, pequeno e assombroso como o fora em todos aqueles anos passados, olhos castanhos banhados em lágrimas, a felicidade e o alívio repentino de uma criança que ficara tempo demais afastada dos pais, tempo demais na companhia de estranhos... Bem... Lucille, depois de se recuperar do desmaio, derreteu-se como cera de vela bem na frente do bem-vestido homem da Agência. De sua parte, o agente não perdeu a compostura. Abriu um sorriso ensaiado, certamente tendo testemunhado aquela mesma cena várias vezes durante as últimas semanas.

— Existem grupos de apoio — afirmou o homem da Agência. — Grupos de apoio para os Ressurgidos. E para as famílias dos Ressurgidos. — E sorriu. — Ele foi achado — continuou o homem (ele lhes dissera seu nome, mas já era difícil para Harold e Lucille lembrar o nome das pessoas no dia a dia, que dirá naquele instante de reunião com o filho morto; assim, ambos se referiam a ele como "o Homem da Agência") — numa pequena aldeia de pescadores nos arredores de Pequim, na China. Pelo que eu soube, estava de joelhos à beira de um rio, tentando pegar um peixe ou algo parecido. Ninguém do povoado falava inglês tão bem que ele pudesse entender e, em mandarim mesmo, quiseram saber como se chamava, como havia chegado até lá, de onde era, todas essas perguntas que a gente faz quando encontra uma criança perdida. Quando ficou claro que a língua era um obstáculo, um grupo de mulheres conseguiu tranquilizar o menino. Ele tinha começado a chorar, e por que não teria? — O homem sorriu novamente. — Afinal de contas, o garoto não estava mais no Kansas. Assim mesmo elas o acalmaram. Em seguida, foram buscar uma autoridade do governo que falava inglês e, bem... — O homem encolheu os ombros por baixo do terno escuro, indicando a insignificância do resto da história. Mas acrescentou: — Está acontecendo do mesmo jeito em todos os lugares.

Novamente fez uma pausa. Com um sorriso que não chegava a ser fingido, observou Lucille se desmanchar sobre o filho que de repente não estava mais morto. Ela o abraçou contra o peito e o beijou na cabeça, então segurou o rosto da criança com as mãos em concha e o cobriu de beijos e risos e lágrimas.

Jacob retribuiu à altura, com curtas e longas risadas, e sem limpar os beijos da mãe, mesmo estando naquela idade em que parece que a coisa certa a fazer é mesmo limpar os beijos da mãe.

— É um tempo extraordinário para todos — afirmou o homem da Agência.

Kamui Yamamoto

O *sininho de latão tilintou levemente quando ele entrou na loja de conveniência. Do lado de fora, alguém já abastecera o carro e se afastava da bomba sem o ter visto entrar. Atrás do balcão, um homem gorducho de rosto corado estancou sua conversa com um sujeito alto e magro. Os dois fixaram o olhar no recém-chegado. Ouvia-se apenas o murmúrio baixo dos freezers. Kamui fez uma reverência enquanto o sininho tocava novamente com o fechar da porta atrás dele.*

Os homens do balcão permaneceram mudos.

Sorrindo, Kamui curvou-se de novo.

— Perdoem-me — disse, dando um susto nos dois. — Eu me rendo. — E levantou as mãos para o alto.

O homem de rosto corado falou alguma coisa que Kamui não entendeu. Olhou para o companheiro magricela, e ambos se puseram a falar demoradamente entre si enquanto lançavam ao outro olhares de esguelha. Então o do rosto corado apontou para a porta. Kamui virou para trás, mas viu apenas a rua deserta e o sol que subia.

— Eu me rendo — disse pela segunda vez.

Deixara a pistola enterrada perto de uma árvore à beira do bosque em que, assim como os outros homens, se encontrara havia apenas algumas horas. Até mesmo despira a jaqueta do uniforme e tirara o boné, deixando-os para trás, de modo que agora, no raiar do dia, dentro do pequeno posto de abastecimento, usava camiseta, calças e botas bem lustradas. Tudo isso para evitar ser morto pelos americanos.

— Yamamoto desu — *disse. E então:* — *Eu me rendo.*

O sujeito de rosto corado falou novamente, dessa vez mais alto. O segundo homem fez coro, ambos gritando e agitando os braços em direção à porta.

— *Eu me rendo* — *Kamui afirmou mais uma vez, assustado com o tom ascendente daquelas vozes. O magricela agarrou uma lata de refrigerante e lançou contra ele. Ao ver que errara o alvo, berrou de novo, ainda apontando para a porta, ao mesmo tempo à procura de mais alguma coisa para atirar.*

— *Obrigado* — *Kamui conseguiu balbuciar, sabendo, contudo, não ser aquilo o que desejava dizer. Seu vocabulário em inglês estava circunscrito a pouquíssimas palavras. Retrocedeu em direção à porta. O homem de rosto corado esticou o braço sob o balcão e pegou a primeira lata ao seu alcance. Atirou-a com um grunhido. O projétil atingiu Kamui acima da têmpora esquerda, impulsionando-o contra a porta. O sininho de latão tocou.*

O homem de rosto corado continuou atirando latas enquanto o magricela berrava, sempre à procura de munição, até que, aos tropeções, Kamui fugiu do posto, ainda com as mãos para o alto como prova de que não estava armado e de que só queria se render. Seu coração latejava nos ouvidos.

Do lado de fora, o sol já subira, imprimindo um tom de luz alaranjado ao local. A cidade parecia em paz.

Com um fio de sangue escorrendo pelo lado esquerdo da cabeça, manteve as mãos levantadas enquanto caminhava pela rua.

— *Eu me rendo!* — *gritou, acordando os moradores, na expectativa de que as pessoas que encontrasse o deixassem viver.*

2

É CLARO QUE, ATÉ PARA as pessoas que voltavam dos mortos, a burocracia era inevitável. A Agência Internacional para os Ressurgidos recebia fundos mais rapidamente do que podia gastá-los. E não havia nenhum país no mundo que não estivesse disposto a sacar do tesouro nacional ou a incorrer em dívidas para tentar garantir sua participação junto à Agência, a única organização do planeta capaz de coordenar tudo e todos.

A ironia era que ninguém da Agência sabia mais que os outros. A única coisa que eles realmente faziam era contar as pessoas e mostrar-lhes o caminho de casa. Só isso.

* * *

Quando as emoções esfriaram e todo aquele tal de um abraçar o outro na entrada da pequena casa dos Hargrave cessara, quase meia hora mais tarde, Jacob foi levado à cozinha, onde pôde se sentar à mesa e pôr em dia todas as refeições que perdera. O homem da Agência, sentado na sala de estar com Harold e Lucille, puxou montes de papelada de uma pasta marrom de couro e deu início aos trabalhos.

— Quando o indivíduo ressurgido morreu originalmente? — perguntou, pela segunda vez informando seu nome: agente Martin Bellamy.

— A gente precisa usar essa palavra? — perguntou Lucille. Ela suspirou e se endireitou na cadeira, parecendo de repente, ao ajeitar os cabelos longos e prateados, desfeitos no momento em que se agarrara ao filho, com alguma figura da realeza, uma pessoa de discernimento.

— Que palavra? — quis saber Harold.

— "Morreu" — disse o agente Bellamy.

Lucille assentiu com a cabeça.

— Qual é o problema de dizer que ele morreu? — Harold rebateu, elevando a voz sem querer. Jacob continuava em seu campo de visão, mas quase fora do alcance da escuta.

— Shh!

— Ele morreu — disse Harold. — Não tem sentido fazer de conta que não aconteceu. — Sem perceber, ele agora falava mais baixo.

— Martin Bellamy entende o que quero dizer — afirmou Lucille, contorcendo as mãos no colo e procurando por Jacob a cada poucos segundos, como se ele fosse uma vela acesa numa casa cheia de correntes de ar.

O agente Bellamy sorriu.

— Está tudo bem — falou. — Para dizer a verdade, isso é muito comum. Eu devia ter demonstrado mais consideração. Vamos começar de novo, está bem? — E olhou mais uma vez para o questionário. — Quando o indivíduo ressurgido...

— De onde o senhor é?

— Como?

— De onde o senhor é? — Harold se posicionara perto da janela, observando o céu azul. — Seu sotaque parece de Nova York.

— Isso é bom ou ruim? — perguntou o agente Bellamy, fingindo que não lhe haviam indagado sobre seu sotaque mais de uma dúzia de vezes desde que fora trabalhar na Agência para os Ressurgidos da Carolina do Norte.

— É terrível — disse Harold. — Mas eu sou um homem que sabe perdoar.

— Jacob — Lucille interrompeu. — Chame o menino de Jacob, por favor. O nome dele é Jacob.

— Sim, senhora — disse o agente Bellamy. — Peço desculpas. Eu já devia saber a esta altura.

— Obrigada, Martin Bellamy — respondeu Lucille. Novamente, sem que percebesse, suas mãos haviam se fechado em punhos sobre o colo. Ela respirou fundo e se concentrou em abri-las. — Obrigada, agente Martin Bellamy.

— Quando foi que Jacob partiu? — o agente reiterou a pergunta com suavidade.

— Foi em 15 de agosto de 1966 — disse Harold, deslocando-se para a soleira da porta. Parecia inquieto. Lambeu os lábios. As mãos transitavam continuamente entre os bolsos das calças velhas e gastas e os lábios velhos e gastos, sem encontrar paz nem cigarros em nenhum dos destinos.

O agente Bellamy tomava notas.

— Como aconteceu?

* * *

Naquele dia, a palavra "Jacob" se tornara um encantamento durante as buscas pelo menino. O chamado intermitente de um — "Jacob! Jacob Hargrave!" — alternava ao de outro — "Jacob! Jacob!"

No início, as vozes se atropelavam, criando uma cacofonia de medo e desespero. Mas, à medida que a luz do sol adquiria tons dourados horizonte abaixo, retraindo-se atrás das árvores mais altas e depois dos arbustos menores, quando a procura pelo menino não produziu resultado imediato, os homens e as mulheres do grupo de busca resolveram alternar os chamados para poupar a garganta.

No lusco-fusco do entardecer, todos caminhavam com dificuldade, como bêbados, exaustos de tanto erguer as pernas para atravessar os emaranhados de arbustos espinhosos, exauridos de preocupação. Fred Green estava ao lado de Harold.

— A gente vai encontrar o menino — repetia Fred. — Você viu os olhinhos dele quando lhe dei a espingarda de chumbo? Alguma vez você viu um garoto ficar tão empolgado? — Ele arfava, as pernas queimando de fadiga. — Nós vamos encontrá-lo — disse, assentindo vigorosamente com a cabeça. — Vamos encontrar o Jacob.

Logo a escuridão baixou completa, e a paisagem de Arcadia, com todos os seus arbustos e pinheiros, cintilou com a luz das lanternas.

Ao se aproximarem do rio, Harold sentiu alívio por ter convencido Lucille a ficar em casa.

— Ele pode voltar — dissera. — E aí vai querer ver a mamãe dele — acrescentara, já intuindo, pelo modo misterioso como essas coisas são intuídas, que acabaria encontrando o filho no rio.

Com água até os joelhos, Harold se arrastou lentamente pela parte rasa, dando uma passada e chamando o filho pelo nome, então parando para escutar, para o caso de ele estar por perto; depois mais uma passada, em seguida outra chamada, e assim repetidamente.

Quando finalmente encontrou o corpo, viu que a luz da lua, refletida no rio, emprestava ao menino uma tonalidade prateada, ao mesmo tempo assombrosa e bela, da cor da tremulina dançando na superfície das águas.

— Meu Deus — disse Harold. E essa foi a última vez na vida que usou essa expressão.

* * *

Harold contou a história, subitamente atento ao peso dos anos em sua voz. O som endurecido e áspero o fazia se sentir velho. Volta e meia, enquanto ouvia a si mesmo falar, passava a mão grossa e enrugada pelos ralos fios de cabelo, já grisalhos, que insistiam em lhe permanecer na cabeça. As mãos exibiam manchas escuras de velhice, e tinha o punho inchado pela artrite que às vezes o atormentava. Embora nada disso o incomodasse tanto quanto talvez a outras pessoas de sua idade, acabava constantemente o lembrando de que já perdera a riqueza de ser jovem. Mesmo enquanto falava, sentira um curto espasmo de dor nas costas.

Quase completamente calvo. Pele manchada. Cabeça grande e redonda. Orelhas enrugadas e largas. Roupas que pareciam engolir seu corpo, indiferentes aos esforços de Lucille para encontrar algo melhor. Sem dúvida alguma, ele era um velho agora.

E algo no retorno de Jacob, ainda jovem e vibrante, levara Harold a se dar conta da idade que tinha.

Tão velha e encanecida como ele, Lucille evitava olhar para Harold enquanto ele falava; só fitava o filho de oito anos sentado à mesa, comendo uma fatia de torta de noz-pecã como se, naquele mesmo instante, fosse 1966 novamente e nada estivesse errado, como se nada nunca mais fosse estar errado. Às vezes afastava um fio de cabelo branco que lhe caía no rosto, mas não deixava transparecer perturbação alguma pelas finas mãos cobertas de manchas escuras.

Harold e Lucille eram duas figuras magras, ossudas e fortes. Nos últimos anos, ela o ultrapassara em tamanho. Ou melhor, ele encolhera mais rapidamente que ela, de tal modo que ele precisava olhar para cima durante os bate-bocas conjugais. Lucille também se beneficiara de não estar tão desgastada quanto ele, efeito, segundo ela, dos anos que Harold vivera como fumante. Os vestidos ainda serviam nela. Os braços, magros e longos, continuavam ágeis e articulados, enquanto os dele, escondidos sob camisas excessivamente largas, faziam-no parecer um pouco mais vulnerável do que estava acostumado a parecer. Coisa que, naqueles dias, dava a Lucille certa vantagem.

Ela se orgulhava daquilo e não sentia muita culpa, embora por vezes achasse que deveria.

O agente Bellamy escreveu até sentir cãibra nas mãos, mas não parou por causa da dor. Embora estivesse gravando a entrevista, continuava a tomar notas, simplesmente porque achava que era uma boa política. De fato, as pessoas se ofendiam quando encontravam um funcionário do governo que não anotava nada. E isso funcionava para o agente Bellamy, posto que integrava o tipo dos que preferem ver a escutar. Portanto, se não escrevesse agora, seria obrigado a fazê-lo mais tarde.

Bellamy começou suas anotações registrando o momento do início da festa de aniversário naquele dia em 1966. Tomou nota da história de Lucille, de como chorara e se julgara culpada, pois fora ela a última pessoa a ver Jacob vivo; escreveu que ela guardava na memória apenas uma imagem fugaz do braço do filho quando sumia atrás de um dos cantos da casa, correndo à procura das outras crianças. Bellamy escreveu que, no dia do funeral, a igreja ficou lotada a ponto de praticamente não caber mais ninguém.

Mas houve partes da entrevista que ele não escreveu. Detalhes que, por respeito, registrou apenas na memória, e não na documentação burocrática.

Harold e Lucille sobreviveram à morte do menino, mas por pouco. Os cinquenta e tantos anos que se seguiram foram contaminados por uma forma peculiar de solidão, uma solidão sem tato que dava as caras sem ser convidada e começava conversas inconvenientes nos jantares de domingo. Era uma solidão a que eles nunca deram nome e sobre a qual dificilmente conversavam. Limitavam-se a se arrastar em torno dela, prendendo a respiração, dia após dia, como se fosse um triturador de átomos — pequeno em tamanho, sim, mas nem por isso menos complexo ou esplendoroso — surgindo no meio da sala de estar, infinitamente determinado a confirmar as mais portentosas e ameaçadoras especulações sobre a crueldade que rege o verdadeiro funcionamento do universo.

E isso, à sua maneira, não deixava de ser uma forma de verdade.

Com o passar dos anos, não apenas se acostumaram a viver escondidos de sua solidão, mas se tornaram peritos em camuflá-la. Era quase como um jogo: não mencione o Festival do Morango porque era a festa de que ele mais gostava; não passe muito tempo olhando para os edifícios que você admira porque eles vão lembrá-lo do dia em que você lhe disse que ele seria arquiteto; ignore as crianças em cujo rosto você o reconhece.

A cada ano, por ocasião do aniversário dele, o casal passava o dia envolto em um humor sombrio, custando-lhes entabular conversa. A qualquer momento, Lucille podia cair no choro sem explicação; Harold podia acabar fumando mais naquele dia que no anterior.

Mas isso foi só no início. Somente durante aqueles primeiros e tristes anos.

Os dois envelheceram.

Portas se fecharam.

Harold e Lucille estavam tão distantes da trágica morte de Jacob que, quando o menino reapareceu na porta de casa, sorrindo, perfeito e sem nenhum traço de envelhecimento, ainda o abençoado filho deles, ainda o menino de apenas oito anos, tudo aquilo se distanciara tanto que Harold tinha esquecido o nome do garoto.

* * *

Harold e Lucille acharam ter contado tudo, e o silêncio envolveu a sala. Mas o momento de solenidade não durou muito. Porque havia os barulhos de Jacob, sentado à mesa da cozinha, raspando o prato com o garfo, bebendo a limonada e arrotando com satisfação.

— Desculpe — gritou o menino para os pais ouvirem.

Lucille sorriu.

— Me perdoem por lhes fazer essa pergunta — retomou o agente Bellamy. — E, por favor, não a interpretem como uma forma de acusação. É meramente uma pergunta que somos obrigados a fazer para compreender melhor essas... circunstâncias inusitadas.

— Lá vem — disse Harold. Finalmente, as mãos dele pararam de procurar cigarros fantasmas e se acomodaram nos bolsos da calça.

Lucille abanou a mão, como que minimizando a intrusão que se anunciava.

— Como eram as coisas entre vocês e Jacob *antes*? — perguntou o agente Bellamy.

Harold fungou. Seu corpo finalmente resolvera que a perna direita poderia sustentar-lhe o peso melhor que a esquerda. Olhou para Lucille.

— Agora vem a parte em que devemos dizer que nós o afastamos e coisas desse tipo. Como na TV. Devemos dizer que a gente brigava com ele, deixava ele sem jantar ou cometia algum outro abuso, parecido com o que as novelas mostram. Algo assim.

Harold caminhou até a mesinha do saguão de entrada, de frente para a porta. Da primeira gaveta tirou um maço fechado de cigarros.

Antes de conseguir voltar para a sala, Lucille disparou:

— Você não vai...

Harold abriu o maço com precisão mecânica, como se não controlasse as próprias mãos. Pôs um cigarro entre os lábios. Não o acendeu. Coçou o rosto enrugado e, longa e lentamente, exalou.

— Era só disso que eu precisava — disse. — Só disso.

O agente Bellamy falou com suavidade, sorrindo:

— Não estou tentando dizer que foram vocês, ou qualquer outra pessoa, os responsáveis pela... bom, já usei quase todos os eufemismos. Estou só perguntando. A Agência está se esforçando muito para entender toda essa situação, assim como todo mundo. Nós podemos ser os encarregados de ajudar as pessoas a restabelecer contato entre elas, mas isso não significa que a gente tenha algum conhecimento privilegiado de como tudo isso funciona. Nem do porquê está acontecendo. — Ele encolheu os ombros. — As perguntas essenciais, as grandes questões, continuam grandes, ainda intocáveis. Mas nossa esperança é que, ao perguntarmos o que não necessariamente agrada a todos, a gente possa compreender essas perguntas antes que saiam de controle.

No desgastado sofá da sala, Lucille se inclinou para frente.

— E como elas poderiam sair de controle? As coisas estão saindo de controle?

— Elas vão sair — disse Harold. — Pode apostar sua Bíblia nisso.

O agente Bellamy limitou-se a balançar a cabeça, de modo profissional, e então retornou à questão relevante:

— Como eram as coisas entre vocês antes da partida do Jacob?

Lucille, percebendo que Harold estava prestes a responder, tomou a dianteira para não o deixar falar.

— Estava tudo bem — disse. — Tudo muito bem. Absolutamente nada de estranho. Ele era nosso filho, e nós o amávamos como todos os pais e mães. E ele retribuía o nosso amor. E isso era tudo. Era e ainda é. Nós o amamos e ele nos ama. E agora, pela graça de Deus, estamos reunidos novamente. É um milagre — concluiu, coçando o pescoço e elevando as mãos.

Martin Bellamy anotava.

— E o senhor? — perguntou a Harold.

Harold tirou o cigarro apagado da boca, esfregou a cabeça e assentiu.

— Ela já disse tudo.

Mais anotações.

— A próxima pergunta é meio tola. Algum dos dois é muito religioso?

— Sim! — respondeu Lucille, de um pulo sentando-se reta no sofá. — Sou fã e amiga de Jesus! Com muito orgulho. Amém — Ela apontou na direção de Harold. — Esse meu marido, ele é o pagão. Depende totalmente da graça divina. Vivo dizendo para ele se arrepender, mas é teimoso feito uma mula.

Harold riu como um motor velho tossindo.

— A gente leva a religião em turnos — disse. — Há mais de cinquenta anos que agradeço por minha vez ainda não ter chegado.

Lucille abanou as mãos.

— Qual a denominação? — perguntou o agente Bellamy enquanto escrevia.

— Batista — respondeu Lucille.

— Faz quanto tempo?

— Toda minha vida. — Mais anotações. — Bom, para falar a verdade, não é bem assim — acrescentou Lucille. O agente Bellamy parou de escrever. — Por um tempo, fui metodista. Mas eu e o pastor não concordávamos em certas questões da Bíblia. Tentei também uma dessas igrejas que têm "Sagrado" no nome, mas simplesmente não consegui acompanhar. Muita gritaria, cantoria e dança. Eu me sentia mais numa festa do que na casa do Senhor. E não é assim que os cristãos devem ser. — Lucille olhou para ver se Jacob continuava onde devia estar. Sentado à mesa, o menino balançava, tentando resistir ao sono, como lhe era de costume. — E teve uma época que eu experimentei ser...

— O homem não precisa saber tudo isso — Harold interrompeu.

— Fique quieto! Foi a mim que ele perguntou. Não é, sr. Bellamy? O agente assentiu.

— Sim, a senhora está certa. Tudo isso talvez seja muito importante. A minha experiência me diz que os pequenos detalhes são os que mais importam. Sobretudo em se tratando de uma coisa tão grande como esta.

— Grande? De que tamanho? — perguntou Lucille rapidamente, como se estivesse esperando pela deixa.

— A senhora quer dizer "quantos"? — perguntou Bellamy. Lucille assentiu. — Não se trata de uma quantidade exagerada — ele explicou em tom comedido. — Não estou autorizado a divulgar números exatos, mas é um fenômeno pequeno, um número modesto.

— Centenas? — insistiu Lucille. — Milhares? O que o senhor quer dizer com "modesto"?

— Não tantos a ponto de causar preocupação, sra. Hargrave — respondeu Bellamy, sacudindo a cabeça. — Apenas o suficiente para ser um milagre.

Harold riu baixinho.

— Ele sabe o número — disse.

Lucille se limitou a sorrir.

* * *

Com os detalhes todos nas mãos do agente Bellamy, o sol já mergulhara na escuridão da terra e grilos cantavam do lado de fora da janela; Jacob estava deitado no meio da cama de Lucille e Harold. Lucille sentira imensa satisfação em carregar o menino da mesa da cozinha para o quarto, no andar de cima. Na idade dela, com o quadril do jeito que estava, jamais acreditaria ter a força necessária para carregá-lo sem ajuda.

Mas na hora de ir para a cama, quando ela tranquilamente se inclinou em silêncio na mesa e colocou os braços por baixo do menino, Jacob se ergueu com leveza ao seu encontro, quase como se flutuasse. Lucille teve a impressão de ter voltado aos seus vinte anos. Jovem e ágil. Como se o tempo e a dor não passassem de rumores.

Carregou o menino pela escada sem incidentes e, após puxar o cobertor sobre ele, se acomodou do seu lado, cantarolando suavemente, como costumava fazer. O garoto não adormeceu de imediato, mas para ela estava tudo bem.

Jacob já havia dormido demais.

Sentada na cama, Lucille não tirava os olhos do menino. Observava seu peito subir e descer, temendo que, ao desviar o olhar, a mágica, ou o milagre, acabasse de repente. Mas não acabou, e ela agradeceu ao Senhor.

Ao voltar para a sala, encontrou Harold e o agente Bellamy emaranhados num silêncio constrangedor. Harold estava parado no batente da porta, tragando profundamente seu cigarro e exalando a fumaça através da tela de arame da porta, em direção à noite. O agente Bellamy também permanecia de pé, mas ao lado da cadeira onde estivera sentado. Subitamente parecia sentir sede e cansaço.

Então, Lucille se deu conta de que não lhe havia oferecido nada para tomar desde que ele chegara, coisa que a magoou de um modo pouco comum. No entanto, ao observar o comportamento de Harold e do agente Bellamy, intuiu que eles estavam prestes a lhe causar um outro tipo de mágoa.

— Ele tem uma pergunta para você — disse Harold, a mão tremendo ao levar o cigarro à boca. Em vista disso, ela resolveu deixar que ele fumasse sem aporrinhações.

— O que é?

— Talvez seja bom a senhora se sentar — aconselhou o agente Bellamy, fazendo o gesto de quem ia puxar a cadeira para ela.

Lucille deu um passo para trás.

— O que é?

— Uma pergunta delicada.

— Deu para perceber. Mas não pode ser tão ruim assim, pode?

Cabisbaixo, Harold virou as costas para a mulher e continuou, silenciosamente, fumando seu cigarro.

— Inicialmente — começou o agente Bellamy —, todos podem achar fácil esta pergunta. Mas, acredite, é uma questão muito complicada e séria. E espero que a senhora tire um momento para pensar nela profundamente antes de responder, o que não significa que vai ter só uma oportunidade para isso. Bem, quero dizer que gostaria que a senhora estivesse certa de que pensou bem antes de se decidir. Sei que vai ser difícil, mas, se possível, tente não deixar as emoções a dominarem.

Lucille corou.

— Ora, sr. Bellamy, eu jamais pensaria no senhor como um tipo sexista. Só porque eu sou mulher, não quer dizer que vou desmoronar.

— Que droga, Lucille — disparou Harold, num tom cansado. — Você só tem que escutar o homem. — Ele tossiu. Ou talvez fosse um soluço.

Lucille se sentou.

Martin Bellamy fez o mesmo. Fingiu varrer a poeira das calças e examinou as mãos por um tempo.

— Bem, diga lá — pediu Lucille. — Esse suspense todo está me matando.

— É a última pergunta que vou lhe fazer hoje. E a senhora não tem que responder agora, mas, quanto antes o fizer, melhor. Tudo fica mais fácil quando a resposta vem logo.

— O que é? — suplicou Lucille.

Martin Bellamy inspirou.

— A senhora quer ficar com Jacob?

* * *

Isso se passara havia duas semanas.

Jacob viera para ficar. Irrevogavelmente. O quarto de visitas foi transformado de novo em seu quarto de dormir e, mais uma vez, o menino passou a levar a vida de sempre, como se nunca tivesse morrido. Ele era jovem. Tinha seu pai e sua mãe. Aquele era todo seu universo.

* * *

Por razões que não conseguia entender, Harold se sentira dolorosamente perturbado com o retorno do menino. Fumava como chaminé. Desse modo, passava a maior parte do tempo do lado de fora da casa, na varanda, fugindo dos sermões de Lucille sobre seu mau hábito.

Tudo mudara demasiadamente rápido. Como ele não iria adquirir um ou dois maus hábitos?

São demônios!, Harold escutava a voz de Lucille martelando na sua cabeça.

A chuva caía em abundância. O dia envelhecia. Logo atrás das árvores, a escuridão dominava. A casa se acalmara. Sobrepondo-se ao barulho da chuva, Harold escutou o arfar de uma velha que passava tempo demais correndo atrás de uma criança. Secando o suor da testa, Lucille emergiu pela porta de tela e se deixou cair na cadeira de balanço.

— Meu Deus! — exclamou. — Eu vou acabar morrendo de tanto correr atrás desse garoto.

Harold apagou o cigarro e pigarreou. Era assim que ele fazia antes de amolar Lucille.

— Você quer dizer aquele demônio?

Ela abanou a mão na direção dele.

— Shh! — disse. — Não o chame assim!

— Foi você que o chamou assim. Você disse que eles não passavam disso, está lembrada?

Como Lucille estava com falta de ar de tanto correr atrás do menino, falou de modo titubeante:

— Isso foi antes — disse de um suspiro só. — Eu entendo a situação agora. — Sorriu e se recostou, exausta. — Eles são uma bênção. Uma bênção do Senhor. É isso que eles são. Uma segunda chance!

Os dois permaneceram sentados por um tempo, em silêncio, ouvindo a respiração de Lucille se normalizar. Apesar de ser mãe de um menino de oito anos, era velha agora. Cansava-se à toa.

Então, ela continuou:

— Você, Harold, devia passar mais tempo com Jacob. Ele sabe que você o evita. Ele percebe. Sabe que você o está tratando de modo diferente agora. Diferente de quando ele esteve aqui antes. — E sorriu, gostando do jeito que descrevera a situação.

Harold sacudiu a cabeça.

— O que você vai fazer quando ele partir?

O rosto de Lucille se contraiu.

— Cale-se! — exclamou. — "Guarde sua língua do mal e seus lábios de dizerem mentiras." Salmos 34,13.

— Não me venha com essa história de Salmos. Você sabe muito bem o que estão dizendo por aí, Lucille. Você sabe. Tanto quanto eu. Como, volta e meia, eles simplesmente se levantam e vão embora, sem que ninguém nunca mais ouça falar deles, como se o outro lado finalmente os chamasse de volta.

Lucille sacudiu a cabeça.

— Não tenho tempo para tamanhas bobagens — disse e se levantou, apesar do cansaço que sentia nos braços e nas pernas, que pareciam presos a sacos de farinha. — Tudo isso não passa de boatos e tolices. Vou preparar a janta. Não se demore aqui fora ou vai pegar uma pneumonia. Essa chuva ainda vai matar você.

— Ora, aí é só eu voltar — afirmou Harold.

— Salmos 34,13!

Lucille entrou e passou a tranca na porta de tela.

* * *

Barulho de panelas e frigideiras chegava da cozinha. O abre e fecha das portas dos armários, o aroma da carne no fogo, da farinha, dos condimentos, tudo se misturava ao cheiro de chuva e aos perfumes de maio. Harold estava quase dormindo quando escutou a voz do garoto:

— Posso ir aí fora, papai?

Harold espantou a sonolência.

— O quê? — indagou, mesmo tendo escutado a pergunta perfeitamente bem.

— Posso ir aí fora? Por favor!

Mesmo com todas as falhas de memória, Harold se lembrou de como ficava indefeso sempre que escutava um "por favor" dito daquele jeitinho.

— Sua mãe vai ter um ataque — respondeu.

— Mas só um pequenininho.

Harold teve de engolir fundo para não rir.

Começou a procurar seus cigarros. Jurava que tinha pelo menos mais um. Remexeu nos bolsos. Em um deles, em vez de cigarros, encontrou uma pequena cruz de prata. Fora presente de alguém, embora o lugar da sua mente onde deveriam se encontrar os detalhes dessa lembrança específica estivesse vazio. Mal conseguia lembrar que a levava no bolso. Contudo, não conseguiu evitar olhar para a cruz como se fosse a arma de um assassinato.

As palavras *Deus Ama Você* haviam, em algum momento, sido gravadas no lugar do Cristo. Mas agora estavam quase que completamente apagadas. Restavam apenas um *E* e metade do *V*. Harold fixou o olhar na cruz e então, como se sua mão pertencesse a outra pessoa, começou a esfregar o objeto com o polegar, para cima e para baixo, no ponto de interseção.

Jacob permanecera na cozinha, parado perto da porta de tela. Agora estava encostado no batente com as mãos atrás das costas e as pernas cruzadas, com um ar contemplativo. O olhar vasculhava o horizonte, observando a chuva e o vento e, logo, seu pai. Soltou um suspiro profundo e pigarreou.

— Poxa, como eu gostaria de estar aí fora — exclamou com vivacidade e drama.

Harold riu.

Na cozinha, Lucille cantarolava e cozinhava.

— Pode vir — disse Harold.

Jacob saiu e se acomodou aos pés do pai, e então, como em resposta, a chuva se enfureceu. Em vez de cair do céu, saltou para a terra. Chicoteou a balaustrada, ensopando os dois, que nem por isso lhe deram atenção. O velho e o garoto que em algum momento estivera morto se deixaram ficar ali, sentados, olhando um para o outro. O menino tinha cabelos cor de areia, e seu rosto sardento continuava redondo e suave como sempre fora. Os braços, desproporcionalmente compridos, eram iguais, como os de um corpo que iniciava sua transição para a adolescência que lhe fora negada havia mais de cinquenta anos. *Tem um aspecto sadio*, pensou o velho pai de repente.

Harold lambeu os lábios compulsivamente enquanto o polegar continuava esfregando o centro da cruz. O menino permanecia imóvel. Se não fossem os olhos, às vezes, piscarem, podia muito bem estar morto.

* * *

— Quer ficar com ele? — Harold lembrou a voz do agente Bellamy ressoando-lhe na cabeça.

— A decisão não é minha — respondera. — É de Lucille. É a ela que o senhor deve perguntar. O que ela disser, eu endosso.

O agente Bellamy assentira.

— Eu entendo, sr. Hargrave, mas é minha obrigação perguntar. Preciso de uma resposta sua. Ela ficará entre nós, não se preocupe. Posso até desligar o gravador, se quiser, mas preciso da sua resposta. Tenho que saber o que o senhor quer. Tenho que saber se o senhor quer ficar com ele.

— Não — respondera Harold. — Por nada neste mundo. Mas que escolha eu tenho?

Lewis e Suzanne Holt

Ele acordou em Ontário, Canadá; ela, perto de Phoenix, Arizona. Ele fora contador; ela, professora de piano.

O mundo mudara, embora continuasse o mesmo. Os carros estavam mais silenciosos. Os prédios, mais altos, pareciam brilhar à noite mais do que antes. Todo mundo parecia mais ocupado. Mas era só. E nada disso importava.

Ele rumara para o sul, pulando em trens, como já não se fazia há muitos anos. Conseguira evitar a Agência graças à sorte ou ao destino. Ela tomara a direção nordeste, seguindo nada mais que um capricho. No entanto, não demorou para que fosse recolhida e levada para os lados de Salt Lake City, para um lugar que rapidamente se convertia em um importante centro regional de processamento. Pouco depois, ele foi recolhido em algum ponto da fronteira entre Nebraska e Wyoming.

Noventa anos depois de sua morte, encontravam-se juntos novamente.

Nada nela mudara. Já ele estava um pouco mais magro, mas só por causa de sua longa jornada. Ambos imunes ao medo que acossava os outros.

Há uma música que por vezes nasce da união de duas pessoas. Uma cadência inelutável e sem fim.

3

A CIDADE DE ARCADIA SE localizava numa área rural, assim como muitas outras cidadezinhas do Sul. Começava com pequenas casas de madeira de um andar só adormecidas no seio de quintais aplanados e amplos, ao longo de uma estrada de asfalto com duas pistas que serpenteava por entre pinheiros, cedros e carvalhos brancos. Volta e meia, na primavera e no verão, surgiam campos de milho ou soja onde no inverno havia simplesmente terra.

Depois de alguns quilômetros, os campos se tornavam menores e as casas mais frequentes. Já dentro da cidade, viam-se apenas dois postes de luz e um confuso plano de ruas e becos sem saída cercados de casas velhas e exaustas. As únicas casas novas em Arcadia haviam sido reconstruídas depois de algum furacão. E brilhavam com a pintura fresca e a madeira nova, motivando a imaginação das pessoas acerca de que algo novo pudesse realmente acontecer naquela cidade envelhecida.

Mas nada de novo aparecia naquele lugar. Exceto os Ressurgidos.

Não eram muitas as ruas nem as casas. No centro da cidade estava a escola: um prédio antigo, de tijolos, com janelas e portas pequenas e aparelhos de ar-condicionado que não funcionavam.

Ao norte, no alto de um morro situado logo além dos limites da cidade, erguia-se a igreja. Construída com troncos e ripas, mais parecia um farol, lembrando aos habitantes de Arcadia que sempre havia alguém acima deles.

A última vez que a igreja estivera tão cheia fora em 1972, com a vinda dos Santos Salomônicos Despertadores de Almas, a banda gospel, acompanhada do baixista judeu de Arkansas. Era gente em cima de gente. Carros e caminhões encobriam os gramados da igreja. Alguém estacionara uma picape carregada de peças de madeira contra o crucifixo fincado no centro do gramado, como se Jesus tivesse descido da cruz para dar um pulinho na madeireira da esquina.

Um aglomerado de automóveis encobria uma pequena placa no gramado, onde se lia "Jesus Te Ama — Peixe Frito Dia 31 de Maio". Carros e mais carros se enfileiravam ao longo do acostamento da estrada, como nos idos de 63 ou 64, no enterro dos três irmãos Benson, todos eles mortos em um acidente horrível de carro. Por um longo dia de tristes lamentos, a cidade toda chorou a morte deles.

— Você tem que vir com a gente — disse Lucille enquanto Harold estacionava a velha caminhonete no acostamento da estrada e apalpava os bolsos da camisa à procura de um cigarro. — O que as pessoas vão pensar quando virem que você não foi? — Ela soltou o cinto de segurança de Jacob e arrumou os cabelos do menino.

— Vão pensar: *Harold Hargrave não veio à igreja? Glória a Deus! Pelo menos alguma coisa nesses tempos de loucura continua igual ao que sempre foi.*

— Não tem um culto acontecendo, seu pagão. É só uma assembleia da cidade. Não tem razão para você não ir. — Lucille ajeitou o vestido ao descer da caminhonete. Era seu vestido predileto, o que ela usava em ocasiões importantes, que pegava poeira de tudo que era superfície, de algodão e poliéster verde-pastel, com florzinhas costuradas na gola e outras alinhadas nas pontas das mangas estreitas. — Às vezes não sei por que me incomodo. Detesto este carro — disse, alisando as costas do vestido.

— Você detestou todas as picapes que eu já comprei.

— É, e você continua comprando.

— Posso ficar aqui? — perguntou Jacob enquanto remexia no botão do colarinho da camisa. Botões exerciam um misterioso fascínio sobre o menino. — Eu e o papai podia...

— E e o papai *podíamos* — corrigiu Lucille.

— Não — disse Harold, à beira do riso. — Você vai com a sua mãe. — Levou um cigarro aos lábios e coçou o queixo. — Fumar faz mal à saúde. Deixa a pele enrugada, dá mau hálito e faz você ficar peludo.

— Faz ficar teimoso também — acrescentou Lucille enquanto ajudava Jacob a descer da caminhonete.

— Acho que eles não me querem lá — disse o garoto.

— Vá com a sua mãe — ordenou Harold, com a voz endurecida. Então acendeu o cigarro e puxou toda a nicotina que os pulmões velhos e cansados podiam aguentar.

* * *

Logo que sua mulher e a coisa que podia ou não ser seu filho (ainda não conseguira tomar uma posição a respeito) partiram, Harold deu mais uma tragada no cigarro e soprou a fumaça pela janela. Permaneceu ali, sentado, com o cigarro queimando entre os dedos. Coçou o queixo e olhou a igreja.

Ela precisava de uma boa pintura. Estava toda descascada, e era difícil enxergar a cor original das paredes externas. No entanto, quem nunca a tivesse visto antes podia, assim mesmo, perceber que já fora um prédio bem mais bonito. Harold tentou lembrar a cor da tinta quando ainda estava fresca. Ele já tinha nascido quando a igreja fora pintada pela última vez, ao contrário do que talvez parecesse, tanto que quase podia se lembrar de quem fizera o trabalho — uma firma de Southport —, mas o nome lhe escapava, assim como a cor original da pintura. Sua mente conseguia apenas visualizar aquela velha cor desbotada.

Mas a memória não é assim mesmo? É só passar tempo bastante que ela se desgasta e se encobre com uma pátina de omissões autocomplacentes.

Mas em que mais podemos confiar?

Jacob fora um espoleta. Como um fio elétrico desencapado. Harold se lembrava bem de todas as vezes em que o menino se metera em confusão por não chegar em casa antes do anoitecer ou por correr na igreja. Uma vez ele quase levara Lucille à histeria porque se encarapitara no topo da pereira de Henrietta Williams. Todos chamavam por ele, e o garoto ali imóvel, sentado entre as peras maduras e iluminado pela luz do sol, provavelmente rindo de tudo e de todos.

Ajudado pela iluminação dos postes da rua, Harold bateu o olho em uma pequena criatura que se lançou da torre da igreja — um lampejo de movimento e asas. Subiu por um instante e reluziu como neve na noite escura quando o farol de um carro a atingiu.

E então sumiu, para, já sabia Harold, não mais voltar.

— Não é ele — disse. Com um peteleco, atirou o cigarro pela janela e se recostou no banco velho e já meio malcheiroso da caminhonete. Balançou a cabeça, pedindo ao corpo unicamente que adormecesse, livre dos tormentos dos sonhos e das lembranças. — Não mesmo.

* * *

Lucille segurava Jacob firmemente pela mão à medida que caminhava o mais rápido possível — levando-se em conta sua eterna dor no quadril — pela multidão parada na frente da igreja.

— Com licença. Oi, tudo bem, Macon? Como está? Melhorou Lute? Isso é bom. Com licença. Podemos passar? Ah, olá, Vaniece! Faz tempo que não te vejo. Como tem passado? Que bom! É bom ouvir isso! Amém. Cuide de sua saúde, viu? Com licença. Podemos passar? Oi. Com licença.

A multidão se abriu como ela esperava, deixando Lucille na dúvida se a situação indicava que ainda havia dignidade e bons modos no mundo ou apenas o fato de que ela finalmente ficara velha.

Ou talvez a multidão tivesse se movimentado por causa do menino que acompanhava Lucille. Nenhum Ressurgido fora convidado para aquela noite. Mas Jacob, antes de tudo, era o filho dela. E ninguém nem nada — nem a própria morte, ou sua ausência repentina — iria fazer com que ela o tratasse de qualquer outro modo.

Mãe e filho encontraram lugar em um dos bancos da frente, perto de Helen Hayes. Lucille sentou o filho do lado dela e se uniu ao burburinho que pairava na nave da igreja como o nevoeiro da manhã, grudando-se a tudo.

— Quanta gente — disse, cruzando os braços e sacudindo a cabeça.

— Faz meses que não vejo a maioria deles — respondeu Helen Hayes.

Quase todo mundo na cidade, e nos arredores dela, compartilhava algum grau de parentesco. Helen e Lucille eram primas. Esta tinha o rosto angular e comprido da família Daniels; era alta, pulsos estreitos e mãos pequenas. O nariz desenhava uma linha acentuada e reta sob os olhos castanhos. Por sua vez, Helen era toda em curvas e círculos; tinha os pulsos grossos e o rosto redondo e largo. Só os cabelos de ambas, antes pretos como piche, agora prateados e longos, mostravam a relação de parentesco entre elas.

Helen tinha a tez assustadoramente pálida, e os lábios franziam quando falava, o que lhe emprestava uma aparência muito séria e, ao mesmo tempo, angustiada.

— É para se acreditar que, quando tanta gente assim finalmente aparece na igreja, seria por causa do Nosso Senhor Jesus, que foi o primeiro a ressuscitar dentre os mortos. Mas você acha que algum desses pagãos dá a mínima?

— Mamãe — chamou Jacob, ainda sob o fascínio do botão solto do colarinho.

— Eles vêm à igreja por causa de Jesus? — prosseguiu Helen. — Eles vêm rezar? Quando foi a última vez que algum deles pagou o dízimo? Qual foi o último culto de avivamento a que foram? Me diz. Aquele garoto dos Thompson, ali... — ela apontou o dedo gorducho para um bando de adolescentes amontoado num canto nos fundos da igreja. — Me diz quando foi a última vez que você o viu na igreja? Faz tanto tempo que até pensei que tinha morrido.

— Pois tinha — disse Lucille em voz baixa. — E você sabe disso tão bem quanto qualquer outra pessoa capaz de enxergar.

— Pensei que essa reunião era só para os... Você sabe...

— Qualquer pessoa com um mínimo de bom senso sabe que isso não ia acontecer — falou Lucille. — E, para ser franca, não deve acontecer. Essa reunião diz respeito a todos eles. Por que eles não compareceriam?

— Ouvi dizer que Jim e Connie estão morando aqui — disse Helen. — Você acredita?

— É mesmo? — perguntou Lucille. — Eu não sabia. Mas por que não? Eles fazem parte desta cidade.

— Fizeram — corrigiu Helen, em um tom desprovido de compaixão.

— Mamãe? — interrompeu Jacob.

— Sim? — respondeu Lucille. — O que é?

— Tô com fome.

Lucille riu. Sentia-se muito feliz só de pensar que tinha um filho vivo e, ainda por cima, pedindo comida.

— Mas você acabou de comer!

Jacob finalmente conseguira arrancar o botão da camisa. Ele o segurava entre os dedinhos, revirando e estudando o objeto como se fosse uma tese de matemática.

— Mas eu tô com fome.

— Amém — disse Lucille, dando tapinhas afetuosos na perna e um beijo na testa do menino. — Quando a gente chegar em casa, eu faço alguma coisa para você comer.

— Pêssegos?

— Se é isso que você quer.

— Com calda?

— Se quiser.

— Eu quero — disse Jacob, sorrindo. — Eu e o papai podia...

— Eu e o papai *podíamos* — corrigiu Lucille novamente.

* * *

Ainda era maio, mas a velha igreja parecia um forno de quente. Nunca tivera um ar-condicionado digno, e, com tanta gente se amontoando feito folhas no chão, o ar permanecia parado, e as pessoas sentiam que algo de altamente dramático poderia acontecer a qualquer momento.

Essa sensação deixou Lucille preocupada. Ela se lembrou de ter lido nos jornais, ou visto na TV, algo sobre uma terrível tragédia que tinha começado com uma concentração excessiva de gente num espaço pequeno demais para acomodar todo mundo. *Ninguém teria para onde escapar*, pensou. Olhou em volta, esforçando-se ao máximo por causa de todas aquelas pessoas atrapalhando sua linha de visão, e contou as saídas possíveis. Havia a porta principal no fundo da igreja, mas com gente demais amontoada ali. Achou que Arcadia inteira, com todos os seus seiscentos moradores, tinha resolvido aparecer naquela noite. Um muro de gente.

Volta e meia percebia que a multidão ondulava quando mais uma pessoa entrava com dificuldade na igreja e se juntava à massa de gente, da qual emergiam alguns sussurros: olás, com licenças e desculpas. *Se isso for o começo de uma tragédia, pelo menos ninguém vai pecar por falta de cordialidade*, pensou Lucille.

Então passou a língua pelos lábios e sacudiu a cabeça. Ali dentro, a tensão aumentou. Não havia mais como se mexer, e algumas pessoas ainda queriam entrar. Lucille ficou atenta. Talvez fosse gente vinda de Buckhead, ou de Waccamaw, ou de Riegelwood. A Agência se propusera a organizar essas assembleias em toda cidade onde pudesse, e algumas pessoas viraram fãs de carteirinha, do tipo que, de cidade em cidade, de uma apresentação para outra, vai atrás de músicos famosos. Assim essas pessoas seguiam os funcionários da Agência de um lugar a outro, de assembleia em assembleia, em busca de contradições e pretextos para começarem uma briga.

Lucille reparou em uma mulher e um homem que pareciam repórter e fotógrafo. O homem lembrava aquele tipo que se via nas revistas ou sobre os quais se lia nos livros: descabelado, a barba por fazer. Ela imaginou que ele tivesse cheiro de madeira cortada e água do mar.

A mulher, por sua vez, estava muito bem-vestida, com o cabelo preso num rabo de cavalo e impecavelmente maquiada.

— Será que a van da emissora está lá fora? — perguntou Lucille, a voz abafada pelo burburinho da multidão.

Como se estimulado por um diretor de palco, o pastor Peters entrou pela porta em um dos cantos do púlpito. Atrás dele surgiu sua mulher, parecendo tão pequena e frágil como sempre, o que foi reforçado pelo vestido preto e simples que usava. Entrou suando, secando a testa com delicadeza. Era uma criatura pequena e vulnerável, cujo nome os outros tendiam a ignorar, assim como a pessoa a quem pertencia.

Numa espécie de contraposição bíblica à mulher, o pastor Robert Peters era alto, de porte grande, cabelos escuros e tez perpetuamente bronzeada. Assemelhava-se à solidez de uma pedra, o tipo de homem que parecia ter sido parido, criado, propagado e cultivado para um modo de vida violento. No entanto, desde que Lucille conhecera o jovem pregador, ela jamais o ouvira falar alto, exceto, é claro, quando ele elevava a voz no fim de certos sermões, e isso não significava violência, assim como um trovão não era sinal de um deus zangado. O trovão na voz dos pastores, Lucille sabia, era apenas a maneira que Deus tinha de atrair a atenção das pessoas.

— É uma pequena amostra do inferno, reverendo — disse Lucille sorrindo quando o pastor e sua mulher já estavam bem perto dela.

— Sim, sra. Lucille — respondeu o pastor Peters, a cabeça grande e quadrada oscilando sobre o pescoço grande e quadrado. — Talvez a gente tenha que providenciar a retirada de algumas pessoas pelos fundos, sem tumulto. Acho que nunca vi esta igreja tão cheia. Mas por que não passar a bandeja antes de nos livrarmos delas? Estou precisando de pneus novos.

— Não fale assim!

— E como vai a senhora, sra. Hargrave? — A mulher do pastor levou a minúscula mão à minúscula boca, encobrindo uma minúscula tosse. — A senhora parece muito bem — disse em sua minúscula voz.

— Pobrezinha — murmurou Lucille, acariciando os cabelos de Jacob. — A senhora está bem? Parece que está caindo aos pedaços.

— Tudo bem — respondeu a mulher. — Só ligeiramente indisposta. Está quente demais aqui dentro.

— Acho que teremos que providenciar a saída de algumas pessoas, pedir que vão lá para fora — disse novamente o pastor, e levantou uma das mãos pesadas e quadradas à testa, como se quisesse proteger os olhos do sol. — Esta igreja nunca teve saídas suficientes.

— No inferno é que não vai ter saída nenhuma — acrescentou Helen.

O pastor Peters se limitou a sorrir e a lhe estender a mão por cima do banco para cumprimentá-la.

— E como vai este jovem rapaz? — perguntou com um sorriso luminoso para Jacob.

— Bem.

Lucille deu-lhe um tapinha na perna.

— Vou bem, obrigado, senhor — ele corrigiu.

— E o que você acha de tudo isso? — perguntou o pastor, rindo. Gotículas de suor luziam-lhe na testa. — O que vamos fazer com toda essa gente, Jacob?

O menino encolheu os ombros e, em consequência, ganhou mais um tapa na coxa.

— Eu não sei, senhor.

— Quem sabe a gente consegue mandar todos para casa. Ou arrumar uma mangueira e expulsar todo mundo com jatos d'água?

Jacob sorriu.

— Um pastor não pode fazer uma coisa dessas.

— Quem foi que disse?

— A Bíblia.

— A Bíblia? Tem certeza?

Jacob assentiu com a cabeça.

— Quer ouvir uma piada? O papai me ensina as melhores piadas.

— É mesmo?

— Ahã.

O pastor Peters se ajoelhou, para o total constrangimento de Lucille. Ela detestava a ideia de o pastor sujar o terno por causa de uma piada barata que Harold ensinara ao filho. Só o Senhor sabia das piadas que Harold conhecia, e elas não se prestavam aos sagrados ouvidos dos pastores.

Segurou a respiração.

— O que o livro de matemática disse pro lápis?

— Hmm — o pastor Peters esfregou o queixo barbeado, sugerindo profunda concentração. — Não sei — disse finalmente. — O que foi que o livro de matemática disse para o lápis?

— Estou cheio de problemas — disse Jacob, soltando uma gargalhada. Para alguns, era apenas o som de uma criança rindo. Outros, sabendo que algumas semanas antes o menino continuava morto, nem sequer atinavam o que sentir.

O pastor riu com o garoto, e Lucille também, agradecendo aos céus que a piada não fora aquela sobre o lápis e o bacalhau.

O pastor Peters enfiou a mão no bolso do paletó e, com muita firula, puxou uma balinha embalada em papel-alumínio.

— Você gosta de canela?

— Gosto, sim! Obrigado!

— Ele é tão educado — observou Helen Hayes, reacomodando-se no banco ao mesmo tempo em que observava a frágil mulher do pastor, cujo nome ela não conseguia lembrar nem que sua vida dependesse disso.

— Qualquer pessoa tão educada quanto ele merece ganhar uma balinha — falou a mulher do pastor. Ela havia se posicionado atrás do marido, dando leves tapinhas no meio das costas dele, e, levando-se em conta a diferença de tamanho entre os dois, ele tão grande e ela tão pequena, mesmo aquilo parecia um grande feito para ela.

— É difícil encontrar crianças bem-educadas hoje em dia, com as coisas do jeito que estão. — Fez uma pausa para secar a testa, dobrou o lenço e o levou à boca para dar uma tossidinha de camundongo. — Puxa vida.

— Acho que nunca vi ninguém tão doente na vida — disse Helen.

A mulher do pastor sorriu educadamente ao responder.

— É...

O pastor Peters afagou a cabeça de Jacob e sussurrou para Lucille:

— Seja lá o que digam, não deixe que isso o incomode... nem a senhora, certo?

— Certo, pastor — respondeu Lucille.

— Sim, senhor — disse Jacob.

— Lembre-se — falou o pastor para o menino —, você é um milagre. A vida, toda ela, é um milagre.

Angela Johnson

O piso da suíte de visitas onde ela estivera trancada pelos três últimos dias era de madeira nobre e muito bonito. Quando lhe traziam as refeições, tentava não derramar nada, pois não queria arruinar o assoalho e dar motivos para que lhe aumentassem o castigo por algo que fizera de errado. Às vezes, só para ter certeza, ela comia na banheira, prestando atenção no que seus pais diziam no quarto de dormir do outro lado da parede.

— Por que eles ainda não voltaram para recolher aquilo? — queria saber o pai.

— A gente nunca devia ter permitido que eles a trouxessem, em primeiro lugar — retrucou a mãe. — A ideia foi sua. O que vai acontecer se os vizinhos descobrirem?

— Acho que Tim já sabe.

— Mas como? Já era muito tarde da noite quando a trouxeram. Ele não podia estar acordado àquela hora, podia? — Um momento de silêncio se apoderou deles. — Imagine o que vai acontecer se a firma descobrir. Isso é tudo culpa sua.

— Eu precisava saber — disse ele, suavizando a voz. — Ela é tão parecida com a...

— Não, Mitchell, não vai recomeçar. Já chega! Vou ligar para eles mais uma vez. Eles vão ter que vir buscar essa... esse negócio, hoje à noite mesmo.

A menina se sentou no canto, com as pernas recolhidas ao peito, chorando baixinho, lamentando alguma coisa que pudesse ter feito, sem entender nada da situação.

Perguntou-se para onde tinham levado sua penteadeira, suas roupas, os cartazes que havia colado por todo o quarto por anos seguidos. As paredes agora estavam pintadas de um tom pastel, uma mistura de vermelho com rosa. Os furos das tachinhas, as marcas de fita adesiva, os rabiscos a lápis no batente da porta, marcas do seu crescimento com o passar dos anos... tudo sumira, encoberto por algumas camadas de tinta.

4

QUANDO AS PESSOAS COMEÇARAM A sentir falta de ar na igreja apinhada, todas se puseram a pensar na probabilidade de uma tragédia acontecer e, aos poucos, foram silenciando. O silêncio começou perto da entrada e progrediu como um vírus pela massa de gente.

Aprumado, o pastor Peters, que aos olhos de Lucille parecia alto e grande como o monte Sinai, mantinha as mãos mansamente sobrepostas na cintura, com a mulher aninhada sob a proteção da sombra dele. Lucille esticou o pescoço, tentando ver o que acontecia. Quem sabe o diabo finalmente se cansara de esperar.

— Olá. Oi. Com licença. Posso passar? Oi. Como vai? Com licença. Perdão.

Foi como se um encanto houvesse tomado conta da multidão. A cada palavra, mais uma brecha se abria no muro de gente.

— Com licença. Olá. Como tem passado? Com licença. Oi... — Era uma voz mansa e grave, muito educada e de múltiplos subentendidos. A voz se elevou, ou talvez fosse o silêncio que tivesse aumentado, até que só restou o ritmo de suas palavras movendo-se por cima de tudo, como um mantra. — Dá licença? Oi, como vai? Posso? Oi...

Era, sem sombra de dúvida, a voz bem ensaiada de alguma autoridade do governo.

— Boa noite, pastor — disse o agente Bellamy com gentileza, ao conseguir finalmente romper aquele mar de gente. Lucille soltou a respiração que ela não tinha consciência de estar prendendo.

— Minha senhora?

O agente usava um terno escuro perfeitamente ajustado, muito parecido com o que vestia no dia em que trouxera Jacob. Não era um terno típico dos homens do governo, mas digno de Hollywood, de programas de entrevista e de outros eventos glamorosos, considerou Lucille.

— E como vai o nosso garoto? — perguntou, inclinando a cabeça na direção de Jacob, com o sorriso tão uniforme e nítido quanto mármore recém-talhado.

— Vou bem, senhor, obrigado — respondeu Jacob, com a balinha chocando-se contra os dentes.

— É bom ouvir isso — disse, endireitando a gravata, embora não estivesse torta. — É muito bom ouvir isso.

Com o agente Bellamy, apareceram os militares, dois garotões tão novos que pareciam apenas brincar de soldado. Lucille esperava que, a qualquer momento, começassem a correr um atrás do outro em volta do púlpito, como uma vez Jacob e o garoto dos Thompson haviam feito. No entanto, não eram de brinquedo as armas que levavam na cintura.

— Obrigado por ter vindo — disse o pastor Peters, estendendo a mão para o agente Bellamy.

— Jamais perderia a ocasião. Obrigado por me esperar. Multidão e tanto esta que o senhor tem aqui.

— As pessoas estão curiosas — explicou o pastor Peters. — Todos nós estamos. O senhor, ou melhor, a Agência ou o governo como um todo tem algo a dizer?

— O governo como um todo? — perguntou o agente Bellamy, mantendo o sorriso. — O senhor está me superestimando. Eu não passo de um humilde funcionário público. Um rapazinho negro de... Nova York — disse, baixando a voz, como se todos na igreja, na cidade, já não o soubessem pelo sotaque dele. Ainda assim, não fazia sentido alardear o fato mais do que o estritamente necessário. Lugar estranho o Sul.

* * *

A reunião teve início.

— Como todos sabem — o pastor Peters começou na frente da igreja — vivemos tempos que só podem ser qualificados como interessantes. Fomos agraciados com a chance de... de testemunhar milagres e maravilhas indescritíveis. E não tenham dúvida, pois é isso o que são, milagres e maravilhas. — Ele caminhava enquanto falava, como costumava fazer sempre que estava inseguro sobre o que dizer. — Vivemos um tempo digno do Velho Testamento. Lázaro não só ressurgiu do túmulo, mas, ao que parece, também trouxe todos com ele!

O pastor fez uma pausa para secar o suor que lhe escorria pela nuca. Sua mulher tossiu.

— Algo aconteceu — trovejou o pastor, abrindo os braços e assustando os congregados. — Algo, cuja causa ainda não tivemos o privilégio de conhecer, aconteceu. E o que vamos fazer? Como devemos reagir? Devemos ter medo? Vivemos tempos incertos, e é natural sentir medo do desconhecido. Mas o que vamos fazer com esse medo?

Ele caminhou até o banco dianteiro, onde Lucille e Jacob estavam sentados, os sapatos de sola dura deslizando silenciosamente sobre o velho tapete cor de vinho. Tirou o lenço do bolso e secou a testa, sorrindo para Jacob.

— Vamos temperar nosso medo com paciência — continuou, respondendo à própria pergunta. — É isso o que vamos fazer.

Era muito importante mencionar a paciência, lembrou o pastor a si mesmo. Então ele pegou a mão de Jacob, assegurando-se de que até mesmo os que se encontravam nos fundos da sala, aqueles que não conseguiam ver, fossem informados sobre o que ele estava fazendo, sobre como ele falava de paciência enquanto segurava a mão do menino que estivera morto por meio século e que, de repente, chupava bala no banco da frente da igreja, sob a sombra da cruz.

O olhar do pastor varria a sala toda, e a multidão o acompanhava. Um por um, ele olhou para os Ressurgidos que ali estavam, mesmo sabendo que não haviam sido convidados, para que todos enxergassem a complexidade da situação. Eram pessoas de verdade, não produtos da imaginação. Inegáveis. Até isso era importante que o público compreendesse.

O exercício da paciência era uma das coisas mais difíceis de entender. O pastor Peters sabia disso. Difícil de entender e mais ainda de pôr em prática. Ele mesmo se achava o menos paciente de todos. Nenhuma palavra que dissera parecia realmente importar ou fazer sentido para ele, mas precisava cuidar de seu rebanho, precisava desempenhar o seu papel. E precisava evitar pensar nela.

Finalmente se controlou e a expulsou dos pensamentos.

— Há muito potencial e, pior ainda, muita oportunidade para ideias e ações precipitadas nesses tempos de incerteza. Basta ligar a TV para perceber como as pessoas estão com medo. Para ver o comportamento de algumas delas, as coisas que estão fazendo por causa do medo. Detesto admitir que estamos com medo, mas é fato que estamos. Odeio dizer que podemos ser precipitados, mas é verdade. Detesto dizer que desejamos fazer coisas que não deveríamos, mas também isso é verdade.

* * *

Ele a imaginava estendida sobre o galho grosso e baixo de um carvalho, como um felino predador. De pé, debaixo da árvore, ainda criança naquela época, ele a olhava enquanto ela dependurava um braço na direção dele. Tinha muito medo. Medo de altura. Medo dela e dos sentimentos que ela despertava nele. Medo de si mesmo, como toda criança tem. Medo de...

— Pastor?

Era Lucille.

O carvalho enorme, o sol projetando-se através da copa da árvore, a grama úmida e verde, a jovem menina, tudo desapareceu. O pastor Peters soltou um suspiro, segurando as mãos vazias diante de si.

— O que vamos fazer com eles? — gritou Fred Green do meio da igreja. Todos se viraram para ele. Fred tirou o velho boné e ajeitou a camisa cáqui de trabalho. — Está tudo errado! — prosseguiu, a boca tensa como uma caixa de correio enferrujada. Havia muito que perdera os cabelos, e o nariz era grande, os olhos pequenos, o que, com o passar dos anos, contribuíra para lhe emprestar traços acentuados e cruéis. — O que vamos fazer com eles?

— Vamos ser pacientes — disse o pastor Peters. Pensou em mencionar a família Wilson, nos fundos da igreja, mas, como essa família tinha um significado especial para a cidadezinha de Arcadia, por enquanto era melhor não deixar que ninguém os visse.

— Pacientes? — Fred esbugalhou os olhos, e um tremor lhe percorreu o corpo. — Quando o próprio Satã aparece na porta da nossa casa, o senhor quer que a gente tenha paciência? Que a gente tenha paciência agora, no Apocalipse, no Fim dos Tempos?! — Fred não olhava para o pastor Peters enquanto falava, e sim para o público. Girou sobre si mesmo, atraindo a atenção da multidão, certificando-se de que cada um pudesse ver seus olhos. — Ele quer paciência em tempos como estes!

— Ora, ora — disse o pastor Peters. — Não vamos começar com essa história de Apocalipse, de Fim dos Tempos. E chamar essa pobre gente de demônios não faz nenhum sentido. São mistérios, isso é certo. E podem até mesmo ser milagres. Mas, neste momento, é cedo demais para qualquer um explicar o que está acontecendo. Existem coisas demais que não entendemos, e o que menos queremos é um ataque de pânico aqui. Vocês já souberam do que aconteceu em Dallas, toda aquela gente ferida, Ressurgidos e gente comum também. Sem falar dos que morreram. Isso não pode acontecer aqui. Não em Arcadia.

— Se quer saber, o pessoal de Dallas fez o que tinha que ser feito.

O rebuliço foi geral na igreja. Nos bancos, ao longo das paredes, no fundo da sala, todos murmuravam, concordando com Fred, ou pelo menos com sua paixão.

O pastor Peters gesticulou para que as pessoas se acalmassem. Por um instante, houve um certo arrefecimento, para logo depois tudo recomeçar.

Lucille passou o braço em torno de Jacob e o puxou para si, sobressaltada ao rever na lembrança a imagem dos Ressurgidos, adultos e crianças, estendidos, ensanguentados e machucados, nas ruas escaldantes de Dallas.

A mulher afagou a cabeça de Jacob e cantarolou uma música sem nome. Sentia o olhar dos moradores sobre o garoto. Quanto mais tempo o olhavam, mais sérios ficavam seus rostos. Lábios escarneciam e sobrancelhas viravam carrancas. Enquanto isso, o garoto só queria saber de se aninhar na curva do braço da mãe, onde pensava em seus tão desejados pêssegos em calda.

As coisas não seriam tão complicadas, pensou Lucille, se ela pudesse esconder o fato de que ele era um Ressurgido. Ah, se ele pudesse passar por uma criança como qualquer outra! Mas, mesmo que ninguém na cidade conhecesse a história particular dela, mesmo que ninguém soubesse da tragédia do dia 15 de agosto de 1966, ainda assim não haveria jeito de esconder o que Jacob era. Os vivos sempre identificavam os Ressurgidos.

Fred Green continuava discursando sobre a tentação dos Ressurgidos e como não se podia confiar neles.

Enquanto isso, o pastor Peters pensava em todas as citações que podia fazer das Escrituras Sagradas, dos provérbios e das anedotas canônicas como contra-argumentos, mas não ali. Ali ele não estava com sua congregação. Aquele não era o culto de domingo, e sim uma reunião de moradores de uma cidade que perdera o rumo no meio de uma epidemia global. Uma epidemia que, se houvesse justiça na terra, teria passado longe dali, alastrando-se pelo mundo civilizado, por cidades maiores, por Nova York, Los Angeles, Tóquio, Londres, Paris. Todos aqueles lugares onde eventos importantes e grandiosos supostamente aconteciam.

— Proponho a gente juntar eles em algum lugar — disse Fred, sacudindo no ar o punho quadrado e enrugado enquanto uma turma de jovens o cercava, murmurando em concordância. — Talvez na escola, ou mesmo aqui na igreja, já que, segundo o pastor, Deus não tem problema com eles.

O pastor Peters então fez algo incomum para ele: gritou. Gritou tão alto que a igreja toda mergulhou em silêncio, e sua pequena e frágil mulher retrocedeu várias passadas.

— E depois o quê? — perguntou o pastor. — E depois o que acontece com eles? A gente os tranca num prédio num lugar qualquer, e então o quê? O que mais? Por quanto tempo vamos detê-los? Um par de dias? Uma semana? Duas? Um mês? Até que isso chegue ao fim? E quando vai acontecer isso? Quando os mortos vão parar de ressurgir? E quando é que Arcadia vai ficar lotada? Quando todos que já moraram aqui tenham voltado? Faz quanto tempo que essa nossa pequena comunidade existe? Cento e cinquenta, cento e setenta anos? Isso dá quanta gente? Quantos vamos poder deter? Quantos vamos poder alimentar e por quanto tempo? E o que vai acontecer quando houver Ressurgidos que não os da nossa comunidade? Todos vocês sabem o que está acontecendo. Quando ressurgem, dificilmente é no lugar onde moraram quando vivos. Portanto, não apenas estaremos abrindo as portas para aqueles que estão retornando ao lar, mas também para aqueles que estão perdidos e precisam de orientação. Os solitários, os que não têm ligações. Vocês estão lembrados do rapaz japonês que apareceu no condado de Bladen? Onde ele está agora? No Japão? Não! Continua em Bladen. Mora com uma família que teve a generosidade de o acolher. E por quê? Simplesmente porque ele não quis voltar para o país dele. Seja lá qual era a vida que levava quando morreu, o fato é que ele quis outra coisa. E, graças à boa vontade de pessoas de bem, dispostas à generosidade, teve a chance de conseguir. Eu lhe dou um bom dinheiro, Fred Green, se você me explicar essa! E não me venha com "a cabeça desses chinas é diferente da nossa", seu velho racista! — O pastor viu a centelha da razão e do respeito e enxergou nos olhos da multidão a possibilidade de se ter paciência. — Então, o que vai acontecer quando não houver mais nenhum lugar para eles irem? O que vai acontecer quando houver mais mortos do que vivos?

— É exatamente disso que estou falando — disse Fred Green. — O que vai acontecer quando houver mais mortos do que vivos? O que eles vão fazer com a gente? O que vai acontecer quando a gente for dominado por eles?

— Se isso acontecer, e não há sinal de que vai, mas, se acontecer, vamos esperar que eles tenham recebido um bom modelo de misericórdia entre os vivos.

— Essa é a maldita resposta de um louco! E Deus me perdoe por falar assim aqui na igreja, mas é a pura verdade. É a maldita resposta de um louco!

Novamente o volume aumentou na igreja. Falatórios e resmungos, acompanhados de cegas pressuposições. O pastor Peters olhou para o agente Bellamy. Onde Deus estava falhando, cabia ao governo vir ao resgate.

— Muito bem! Muito bem! — disse Martin Bellamy de pé, voltado para a multidão, alisando com a mão seu impecável paletó cinza. Entre todos na igreja, ele parecia ser o único que não suava, imune à falta de ar e ao calor. Coisa que acalmou a multidão.

— Eu não ia duvidar se, no fim das contas, tudo isso fosse culpa do governo — disse Fred Green. — De jeito nenhum eu ia ficar surpreso. Talvez vocês nem estivessem realmente tentando achar um jeito de trazer todos de volta, mas aposto que o pessoal do Pentágono enxergou as vantagens de trazer soldados de volta da morte. — Fred contraiu a boca, afiando seu argumento contra os lábios. Estendeu os braços, como se quisesse enlaçar todos na igreja com a trama do seu raciocínio. — Será que vocês não entendem? Eles mandam um exército pra guerra e, *pam*!, um dos soldados leva chumbo e morre. Aí, apertam um botão ou dão uma injeção nele e pronto, lá está o cara de pé, com uma arma na mão, correndo direto pra cima do filho da mãe que acabou de matar ele. É a porra de uma arma do fim do mundo!

Alguns assentiram, como se Fred os tivesse convencido ou, pelo menos, plantado neles a semente da dúvida.

O agente Bellamy deixou que o efeito das palavras do velho assentasse.

— Uma arma do fim do mundo. É mesmo, sr. Green? O tipo de coisa que é matéria-prima de pesadelos. Pense bem: morto num instante, vivo no outro, e de novo levando chumbo. Quantos de vocês se alistariam para uma coisa dessas? Eu certamente não. Não, sr. Green, nosso governo, forte e impressionante como é, não tem controle nenhum sobre o que está acontecendo. Só tentamos não ser atropelados pelos acontecimentos e progredir do melhor modo possível.

Boa escolha de palavra: *progredir*. Uma palavra de conotações positivas, que a gente quer por perto quando a situação fica tensa. O tipo de palavra que se pode levar para casa e apresentar à família.

A turba olhou para Fred novamente. Ele não lhes oferecera nada tão reconfortante como *progredir*. Parado ali, parecia tão somente velho e zangado.

O pastor Peters moveu seu enorme corpo para a direita do agente Bellamy.

O agente era o pior tipo de autoridade governamental: o honesto. O governo jamais pode dizer às pessoas que não sabe mais do que qualquer uma delas. Se o governo não tinha as respostas, então quem as tinha? Cabia ao governo, no mínimo, ter vergonha na cara e mentir a respeito da situação. Fazer de conta que tudo estava sob controle. Fingir que estava quase descobrindo a cura milagrosa, ou que se preparava para o ataque militar decisivo, ou, no caso dos Ressurgidos, organizar uma simples coletiva de imprensa em que o presidente, sentado à lareira com um suéter chique e fumando cachimbo, diria com uma voz paciente e suave: "Eu tenho as respostas de que vocês precisam e tudo vai dar certo".

O agente Bellamy, porém, não sabia mesmo nada mais do que qualquer um e não se envergonhava disso.

— Imbecil! — disse Fred. Em seguida, se virou e foi embora. A densa multidão se afastou como pôde para lhe dar passagem.

* * *

Na ausência de Fred Green, as coisas se acalmaram à moda do Sul. As perguntas se alternavam, dirigindo-se ora ao agente, ora ao pastor. E eram as previsíveis naquela situação; para todos, em todos os lugares, em todos os países, em todas as igrejas, prefeituras, fóruns na web, salas de bate-papo, as perguntas eram as mesmas. As mesmas que, repetidas tantas vezes e por tanta gente, acabaram se tornando um tédio.

Também as respostas ficaram tediosas: Não sabemos, Precisamos de tempo, Por favor tenham paciência. Mas, nessa tarefa, o pastor e o homem da Agência formavam o time perfeito. Um apelava para o senso de dever cívico, e o outro, para o senso de dever espiritual. Se não formassem a equipe perfeita, seria difícil prever o que todos aqueles cidadãos teriam feito quando a família Wilson resolveu aparecer.

Eles entraram pela porta do refeitório, nos fundos da igreja. Fazia uma semana que tinham se mudado para lá. Praticamente invisíveis. Raramente assunto de conversas.

Jim e Connie Wilson, bem como seus dois filhos, Tommy e Hannah, representavam a maior vergonha e tristeza que a cidade de Arcadia jamais conhecera.

Assassinatos não aconteciam em Arcadia.

Exceto por aquele. Uma noite, muitos anos antes, a família Wilson fora assassinada em casa, sem que os culpados jamais fossem encontrados. Houvera muitas hipóteses. No início, correram rumores sobre um andarilho chamado Ben Watson. Ele não tinha casa e ia de cidade em cidade como uma ave migratória. Normalmente, aparecia em Arcadia no inverno, no celeiro de alguém, tentando passar despercebido pelo tempo que pudesse. No entanto, nunca ninguém o percebera como uma pessoa violenta. Além do mais, na noite do assassinato dos Wilson, Ben Watson estava a dois condados de distância, na cadeia por uma bebedeira em público.

Outras hipóteses iam e vinham, numa escala sempre decrescente de confiabilidade. Falava-se de um possível caso extraconjugal envolvendo ora Jim, ora Connie. Mas essa versão não durou muito, posto que Jim estava sempre no trabalho, em casa ou na igreja, e Connie só saía de casa para ir à igreja ou para pegar os filhos na escola. Mais importante, porém, era a simples verdade: Jim e Connie já na escola eram namorados, dois eternos apaixonados.

Relações ilícitas não constavam no DNA do amor deles.

Em vida, os Wilson costumavam passar muito tempo com Lucille. Sem inclinação para pesquisas familiares, Jim aceitara a palavra de Lucille afirmando que eles eram parentes por parte de uma tia-avó, cujo nome ela nunca conseguira lembrar, e assim ele aceitava todos os convites da mulher.

Ninguém despreza a oportunidade de ser tratado como família.

Para Lucille, e isso é algo que ela não se permitiu entender senão anos após a morte deles, observar a vida de Jim e Connie, trabalhando e criando os filhos, representava a oportunidade de acompanhar a vida que ela mesma quase tivera. A vida que a morte de Jacob lhe roubara.

Como, então, ela não iria chamá-los de família, fazer deles parte do seu mundo?

Nos longos anos posteriores ao assassinato da família Wilson, o povo de Arcadia concordou, daquele jeito tácito que as pessoas de cidades pequenas consentem as coisas, que o culpado não podia ser alguém de lá. Tinha de ser outra pessoa. Tinha de ser alguém de fora, alguém que descobrira o pequeno e secreto lugar no mapa, onde aquelas pessoas viviam suas vidas tranquilas, e viera para acabar com toda a paz e a tranquilidade que já haviam conhecido.

Todos olhavam pensativos enquanto os membros da família emergiam, um a um, pela porta nos fundos da igreja. Jim e Connie vinham na frente, o pequeno Tommy e Hannah seguindo-os silenciosamente. A multidão cedeu como manteiga cortada com faca quente.

Jim Wilson era um sujeito jovem, com pouco mais de trinta e cinco anos, louro, de ombros largos, queixo duro e quadrado. Parecia o tipo de homem que está sempre construindo alguma coisa. Sempre envolvido na produção de algo. Sempre levando adiante o engatinhar da humanidade em seu progresso contra a perpétua gana da entropia. Por isso todos na cidade gostavam tanto dele em vida. Ele fora um modelo do que o povo de Arcadia deveria ser: educado, trabalhador, sulista. Mas agora, como um dentre os Ressurgidos, ele lembrava a todos aquilo que eles não sabiam que poderiam ser.

— Vocês estão mais perto da grande pergunta — disse Jim sem levantar a voz. — Aquela que fizeram mais cedo, mas à qual não responderam. A pergunta sobre o que será feito de nós.

O pastor Peters interrompeu:

— Ora, ora, não é bem assim. Vocês são gente. Precisam de um lugar para morar. Nós temos espaço para vocês.

— Eles não podem ficar aqui para sempre — disse alguém. Vozes na multidão murmuravam em concordância. — É preciso fazer alguma coisa com eles.

— Eu só queria dizer obrigado — afirmou Jim Wilson. Na verdade, pensara em dizer muito mais, no entanto tudo se esvaíra, agora que Arcadia inteira fixava os olhos nele. Alguns menos amigáveis do que outros. — Eu só... só queria dizer obrigado — repetiu. Logo deu meia-volta e, levando a família junto, saiu pela mesma porta pela qual entrara.

Depois disso, ninguém mais parecia saber o que perguntar, ou o que dizer, ou o que discutir. As pessoas ficaram ali, desorientadas, resmungando e sussurrando. De repente todos se sentiam cansados e sobrecarregados.

O agente Bellamy fez um discurso final procurando tranquilizar as pessoas, que, aos poucos, começavam a deixar a igreja. Ele as cumprimentava e sorria à medida que iam passando, e, quando lhe perguntavam algo, respondia que faria todo o possível para entender a razão daqueles acontecimentos. Disse-lhes que ficaria na cidade até que tudo estivesse acertado.

Considerando-se que acertar tudo era o que se esperava do governo, as pessoas resolveram ignorar os próprios medos e suspeitas, pelo menos por ora.

No fim, restaram ali somente o pastor, sua mulher e os Wilson. Sem querer causar ainda mais problemas, a família permaneceu quieta na sala dos fundos da igreja, longe dos olhares e das lembranças de todos, como se nunca houvesse ressurgido.

* * *

— Imagino que Fred teve bastante a dizer — comentou Harold enquanto Lucille se acomodava na caminhonete. Confusa com o cinto de segurança de Jacob, ela se digladiava aos resmungos e gestos bruscos para deixar o filho seguro no banco de trás.

— Esses troços são... são... uma porcaria! — A frase foi pontuada pelo clique do cinto. Em seguida, Lucille se concentrou em girar a manivela do vidro do seu lado. Tendo conseguido abri-lo só depois de uns bons trancos, cruzou os braços sobre o peito.

Harold virou a chave na ignição para dar partida.

— Vejo que sua mãe está mordendo a língua de novo, Jacob. Acho que ela passou a reunião inteira sem falar nada. Estou certo?

— Está sim, papai — disse o menino, sorrindo para o pai.

— Parem com isso — suplicou Lucille. — Parem com isso, vocês dois!

— Ela não teve chance de usar nenhuma daquelas palavras complicadas, e você sabe como que ela fica quando isso acontece, não sabe? Você lembra?

— Lembro sim.

— Eu não estou brincando — disse Lucille, reprimindo uma risada. — Desço do carro agora e vocês nunca mais vão me ver.

— Alguma outra pessoa conseguiu usar uma palavra bem extravagante?

— Apocalipse.

— Ah, essa... É uma palavra complicada mesmo. Apocalipse é o que acontece quando se passa tempo demais na igreja. É por essas e outras que eu não entro lá.

— Harold Hargrave!

— E o pastor, como vai? Ele é um bom rapaz do Mississippi, apesar da religião dele.

— Ele me deu uma bala — disse Jacob.

— Isso foi gentil da parte dele, não foi? — perguntou Harold, lutando com a caminhonete na estrada escura. — Ele é um bom homem, não?

* * *

Com a igreja em silêncio, o pastor Peters entrou em seu pequeno escritório e se sentou à mesa de madeira escura. A distância, um caminhão acelerava. Tudo estava tranquilo, e isso era bom.

A carta permanecia na gaveta, entre livros e documentos ainda por assinar, sermões e a bagunça que aos poucos vai tomando conta de um escritório. No canto mais distante, de uma velha luminária vinha uma fraca luz amarela. Ao longo das paredes, estavam as estantes do pastor Peters. Mas os livros quase nada o reconfortavam naqueles dias. Uma única carta desmanchara todo o trabalho deles, sequestrando toda sensação de tranquilidade que as palavras podem oferecer.

A carta dizia:

Prezado sr. Robert Peters,

A Agência Internacional para os Ressurgidos gostaria de lhe informar que o senhor está sendo intensamente procurado por um dos Ressurgidos, de nome Elizabeth Pinch. Conforme nossa regulamentação em situações como esta, nenhuma informação que não pertença à família do Ressurgido pode ser fornecida. Na maioria dos casos, esses indivíduos primeiro procuram suas famílias. No entanto, a srta. Pinch manifestou o desejo de encontrá-lo. Estamos, portanto, informando-o da situação, conforme o Código 17, Artigo 21 da Diretriz Regulamentar dos Ressurgidos.

O pastor Peters permaneceu com o olhar fixo na carta, sentindo-se, como da primeira vez em que a lera, incerto sobre tudo em sua vida.

Jean Rideau

— Você devia estar com uma mulher jovem — disse ela a Jean. — Ela poderia cuidar de você durante tudo isso. — E se sentou na pequena cama de ferro, soltando um suspiro. — Você é famoso agora. E eu sou só uma velha atrapalhando seu caminho.

O jovem artista atravessou o quarto e se ajoelhou ao lado dela. Pousou a cabeça no colo da mulher e lhe deu um beijo na palma da mão, o que a tornou ainda mais consciente das rugas e manchas surgidas em sua mão nos anos recentes.

— É tudo graças a você — disse ele.

Ele fizera parte da vida daquela mulher por mais de trinta anos — desde quando ela era uma estudante insegura na faculdade, tantos anos antes, e descobrira o trabalho de um artista desconhecido que morrera sob as rodas de um carro em uma noite cálida de 1921, em Paris. E agora ela o tinha, não apenas seu amor, mas também seu corpo, incondicionalmente. E isso a assustava.

Na rua, a calma voltara. A multidão fora dispersada pela polícia.

— Se ao menos eu fosse tão famoso assim naquela época — disse ele. — Talvez minha vida tivesse sido diferente.

— Os artistas só são valorizados depois que morrem. — Ela sorriu, afagando-o na cabeça. — Ninguém nunca esperou que algum deles fosse voltar para recolher os elogios.

Ela passara anos estudando as obras e a vida dele, sem por um momento imaginar que algum dia estaria ali, sentindo seu cheiro, per-

correndo com a mão aquela barba, que, para desespero dele, nunca crescera o suficiente. Eles compartilhavam as noites acordados, conversando sobre tudo, menos a arte dele. O que a imprensa falava já era o bastante. "Jean Rideau: o retorno dos artistas", proclamara uma das manchetes mais difundidas.

"A vanguarda do dilúvio artístico", anunciava o artigo. "Escultor genial está de volta! Prenúncio do retorno dos mestres!"

Portanto, agora, ele era famoso. Trabalhos que realizara havia quase cem anos, trabalhos que nunca lhe renderam mais do que algumas centenas de francos, agora eram vendidos por milhões. Sem falar dos fãs.

Mas Jean só queria Marissa.

— Você me manteve vivo — disse, esfregando a cabeça no colo dela, feito um gato. — Você manteve vivo o meu trabalho quando ninguém mais sabia de mim.

— Sou sua curadora então — afirmou ela. Com o pulso, afastou do rosto alguns fios de cabelo, que a cada dia se tornava um pouco mais branco e um pouco mais ralo. — É isso o que eu sou?

Ele levantou o olhar para ela, os olhos azuis e calmos. Até mesmo nas granuladas fotos em preto e branco que passara anos estudando, ela sempre soubera que aqueles olhos tinham uma tonalidade azul particularmente bela.

— Não dou a mínima para nossa diferença de idade — disse ele. — Eu não passava de um artista mediano. Agora eu sei que o sentido da minha arte era me levar até você.

Então a beijou.

5

COMEÇARA PEQUENO, COMO A MAIORIA das coisas grandes começa. Havia só um automóvel especial do governo, um só agente governamental, dois soldados imberbes e um telefone celular. Mas bastaram um telefonema e poucos dias fazendo mudanças para que o agente Bellamy se encontrasse já entrincheirado na escola, agora sem estudantes, sem aulas, nada exceto o sempre crescente número de carros, caminhões e homens e mulheres da Agência a se instalarem no prédio, no decurso dos últimos dias.

A Agência desenvolvera um plano para Arcadia. O mesmo isolamento que sufocara a economia da cidade nos anos de sua existência era exatamente o que a Agência buscava. Claro que Whiteville tinha hotéis, restaurantes, recursos e tudo o mais de que a Agência pudesse precisar para levar seus planos adiante, mas tinha, também, gente demais. Cerca de quinze mil habitantes, sem falar da rodovia e de todas as outras estradas vicinais que, em breve, precisariam ser patrulhadas.

Já Arcadia se assemelhava a uma cidade inexistente, com apenas um punhado de moradores, nenhum dos quais era o mais remotamente famoso. Ali moravam apenas fazendeiros e moleiros, mecânicos, trabalhadores braçais, maquinistas e diversas outras variedades de cidadãos que precisavam dar duro para ganhar a vida. Ninguém que fosse fazer falta a alguém.

Pelo menos fora assim que o coronel se expressara.

O coronel Willis. Só de pensar nele, o agente Bellamy sentia o estômago se retrair. Não sabia quase nada sobre ele, coisa que o deixava nervoso. Na era da informação, jamais confie em alguém que não possa ser encontrado pelo Google. Mas o agente Bellamy só teve tempo de pensar nisso tarde da noite, de volta ao hotel, antes de cair na cama, morto de sono. Ele se concentrava totalmente em seu trabalho diário, sobretudo nas entrevistas.

A sala de aula era minúscula. Cheirava a mofo, a tinta à base de chumbo e a tempo.

— Primeiramente — começou Bellamy, recostando-se na cadeira, com seu caderninho apoiado no colo — tem algo de incomum que algum de vocês queira discutir?

— Não — respondeu Lucille. — Não me ocorre nada. — Jacob concordou com a cabeça, focado, principalmente, em seu pirulito. — Mas tenho certeza — prosseguiu a mulher — de que o senhor saberá fazer qualquer pergunta que ache oportuna, e então eu vou saber se há ou não alguma coisa estranha acontecendo. Suponho que o senhor seja um interrogador de primeira.

— Uma escolha de palavra um tanto quanto áspera, não?

— Talvez — disse Lucille. — Me desculpe. — Molhou com saliva o polegar e limpou um resquício de pirulito no rosto de Jacob.

Ela havia vestido cuidadosamente o garoto para a entrevista. Calças pretas formais, novas. Uma radiante camisa social branca, também nova. Sapatos novos. Até mesmo meias novas. Ele, por sua vez, estava cumprindo a sua parte, mantendo-se limpinho, como o bom menino que era.

— Eu gosto das palavras, é só isso — continuou Lucille. — E às vezes elas podem parecer um pouco duras, quando minha intenção é só variar.

Lucille terminou de limpar o rosto de Jacob e logo voltou a atenção para si. Alisou os longos cabelos prateados e olhou as mãos pálidas para verificar se estavam sujas. Não estavam. Ajeitou o vestido, deslocando-se na cadeira para poder puxar a bainha mais para baixo. Ainda que a bainha de seu vestido amarelo-creme não tivesse subido, por Deus, não, fez aquilo apenas para indicar que ela, como toda mulher respeitável, fazia questão, quando em companhia masculina, de mostrar que estava se esforçando ao máximo para se comportar com modéstia e decoro.

Decoro, eis mais uma palavra que, para Lucille, precisava ser usada mais frequentemente nas conversas.

— Decoro — murmurou ela. E logo se pôs a ajeitar a gola do vestido.

* * *

— Há uma coisa de que as pessoas vêm se queixando — disse Bellamy. — Dificuldade para dormir. — E pegou seu caderninho do colo, colocando-o sobre a mesa. Ficara surpreso de ver uma mesa tão grande ocupada por um professor de uma cidadezinha tão pequena, mas bastava pensar um pouco que coisas assim acabavam fazendo sentido.

Bellamy se inclinou para frente e verificou se o gravador estava ligado. Fez umas anotações no caderninho, esperando que Lucille respondesse à sua afirmação. Logo se deu conta, no entanto, de que precisaria elaborar um pouco melhor a pergunta para que obtivesse resposta. Escreveu a palavra *ovos* no caderninho, só para parecer ocupado.

— Na verdade, não é bem que os Ressurgidos têm dificuldade de dormir — recomeçou Bellamy, tentando falar devagar e procurando usar uma linguagem não ianque. — É que tendem a dormir muito pouco. Não reclamam de cansaço nem de exaustão, e já ouvi dizer que alguns até passam dias sem dormir, para logo descansar por algumas horas e ficar completamente bem depois. — Recostou-se, apreciando a qualidade da cadeira de madeira, do mesmo modo que apreciara a qualidade da mesa. — Mas talvez isso não queira dizer muito — acrescentou. — É esse o motivo dessas entrevistas todas, tentar determinar o que é normal ou não, e o que não significa nada. Precisamos do máximo de informações, tanto sobre os Ressurgidos quanto sobre os não Ressurgidos.

— E então, sua pergunta diz respeito a mim ou ao Jacob? — quis saber Lucille enquanto passeava o olhar pela sala de aula.

— No fim das contas, a ambos. Mas por enquanto, sra. Hargrave, fale a seu respeito. A senhora tem tido dificuldade para dormir? Sonhos inquietantes? Insônia?

Lucille se mexeu na cadeira. Olhou de relance para a janela. Dia claro. Tudo brilhante e cheirando à primavera, com o odor úmido do verão já à espreita. Deu um suspiro e esfregou as mãos uma na outra. Logo as apoiou sobre o colo. Mas elas não se satisfizeram em permanecer ali, portanto alisou o vestido e passou um dos braços em torno do menino, gesto que, na opinião dela, qualquer mãe faria.

— Não — disse ela, por fim. — Por cinquenta anos fiquei acordada. Sentada na cama, acordada. Toda noite andava pela casa, acordada. — Sorriu. — Agora eu durmo toda noite. Com toda tranquilidade. Mais profundamente e melhor do que podia imaginar ou do que minha memória me permitia lembrar. — Lucille voltou a apoiar as mãos no colo. Dessa vez elas ficaram. — Agora eu durmo como tem que ser — reafirmou. — Fecho os olhos e eles se abrem novamente ao nascer do sol. Que é, imagino eu, o normal.

— E Harold, como ele tem dormido?

— Perfeitamente bem. Dorme feito um morto. Sempre foi assim e provavelmente sempre será.

Bellamy tomou nota no caderninho. *Suco de laranja. Carne (bife?)*. Logo riscou bife e escreveu *moída*. Virou-se para Jacob.

— E como você está se sentindo com tudo isso?

— Bem, senhor. Estou bem.

— Tudo isso aqui é muito esquisito, não é? Todas essas perguntas, todos esses testes, essa gente toda às voltas com você.

Jacob encolheu os ombros.

— Tem alguma coisa sobre a qual você queira conversar?

Jacob novamente encolheu os ombros, quase os levando até as orelhas, emoldurando seu rosto pequeno e liso. Por um breve momento, pareceu uma figura em um quadro que alguém pintara. Algo criado com tintas a óleo e técnicas antigas. O tecido da camisa que usava se acumulou perfeitamente em torno das orelhas. O cabelo castanho parecia cobrir-lhe os olhos. Então, como que prevendo a cutucada da mãe, ele falou:

— Eu vou bem, senhor.

— Posso lhe fazer outra pergunta, então? Agora uma mais difícil?

— Acho que sim — respondeu o menino. E logo acrescentou: — Quer ouvir uma piada? — Subitamente, os olhos de Jacob estavam nítidos e focados. — Conheço uma porção de piadas boas — disse.

O agente Bellamy cruzou os braços e se inclinou para frente.

— Certo, vamos ouvir.

Mais uma vez, Lucille orou em silêncio: *Por favor, Senhor, que não seja aquela sobre o bacalhau.*

— Como é que se chama uma galinha que está atravessando a rua?

Lucille prendeu a respiração. Qualquer piada com galinha corria o risco de se tornar vulgar muito rapidamente.

— Chamando, ora! — respondeu Jacob, antes de o agente ter tempo de pensar na resposta. Aí, espalmou as próprias coxas e riu como um velho.

— Essa é ótima — disse Bellamy. — Foi seu pai que te ensinou?

— O senhor disse que tinha uma pergunta difícil para mim — falou Jacob, afastando o olhar e mirando a janela, como se esperasse alguém.

— Certo. Sei que já lhe perguntaram isso antes. Sei que já lhe perguntaram isso mais vezes do que você provavelmente aguenta.

Eu mesmo já lhe fiz essa pergunta, mas sou obrigado a perguntar de novo. Qual é a primeira coisa que você se lembra?

Jacob permaneceu calado.

— Você se lembra de ter estado na China?

O menino assentiu com a cabeça, e, por alguma razão, sua mãe não o repreendeu. Com respeito às lembranças dos Ressurgidos, o interesse de Lucille era igual ao de qualquer outra pessoa. Por força do hábito, a mão da mulher se levantou querendo cutucar o menino para que ele respondesse, mas ela se controlou. A mão voltou ao colo.

— Me lembro de acordar — Jacob começou — perto da água. Perto do rio. Sabia que ia ter problemas.

— Por que você teria problemas?

— Porque eu sabia que o papai e a mamãe não imaginavam onde eu estava. Quando não consegui achar eles, fiquei com mais medo ainda. Não com medo de levar bronca, mas porque eles não estavam comigo. Achei que o papai estava em algum lugar por ali. Mas não estava.

— E aí, o que foi que aconteceu?

— Umas pessoas vieram. Uns chineses. Falavam chinês.

— E depois?

— Depois duas mulheres surgiram falando esquisito, mas eram boazinhas. Eu não sabia o que elas estavam dizendo, mas dava pra ver que eram boazinhas.

— É... — concordou Bellamy. — Sei exatamente o que você quer dizer. É como quando escuto um médico, ou enfermeiro, me dizendo alguma coisa naquela fala de hospital. A maior parte das vezes não entendo nada, mas, pelo jeito como eles falam, percebo que estão com boas intenções. Sabe, Jacob, é impressionante quanto a gente pode saber sobre alguém só pelo jeito como a pessoa fala. Você não acha?

— Acho, senhor.

Os dois continuaram falando sobre o que aconteceu depois de Jacob ter sido encontrado perto do rio, naquela pequena aldeia de pescadores próxima de Pequim. O garoto ficou feliz por contar tudo. Viu-se como um aventureiro, um herói em uma jornada heroica. É certo que a experiência fora dolorosamente assustadora para ele, mas só no início. Depois, até que tinha ficado divertida. Estava numa terra estranha, com gente estranha, e lhe deram comida estranha, à qual, felizmente, ele logo se acostumou. Ali mesmo, sentado na sala com o homem da Agência e sua mãezinha adorada, seu estômago roncava por autêntica comida chinesa. Não tinha a mínima noção dos nomes de nada do que lhe fora oferecido, mas conhecia bem os aromas, os sabores, as essências daquela comida.

Jacob falou demoradamente sobre a comida na China, sobre como todos foram bons com ele. Até mesmo quando apareceu a autoridade do governo e os inevitáveis soldados, eles continuaram a tratá-lo com generosidade, como se fosse um deles. Davam-lhe comida até que sua barriga não aguentasse mais, ao mesmo tempo em que o observavam com uma sensação de mistério e espanto.

Então veio a longa viagem de avião, da qual não teve medo nenhum. Crescera querendo voar para algum lugar e, na época, ganhara mais de dezoito horas de viagem. Os comissários foram legais com ele, mas ninguém foi tão legal quanto o agente Bellamy quando se conheceram.

— Eles sorriam um bocado — disse Jacob, pensando no pessoal de bordo.

Ele contou todas essas coisas para o homem da Agência e para sua mãe. Não de forma tão eloquente, mas com simplicidade.

— Eu gostei de todo mundo, e todo mundo gostou de mim.

— Pelo que parece, você se divertiu bastante na China, Jacob.

— Sim, senhor. Foi divertido.

— Isso é bom, muito bom. — O agente Bellamy parara de tomar nota; a lista de compras estava completa. — Já cansou de tanta pergunta, Jacob?

— Não, senhor. Está tudo bem.

— Vou lhe fazer mais uma pergunta então. E quero que você pense bem nela, pode ser? — Jacob terminou o pirulito. Sentou-se direito, o pequeno rosto pálido tornando-se muito sério. Com a calça preta e a camisa branca social, parecia um pequeno e bem-vestido político. — Você é um bom menino, Jacob. Sei que vai se esforçar ao máximo.

— Você é mesmo — acrescentou Lucille, afagando a cabeça do filho.

— Você se lembra de alguma coisa antes da China?

Silêncio.

Lucille passou o braço em torno de Jacob, puxou-o para si e o apertou.

— O sr. Bellamy não quer dificultar as coisas, e você não precisa responder, se não quiser. Ele só está curioso. E sua velha mãe também. Embora eu ache que, mais do que curiosa, eu sou mesmo é intrometida.

Ela sorriu e se pôs a fazer cócegas no sovaco do menino.

Jacob soltou uma risadinha.

Lucille e o agente Bellamy esperaram.

Lucille esfregou as costas do garoto, como se, com esse gesto, pudesse conjurar os espíritos de memória que restassem nele. Ela desejou que Harold estivesse presente. Por algum motivo, achou que seria proveitoso naquele momento se fosse o pai quem esfregasse as costas do menino, manifestando-lhe total apoio. Mas Harold desandara a criticar "esse governo de idiotas" e tirara o dia para estar particularmente insuportável, comportando-se igual a quando Lucille tentava arrastá-lo para a igreja nos feriados. Por esse motivo, ficara resolvido que ele iria esperar na caminhonete enquanto Jacob e Lucille falavam com o homem da Agência.

O agente Bellamy colocou o caderninho na mesa, ao lado do banco, para mostrar ao menino que aquela não era somente uma questão do que o governo precisava saber. Ele queria mostrar que estava genuinamente interessado no que o garoto tinha vivido. Gostara de Jacob desde a primeira vez que o vira, e sentia que o menino gostava dele também.

Quando o silêncio se prolongara tanto a ponto de se tornar um incômodo, o agente Bellamy falou:

— Tudo bem, Jacob. Você não precisa...

— Eu faço o que mandam — disse Jacob. — Eu tento fazer o que mandam.

— Tenho certeza que sim, Jacob — respondeu o agente Bellamy.

— Eu não estava tentando criar problemas. Aquele dia no rio.

— Na China, onde encontraram você?

— Não — disse Jacob depois de uma breve pausa, recolhendo os joelhos junto ao queixo.

— O que você se lembra daquele dia?

— Eu não estava fazendo travessura.

— Eu sei que não estava.

— Eu realmente não estava — enfatizou Jacob.

Lucille chorava baixinho. Seu corpo tremia, expandindo-se e contraindo-se como um salgueiro ao vento de março. Agitadamente, procurou no bolso por um lenço, que usou para secar os olhos.

— Continue — falou, com a voz embargada.

— Eu me lembro da água — prosseguiu o garoto. — Era só água. Primeiro tinha o rio lá de casa, depois não tinha mais. Só que eu não sabia. Simplesmente aconteceu.

— Não teve nada no meio?

Jacob deu de ombros.

Lucille secou de novo os olhos. Algo de muito pesado caíra sobre seu coração, embora ela não soubesse o quê. Por um momento sentiu que ia despencar da cadeira, pequena demais para ela. Achou, no entanto, que seria o cúmulo da falta de educação para com o senhor Bellamy obrigá-lo a recolher uma velha desmaiada. Assim, por uma questão de etiqueta, ela se controlou, mesmo quando fez a pergunta em que toda sua vida estava suspensa.

— Meu amorzinho, não teve alguma coisa antes de você acordar? No tempo entre o momento em que você... foi dormir e quando acordou? Você viu uma luz branca e cálida? Ouviu uma voz? Não tinha alguma coisa?

— O que o cachorro π faz? — perguntou Jacob.

Silêncio. Nenhuma resposta. Silêncio e um menino pequeno dividido entre o que era incapaz de dizer e o que sentia que sua mãe queria que ele dissesse.

— Pilates — disse, ao ver que ninguém respondeu.

* * *

— A senhora tem um garoto e tanto — afirmou o agente Bellamy.

Jacob deixara a sala e passara para o cômodo vizinho, acompanhado de um jovem soldado de algum lugar do Centro-Oeste. Tanto Lucille como o agente Bellamy podiam observá-lo pelo vidro da porta que ligava as duas salas. Era importante para Lucille não perdê-lo de vista.

— Ele é uma bênção — disse ela, após um momento de pausa. Seu olhar passou do filho para o agente Bellamy, e daí para as próprias mãos, pequenas e magras, pousadas no colo.

— Fico contente em saber que tudo tem ido tão bem.

— De fato, tem — confirmou Lucille, sorrindo e ainda olhando para as próprias mãos. Logo, como se acabasse de encontrar a solução de um enigma, ela se endireitou na cadeira, e seu sorriso se expandiu tão largamente e com tanto orgulho que foi só nesse momento que o agente Bellamy percebeu quão pequeno e frágil fora até então. — É a primeira vez que vem por essas paragens, agente Bellamy? Digo, ao Sul?

— Aeroporto conta?

O agente se inclinou e cruzou as mãos sobre a magnífica mesa diante dele, intuindo que estava prestes a ouvir uma história.

— Acho que não.

— Tem certeza? Porque eu já cheguei e saí do aeroporto de Atlanta mais vezes do que posso contar. É estranho. Por razões que não entendo bem, de algum modo, me parece que todo voo que já peguei teve que passar por lá. Parece incrível, mas juro que é verdade. Teve uma vez que peguei o avião para ir a Boston e tive que fazer uma escala de três horas em Atlanta. Não tenho a menor ideia de como isso foi acontecer.

Lucille riu.

— Como se explica que o senhor não seja casado, agente Martin Bellamy? Por que o senhor não tem uma família?

— Acho que é porque eu nunca me encaixei.

— Pois o senhor devia procurar se encaixar — disse Lucille. Ela fez como se fosse ficar de pé, mas mudou de ideia imediatamente. — O senhor parece ser uma boa pessoa. O mundo precisa de mais pessoas assim. O senhor devia achar uma boa mulher, que o faça feliz e lhe dê filhos — continuou Lucille, ainda sorrindo. Embora, notou o agente Bellamy, o sorriso fosse então um pouco menos intenso.

Em seguida, ela se levantou com um gemido e se dirigiu até a porta, onde pôde se certificar de que Jacob continuava na outra sala.

— Acho que acabamos de perder o Festival do Morango, agente Bellamy — disse, em voz baixa e uniforme. — Acontece por essa época, em Whiteville. Existe desde quando eu era criança. Talvez, para um homem da cidade grande como o senhor, não seja lá grande coisa, mas para nós é uma festa e tanto. Como o nome já diz, o negócio lá é morango. As pessoas não pensam mais nisso, mas houve uma época em que era possível ter uma fazenda, plantar e ganhar a vida desse modo. Hoje em dia é mais raro. Quase todas as fazendas que conheci de menina desapareceram faz anos. Só uma ou duas sobraram. Acho que a fazenda dos Skidmore, perto de Lumberton, continua funcionando, mas não tenho certeza.

Ela se afastou da porta para ficar atrás da cadeira e assim olhar para o agente Bellamy enquanto falava. Mas ele se levantara num momento em que ela não estava olhando, o que pareceu causar em Lucille certa desorientação. À mesa, ele lhe parecera quase como uma criança, pelo modo como se sentava. Agora, de pé, voltara a se parecer com o homem feito que era. Um adulto de uma cidade grande e longínqua. Um adulto que deixara de ser criança havia muitos anos.

— A festa dura o fim de semana inteiro — prosseguiu Lucille. — E só cresceu com o passar dos anos. Mas mesmo naquela época, no início, já era um grande evento. O Jacob ficava tão animado quanto qualquer garoto tem o direito de ficar. Parecia até que a gente nunca o levava para lugar nenhum! E o Harold, bem, até ele ficava animado, embora tentasse esconder. Na época não tinha aprendido a ser um velho teimoso. Ainda não. O senhor compreende. A felicidade estava estampada no rosto dele! E por que ele não haveria de estar feliz? Ele era um pai na Festa do Morango do Condado de Columbus acompanhado do único filho. Aquilo precisava ser visto! Os dois se portavam como crianças. Havia um desfile de cães. E não tinha nada que Jacob e Harold gostassem mais do que cães. E aquele não era um desfile qualquer, como os que se veem na TV hoje em dia. Era um desfile rural, na melhor tradição. Só cães de trabalho. Cães farejadores, cães-guia, cães de caça. E como eram bonitos, meu Deus! E Harold e Jacob iam de uma tenda a outra, comentando: "Este é melhor do que aquele pra caçar em tal lugar, por tal motivo, em tal clima".

Lucille estava radiante. Via-se num palco, orgulhosa e maravilhosamente plantada em 1966.

— O sol brilhava em toda parte — disse. — Um céu tão claro e azul, como quase não se vê mais hoje em dia. — Sacudiu a cabeça. — Poluição demais, só pode ser. Não consigo pensar em qualquer coisa que continue igual a antes.

Então parou repentinamente.

Virou-se e olhou pelo vidro da porta. Seu filho continuava lá. Jacob continuava vivo. Com os mesmos oito anos de idade. Ainda lindo.

— As coisas mudam — ela disse depois de algum tempo. — Mas o senhor precisava estar lá, sr. Bellamy. Eles estavam tão felizes, Jacob e o pai. Harold carregou o menino nas costas quase que o dia inteiro. Pensei que ele ia ter um treco, de tanto que andou naquele dia. Andou muito. Era só olhar que lá estava o Harold levando o Jacob nos ombros, como um saco de batatas. Os dois criaram uma brincadeira com isso. Chegavam a um estande qualquer, viam o que tinham que ver, e então o Jacob saía correndo, com o Harold atrás. Corriam entre as pessoas, quase as derrubando. E eu gritava: "Parem com isso, vocês dois! Parem de se comportar como bichos!"

Ela olhou para Jacob. O rosto dela refletia insegurança quanto a que postura assumir, e daí se tornou neutro, à espera.

— Realmente, é uma bênção de Deus, agente Bellamy — disse lentamente. — E não é porque alguém não entende bem o propósito e o significado de uma bênção que ela se torna menor, não é?

Elizabeth Pinch

Ela sabia que ele viria. Só precisava esperar e acreditar. Ele sempre fora melhor do que se achara, mais disciplinado, mais inteligente. Ele era tudo aquilo que não se dizia ser.

Ela quase o encontrara. Chegou a atingir o Colorado antes que a pegassem. Um xerife da localidade a viu em um posto de descanso na estrada. Ela tinha pegado carona com um caminhoneiro fascinado pelos Ressurgidos, que não parava de lhe perguntar sobre a morte. Mas, quando viu que ela não ia responder às suas perguntas, ele a largou no posto de descanso, onde todos que a viram a trataram com certo nervosismo.

Primeiro foi transferida para o Texas, e lá não parava de perguntar aos homens da Agência:

— Pode me ajudar a encontrar Robert Peters?

Depois que a detiveram no Texas por um tempo, eles a enviaram para o Mississippi, onde morara inicialmente. Lá, encontraram um lugar para acomodá-la, em um prédio com outros como ela, e cercaram o edifício com homens armados.

— Preciso encontrar Robert Peters — dizia-lhes ela, sempre que surgia a oportunidade.

— Ele não está aqui — foi o melhor que teve como resposta, e ainda assim em tom de desprezo.

Mas ele viria buscá-la. De algum modo, ela tinha certeza disso.

Ele a encontraria e tudo seria como estava destinado a ser.

6

O PASTOR PETERS RESMUNGAVA AO ritmo da digitação. Só Deus sabia como ele detestava digitar.

Apesar de ser ainda relativamente jovem, apenas quarenta e três anos, nunca fora bom em digitação. Tinha a má sorte de pertencer àquela geração nascida em descompasso com o início da era da informática: longe o bastante para que nunca lhe dessem razões para aprender a datilografar; perto o suficiente para sofrer com a dificuldade de assimilar a disposição das teclas. Digitava usando apenas dois dedos, como um enorme louva-a-deus com fixação em teclados.

Tec. Tec-tec. Tec, tec, tec, tec-tec, tec.

Recomeçara a carta pela quarta vez, e por cinco vezes a deletara — contando a vez em que apagara tudo e desligara o computador, tamanha a frustração que sentia.

Para o pastor, o maior problema em digitar como quem cata milho era que o fluxo de palavras lhe vinha à mente em velocidade muito superior à de seus dois dedos, que sofriam para redigir. Se não soubesse das coisas, ele juraria sobre qualquer Bíblia que as letras constantemente trocavam de lugar no teclado, só para confundi-lo. Sim, ele poderia simplesmente escrever a carta à mão para em seguida digitá-la de uma vez, mas isso não o transformaria em um digitador melhor.

Uma ou duas vezes, sua mulher aparecera oferecendo-se para datilografar a carta para ele, como de costume. Excepcionalmente, ele declinou a ajuda.

— Nunca vou melhorar se eu sempre passar o trabalho para você — disse ele.

— Conhecer as próprias limitações é sinal de sabedoria — respondeu ela, sem a intenção de ofendê-lo, mas apenas querendo começar um diálogo "produtivo", como ele mesmo se expressara com os moradores de Arcadia poucos dias antes. Ele se tornara distante nas últimas semanas, e mais ainda recentemente. E ela não sabia por quê.

— Em vez de limitação, prefiro encarar como um problema de "fronteira mal definida" — respondeu o pastor. — Se algum dia eu conseguir fazer com que o resto dos meus dedos cooperem... então... espere e verá. Serei um fenômeno! Um autêntico milagre.

Quando ela começou a dar voltas em torno da mesa, delicadamente lhe pedindo para ver o que ele estava fazendo, o pastor rapidamente deletou as poucas e preciosas palavras que levara tanto tempo para reunir.

— É só uma coisa que estou precisando tirar da cabeça. Nada de importante — explicou ele.

— Se não é importante, por que você não quer me contar o que é?

— Não é nada. Mesmo.

— Tudo bem — disse ela, levantando as mãos, como quem se rende. E sorriu para mostrar que não estava zangada, ainda não. — Guarde seus segredos. Eu confio em você — completou e saiu.

A digitação do pastor se tornou mais lenta depois de sua mulher lhe dizer que confiava nele, consequentemente deixando implícito que havia algo no ato de ele escrever a carta que exigia não apenas a confiança dela, mas, pior ainda, um lembrete dessa confiança.

Que esposa habilidosa.

A quem interessar possa:

Não conseguira passar disso. Bufando, secou a testa com o dorso da mão e prosseguiu.
Tec. Tec. Tec. Tec-tec. Tec...

Escrevo para indagar

O pastor Peters parou e pensou, percebendo que sabia muito pouco do que queria perguntar.
Tec-tec-tec...

Escrevo para indagar sobre a localização da srta. Elizabeth Pinch. Recebi uma carta de vocês informando que ela procurava entrar em contato comigo.

Deleta, deleta, deleta. Então:

Escrevo para indagar sobre a localização da srta. Elizabeth Pinch.

Tais palavras lhe pareceram mais chegadas à verdade. Pensou em assinar seu nome e postar o envelope no correio. Pensou tanto que chegou a imprimir a página. Então, recostou-se no espaldar da cadeira e se pôs a olhar as palavras.

Escrevo para indagar sobre a localização da srta. Elizabeth Pinch.

Colocou a folha de papel sobre a mesa e pegou uma caneta. Riscou algumas palavras.

Escrevo para ~~indagar~~ sobre a ~~localização~~ da ~~srta.~~ Elizabeth Pinch.

Mesmo com as insistentes dúvidas a lhe rondarem, sua mão sabia o que ele vinha tentando dizer. Pegou a caneta e apoiou a mão de volta na folha de papel. Riscos, rabiscos, e finalmente a verdade inteira estava ali, em preto e branco, olhando para o pastor.

Escrevo sobre Elizabeth.

E, então, que outra coisa podia fazer senão amassar a folha e jogá-la no lixo?

O pastor entrou na internet e recomeçou a catar milho até conseguir digitar o nome de Elizabeth na barra de buscas. A pesquisa apontou dúzias de pessoas com o nome de Elizabeth Pinch, nenhuma delas a menina de quinze anos do Mississippi que, em alguma época remota, havia sido a dona de seu coração.

Refinou a busca para que mostrasse somente imagens.

Fotos de mulheres invadiram a tela, uma depois da outra. Algumas sorrindo, de frente para a câmera. Outras, sem a mínima noção de que estavam sendo fotografadas. Algumas das reproduções nem mesmo eram retratos de gente. Algumas destacavam imagens de cenas do cinema ou da televisão. (Aparentemente, havia uma certa Elizabeth Pinch que escrevia para uma série policial dramática da TV, muito bem cotada, por sinal. Imagens de cenas da série apareceram em páginas e páginas na tela.)

O pastor continuou pesquisando muito além da hora em que o sol passou de dourado a vermelho, logo voltando a dourado, momentos antes de desaparecer no horizonte. Embora o pastor não houvesse pedido nada a sua mulher, ela lhe trouxe uma xícara de café. Ele lhe sapecou um beijo de gratidão e a expulsou do escritório com toda a delicadeza, antes que ela vasculhasse a tela do monitor e lesse o nome na barra de buscas. Mas, mesmo que o visse, o que poderia fazer? O que mudaria para ela? No mínimo suspeitaria de algo, como já ocorrera. O nome não alteraria nada.

Ele nunca lhe contara sobre Elizabeth.

Quase na hora de dormir, achou o que vinha procurando: um recorte do *Water Main* que alguém repassara para a internet. Era um pequeno jornal sediado na minúscula cidade no Mississippi onde o pastor Peters crescera não fazia tanto tempo assim. Não imaginara que a tecnologia tivesse chegado àquele cafundó, num canto úmido do Mississippi onde a maior indústria era a da pobreza. A manchete, granulada porém legível, dizia: "Moça da região morre em acidente de carro".

As feições do pastor se contraíram. Uma sensação de fúria lhe ardeu na garganta, dirigida à ignorância e à impotência das palavras.

Ao ler o artigo, quis mais detalhes: como, exatamente, Elizabeth Pinch havia morrido naquele emaranhado de ferragens e inércia repentina. Mas a mídia era o último lugar onde encontrar a verdade. O leitor já podia se considerar afortunado se encontrasse os fatos, que dirá a verdade.

Apesar das carências do artigo, o pastor o leu e releu várias vezes. Afinal de contas, ele já conhecia a verdade. Os fatos apenas serviam para trazer tudo de volta claramente.

Pela primeira vez naquele dia, as palavras lhe saíram com facilidade.

Escrevo sobre Elizabeth. Eu a amava. Ela morreu. Agora não está mais morta. Como devo me comportar?

* * *

Harold e Lucille assistiam ao noticiário na TV muito silenciosos, cada um remexendo as próprias preocupações. Jacob dormia em seu quarto, ou não dormia. Harold, sentado em sua poltrona predileta, lambia os lábios e esfregava a boca pensando em fumar. Às vezes inspirava, segurava a respiração e exalava com firmeza, os lábios na circunferência exata de um cigarro.

Lucille, com as mãos pousadas no colo, achava as notícias totalmente irracionais.

Um âncora de terno escuro, cabelos grisalhos e rosto atraente só dava notícias trágicas e infelizes:

— *Na França, há relatos de três mortos* — dizia o jornalista, com menos emoção do que Lucille gostaria de ouvir. — *Acredita-se que esse número deverá aumentar à medida que a polícia continue com dificuldades para conter os manifestantes pró-Ressurgidos, que parecem ter perdido o fio da meada de sua manifestação.*

— Sensacionalismo — disparou Harold.

— Fio da meada? — disse Lucille. — Por que ele fala desse jeito? Parece que quer dar uma de inglês.

— Suponho que ele imagina que assim soa melhor.

— Então, só porque está acontecendo na França, ele tem que contar uma coisa tão ruim da maneira que fez?

Em seguida, a imagem na TV do homem de cabelos grisalhos deu lugar a homens de uniforme com escudos antimotim. Eles erguiam os braços, cassetetes em riste, para logo baixá-los sobre a multidão, desenhando arcos amplos e velozes contra o céu límpido de um dia de sol. A multidão reagiu como se fosse líquida. A massa de gente, centenas de pessoas amontoadas, se jogou para trás formando uma onda quando os homens uniformizados se projetaram sobre elas. Assim que os soldados perceberam a retaguarda enfraquecida, retrocederam, e a multidão imediatamente retomou o espaço abandonado. Alguns manifestantes fugiram, outros levaram cacetadas na nuca, caindo pesadamente, feito bonecos. A multidão se atirava para frente como um rebanho enfurecido, atacava em grupos, indo de encontro à polícia. Volta e meia, discernia-se uma pequena chama na extremidade de algum braço erguido. Via-se a chama descrever um arco para trás, ser imediatamente lançada ao ar e cair, produzindo labaredas rasgadas.

O âncora reapareceu na tela.

— *Assustador* — comentou, com a voz oscilando entre a seriedade e a excitação.

— Que ideia — disse Lucille, espantando com as mãos a tela da TV, como se fosse um gato travesso. — As pessoas deviam se envergonhar, se enfurecendo desse jeito, passando por cima das regras básicas de decência. E o pior de tudo é que são franceses. Nunca pensei que fossem se comportar assim. Pensei que fossem muito mais sofisticados que isso.

— Sua bisavó não era francesa, Lucille — atalhou Harold, como se quisesse apenas se desviar do assunto das reportagens na TV.

— Era, sim. Era creole.

— Ninguém na sua família conseguiu provar isso. Acho que vocês todos queriam ser franceses só porque são malditamente apaixonados por eles. E o diabo é que eu não sei por quê.

O noticiário deixou Paris para trás e acomodou-se confortavelmente em um campo largo e plano, em Montana. Lá, a paisagem era pontilhada de prédios grandes e cúbicos parecidos com celeiros, mas só na aparência.

— *Transferindo o foco para questões nacionais* — anunciou o homem de cabelos grisalhos —, *um movimento contra os Ressurgidos parece ter emergido aqui mesmo, em solo americano* — disse. Imagens de homens com roupas de soldados, mas que não eram soldados, surgiram na tela.

Mas eram definitivamente americanos.

— Os franceses são pessoas sensíveis e civilizadas — decretou Lucille, meio olhando a TV, meio olhando Harold. — E pare de blasfemar, que o Jacob pode ouvir.

— Quando foi que eu blasfemei?

— Você falou "maldito".

Harold jogou as mãos para cima, em um simulacro de frustração.

Na TV, viam-se imagens de homens em Montana, e de mulheres também. Igualmente de uniforme, elas corriam em círculos, pulavam sobre obstáculos, arrastavam-se por baixo de cercas de arame farpado. Todas carregavam rifles de guerra com ares de seriedade inflexível, embora algumas fracassassem miseravelmente em se parecer com soldados.

— O que é isso? O que você acha? — quis saber Lucille.

— Tudo maluco.

Lucille bufou.

— E como é que você sabe? Até agora nenhum de nós escutou sequer uma palavra de alguém a respeito disso tudo.

— Porque eu sei reconhecer um maluco quando ele surge na minha frente. Não preciso de um jornalista na TV para me mostrar.

— *Algumas pessoas estão dizendo que são malucos* — anunciou o homem de cabelos grisalhos na TV. Harold soltou um resmungo. — *Já as autoridades afirmam que eles não devem ser subestimados.* — Lucille resmungou de volta.

Na TV, um dos soldados improvisados apontou um rifle e disparou contra uma silhueta humana em cartolina. Um pequeno torvelinho de poeira se levantou do solo por trás da silhueta.

— Alguma espécie de militantes fanáticos — disse Harold.

— Como é que você sabe?

— O que mais seriam? Olhe para eles — Harold os apontou. — Olhe o barrigão daquele sujeito. Não passam de velhotes doidos. Talvez você devesse ler as escrituras para eles.

Novamente, o âncora surgiu na tela.

— *Eventos como este se repetem pelo mundo inteiro.*

— Jacob! — chamou Lucille. Ela não queria amedrontar o menino, mas, repentinamente, sentira muito medo por ele.

Do quarto, o garoto respondeu com uma voz baixa e suave:

— Oi.

— Tudo bem, meu amor? Só estou querendo saber de você.

— Sim, mamãe. Tudo bem.

Ouviu-se um barulho ligeiro de brinquedos caindo e logo o som alegre das risadas de Jacob.

Chamavam-se coletivamente de Movimento dos Vivos Autênticos de Montana, ou MOVAM. Militantes autotreinados que originalmente haviam se organizado para derrubar o governo americano e se preparar para as guerras raciais destinadas a destruir o cadinho da miscigenação. Agora, no entanto, apresentava-se uma ameaça maior, segundo declarou o porta-voz do MOVAM: "Tem gente neste mundo que não teme fazer o que precisa ser feito".

O noticiário encerrou o assunto sobre os homens em Montana para retornar ao estúdio, onde o âncora de cabelos grisalhos fitou a lente da câmera e, em seguida, baixou os olhos para uma folha de papel pousada à sua frente. Enquanto isso, lia-se na parte inferior da tela: "Os Ressurgidos representam uma ameaça?"

O jornalista pareceu finalmente encontrar as palavras que simulara buscar:

— *Depois dos acontecimentos em Rochester, essa é uma pergunta que todos vamos ter de fazer.*

— Se tem alguma coisa em que a América é líder no mundo, ela se chama cretinos armados — disse Harold.

Lucille riu. Mas foi uma risada efêmera, pois a TV, que nunca faz o gênero de quem se deixa esperar, já anunciava algo muito importante. Os olhos do âncora pareciam inquietos, como se o *teleprompter* à sua frente tivesse parado de funcionar.

— *Vamos agora transmitir a fala do presidente dos Estados Unidos* — anunciou inesperadamente.

— Lá vem — disse Harold.

— Shh! Você não passa de um pessimista.

— Sou realista.

— Você é um misantropo!

— Sua batista!

— Seu careca!

Os dois ficaram nesse vaivém até que perceberam a fala do presidente:

— ... *fiquem confinados em casa até nova ordem.* — Imediatamente a briga entre Lucille e Harold parou.

— O que foi isso? — ela perguntou.

Então, apareceram as palavras na parte inferior da tela da TV: "Presidente ordena que Ressurgidos fiquem confinados em casa".

— Meu Deus — disse Lucille, empalidecendo.

* * *

Lá fora, ainda distantes na rodovia, os caminhões se aproximavam. Lucille e Harold não podiam vê-los, mas nem por isso eram menos reais. Traziam transformação e irrevogabilidade, consequência e permanência.

Eles ressoavam como um trovão sobre o asfalto, trovejando todas essas coisas em direção a Arcadia.

Gou Jun Pei

Os soldados o ajudaram a descer da traseira da van e o levaram silenciosamente para um edifício cor de alabastro de aspecto sério, com janelas profundas e quadradas. Ele quis saber para onde o estavam levando, mas, como os soldados não respondiam, logo desistiu de perguntar.

Já dentro do prédio, os guardas o puseram em um quarto pequeno, em cujo centro havia o que lhe pareceu ser uma cama de hospital. O homem caminhou em volta da cama, ainda cansado de ficar sentado durante toda a longa viagem até lá, onde quer que fosse aquele lugar.

Sem demora entraram os médicos.

Eram dois. Eles lhe pediram que se sentasse em cima da mesa e, uma vez sentado, o cutucaram e o furaram, cada médico de uma vez. Mediram a pressão e examinaram os olhos para verificar seja lá o que for que verificam nessas ocasiões. Testaram reflexos, tiraram sangue e assim por diante, sempre se recusando a responder quando ele perguntava alguma coisa.

— Onde estou? Quem são vocês? Por que querem meu sangue? Onde está minha esposa?

Horas se passaram até que eles terminaram, e ainda não lhe haviam respondido nada, nem mesmo dado sinal de entenderem qualquer coisa que ele falasse. No fim, nu, com frio, cansado, dolorido, sentia-se mais uma coisa do que uma pessoa.

— Terminamos — disse um dos médicos. Então, eles se retiraram.

Ele ficou ali plantado, nu, com frio e com medo, vendo a porta se fechar e ser trancada, em um quarto desconhecido, por iniciativa de pessoas desconhecidas.

— O que foi que eu fiz? — disse para ninguém, com apenas o som da cela vazia a lhe responder. Era uma solidão parecida com a do túmulo

7

HAROLD E LUCILLE SE SENTARAM na varanda, como de costume. O sol ia alto, e o dia estava quente. Uma brisa, no entanto, soprou do oeste, impedindo que o calor ganhasse proporções insuportáveis, o que tanto Harold como Lucille entenderam como um ato de generosidade do planeta.

Harold fumava calmamente, procurando não deixar as cinzas sujarem a calça cáqui e a camisa azul de trabalho novas que Lucille lhe comprara. As brigas e as implicâncias costumeiras haviam cedido lugar a um silêncio incômodo que se traduzia em olhares ásperos, gestos sutis e em calça nova.

Isso começara na época em que os Ressurgidos foram confinados a suas casas e a família Wilson desaparecera da igreja. O pastor negara saber o que havia acontecido com eles, mas Harold tinha sua própria opinião a respeito. Fred Green fizera de tudo para colocar a população contra a estada dos Wilson na igreja.

Às vezes, Harold pensava na pessoa que Fred já fora. Como, em alguma época passada, ele e Mary vinham sempre para o jantar de domingo. Nessas ocasiões, Mary ia para o meio da sala e cantava com sua voz alta e bela, e Fred ficava sentado no sofá, olhando-a deslumbrado, como uma criança perdida em uma floresta escura e deserta que de repente encontra um parque de diversões todo iluminado.

Mas então ela morreu de um câncer de mama que se desenvolvera desde que era nova, tão nova que a ninguém ocorrera fazer exame para uma coisa dessas. Não havia culpados, mas Fred, ainda assim, se sentiu responsável e, bem, deixou de ser a mesma pessoa que fora naquele dia de 1966, quando varou os descampados de Arcadia à procura de Jacob, até que ele e Harold, juntos, viveram o horror de encontrar o garoto.

* * *

O vento varreu o campo e com ele veio o ruído de caminhões grandes e pesados rugindo a caminho da cidade. Embora a construção fosse do outro lado, lá no centro de Arcadia, o barulho era claro e inconfundível, como uma promessa dirigida somente ao casal.

— O que você acha que eles estão construindo? — perguntou Lucille, trabalhando suavemente com as mãos na costura de um cobertor rasgado durante o inverno. Essa era uma hora tão boa como qualquer outra para consertar coisas.

Harold se limitou a tragar seu cigarro e a observar Jacob brincando à sombra malhada com círculos de luz ao pé do carvalho. O menino cantava. Harold não reconheceu a música.

— O que você acha que estão construindo? — perguntou Lucille de novo, um pouco mais alto.

— Jaulas — disse Harold, exalando uma volumosa nuvem cinza de fumaça.

— Jaulas?

— Para os mortos.

Lucille parou de costurar. Colocou de lado o cobertor e, cuidadosamente, guardou as ferramentas de costura em suas respectivas caixinhas.

— Jacob, meu amor.

— Sim, mamãe?

— Por que você não vai lá perto das magnólias colher umas amoras para nós? Assim a gente vai ter uma sobremesa bem gostosa para o jantar, não é?

— Sim, mamãe.

Com a nova empreitada proposta pela mãe, o galho nas mãos de Jacob virou espada. Ele vociferou um grito de guerra e correu em direção às magnólias, a oeste do terreno.

— Fique onde eu possa vê-lo! — gritou Lucille. — Está me ouvindo?

— Estou, mamãe — berrou o menino de volta, enquanto assaltava as magnólias com seu sabre imaginário. Dificilmente tinha permissão para se afastar, nem que fosse só um pouquinho, e agora estava feliz da vida.

Lucille se levantou e se dirigiu à balaustrada da varanda. Usava um vestido verde com pespontos brancos em torno da gola, e havia alfinetes de fralda presos por dentro das mangas, porque, em casa, frequentemente precisava usar um deles para uma coisa ou outra. Puxado para trás, o cabelo prateado formava um rabo de cavalo. Alguns fios lhe caíam sobre a testa.

De tanto permanecer sentada — e brincar com Jacob —, o quadril lhe doía. Soltou um gemido enquanto o massageava e deu um suspiro de frustração. Apoiou-se na balaustrada e ficou olhando para o chão.

— Não vou mais tolerar isso.

Harold deu uma longa tragada no cigarro e o apagou no salto do sapato. Deixou a fumaça impregnada de nicotina escapar lentamente dos pulmões.

— Certo — disse ele. — Não vou mais usar essa palavra. Em vez dela, direi "Ressurgidos", apesar de ainda não entender como essa palavra pode ser melhor. Você gostaria de ser chamada de Ressurgida? Como se fosse um maldito zumbi?

— Você poderia chamá-los de pessoas.

— Mas eles não são pess... — Harold viu no olhar da mulher que aquela não era a melhor hora para dizer uma coisa dessas. — É que eles são um grupo... insólito. Só isso. É como dizer que uma pessoa é democrata ou republicana. É como chamar alguém pelo tipo sanguíneo. — Tenso, esfregou o queixo e se surpreendeu ao sentir a barba por fazer. Como é que ele pudera se esquecer de uma coisa tão básica quanto fazer a barba? — No mínimo, precisamos achar um nome que diga que a gente sabe de quem estamos falando.

— Eles não estão mortos. Não são "Ressurgidos". São pessoas. Só isso.

— Você tem que admitir que é um grupo especial de pessoas.

— Ele é seu filho, Harold.

Harold a olhou diretamente nos olhos.

— Meu filho está morto.

— Não, não está. Ele está bem ali. — Ela levantou o dedo e apontou.

Silêncio. Silêncio preenchido unicamente com o som do vento, o barulho da construção ao longe e as batidas leves do pedaço de pau de Jacob se chocando contra os troncos das magnólias junto à vala.

— Estão construindo jaulas para eles — disse Harold.

— Eles não fariam uma coisa dessas. Ninguém sabe o que fazer com eles. E há tantos. Em tudo que é lugar, aparecem cada vez mais. Por mais loucos que sejam aqueles idiotas que vimos na televisão, a verdade é que não sabemos nada a respeito dessa gente.

— Não foi o que você falou antes. "Demônios." Está lembrada?

— Bom, isso foi antes. Agora eu aprendi. O Senhor me mostrou o erro de um coração fechado.

Harold bufou.

— Que inferno! Você fala que nem aqueles fanáticos na TV. Os que insistiam em tornar cada um deles um santo em vida.

— Eles foram afetados pelo milagre.

— Afetados, não. Infectados. Por alguma coisa. Por que outra razão o governo haveria de obrigá-los a não sair de casa? Por que outro motivo, você acha, eles estão construindo aquelas jaulas na cidade? Eu vi com meus próprios olhos, Lucille. Ontem mesmo, quando fui fazer compras. É só virar a cabeça que você vê soldados armados, Humvees e caminhões e cercas por toda parte. Material para fazer quilômetros e mais quilômetros de cerca, tudo guardado nos caminhões. Pilhas e mais pilhas. Todo soldado que não estava segurando uma arma estava instalando a cerca. Mais de três metros de altura. Puro aço. Com arame farpado por cima. A escola já está completamente cercada. Eles foram e tomaram conta do prédio todo. E não teve mais aula nenhuma desde que o presidente apareceu na TV. Pelo visto, eles acham que a gente não tem tanta criança assim em Arcadia, o que é verdade, então não haveria problema se elas fossem transferidas para outro lugar que cumpra o papel de escola, enquanto eles transformam a escola de verdade num campo de morte.

— Isso é uma piada?

— Um trocadilho, no mínimo. Podemos recomeçar, se quiser.

— Cale-se! — Lucille bateu o pé. — Você só espera o pior das pessoas. Sempre foi assim. É por isso que você tem a cabeça limitada desse jeito. É por isso que não consegue enxergar o milagre que está na sua frente.

— Quinze de agosto de 1966.

Lucille marchou pela varanda e esbofeteou o marido, o som da bofetada ecoando pelo jardim como o tiro de uma pistola de baixo calibre.

— Mamãe?

E ali estava Jacob, sem que ninguém o tivesse ouvido, como uma sombra surgida da terra. Lucille ainda tremia, as veias carregadas de adrenalina, fúria e profunda tristeza. A palma da mão dela ardia. Fechou e abriu o punho, incerta, por um instante, se a mão ainda lhe pertencia.

— O que é, Jacob?

— Preciso de uma tigela.

O menino estava ao pé dos degraus. A camiseta formava uma pequena bolsa na altura da barriga, cheia de amoras, quase a ponto de estourar. A boca, manchada de azul e preto, desenhava um ângulo retorcido, tenso.

— Tudo bem, meu amor — disse Lucille.

Ela abriu a porta de tela e deixou Jacob passar na frente. Os dois entraram na cozinha lentamente, tomando cuidado para que não caísse nenhuma das preciosas amoras. Lucille vasculhou os armários e encontrou uma vasilha do seu agrado. A seguir, ela e o filho começaram a lavar as frutas.

* * *

Harold permaneceu sozinho na varanda. Pela primeira vez em semanas, não ansiava por um cigarro. Apenas em uma ocasião anterior Lucille lhe batera. Anos e anos atrás. Fazia tanto tempo que ele mal se lembrava do motivo. Talvez alguma relação com algo que ele dissera a respeito da mãe dela. Fora naqueles tempos já distantes em que, muito jovens, ainda se importavam com comentários assim.

Sua única certeza era de que, tanto naquela vez quanto agora, ele agira de modo muito errado.

Continuou sentado em sua cadeira e pigarreou. Olhou em volta, em busca de alguma distração. Nada. Então se concentrou em escutar.

Só conseguia ouvir o filho.

Era como se nada mais houvesse no mundo senão Jacob. Pensou, sonhou talvez, que sempre fora assim mesmo. Imaginou os anos se passando numa espiral que começava em 1966. A visão o aterrorizou. Tinha conseguido se reconciliar com a morte de Jacob, não é? Sentia orgulho de si mesmo, de sua vida. Nada havia do que se arrepender. Nada fizera de errado, fizera?

A mão direita de Harold se dirigiu ao bolso e, no fundo, com o isqueiro e algumas moedas, encontrou a pequena cruz de prata, a mesma que aparecera do nada havia algumas semanas. Aquela que, de tanto ele esfregar, ficara lisa.

Tinha uma ideia na cabeça. Uma ideia ou um sentimento tão nítido que lhe pareceu uma ideia. Jazia submersa nas profundezas opacas de sua memória, soterrada em algum lugar próximo aos pensamentos sobre seu pai e sua mãe, que haviam se transformado em pouco mais do que uma imagem parada, granulada, sob a luz tênue da memória.

Talvez aquilo, aquela ideia ou sentimento, fosse mais tangível, como a paternidade. Ultimamente, vinha pensando muito sobre ser pai. Depois de cinquenta anos, sentia-se velho demais para acertar, porém fora recrutado novamente por um estranho desenrolar do destino — Harold se recusava a dar o crédito a qualquer divindade, já que ele e o Senhor ainda não estavam se falando.

Então ponderou sobre o sentido de ser pai. Cumprira esse papel por apenas oito anos, tempo que, mesmo terminado, nunca o abandonara. Nunca contara a Lucille, mas, durante os primeiros dez anos da morte de Jacob, Harold fora esporadicamente acometido por uma emoção indefinível que desabava sobre ele como uma onda gigante. Acontecia, sobretudo, no carro, voltando para casa. Hoje em dia, as pessoas chamam isso de "ataques de pânico".

Por menos que quisesse se ver associado a qualquer coisa relacionada a pânico, Harold tinha de admitir que era exatamente o que sentia. As mãos dele começavam a tremer, e o coração batia como se houvesse um estouro de boiada ali dentro. Harold, então, parava no acostamento, com todo o corpo tremendo, acendia um cigarro e punha-se a fumar até que se acalmasse. O coração latejava entre as têmporas. Até os olhos pareciam pulsar.

Daí passava. Às vezes, deixando para trás uma tênue lembrança de Jacob, que ele carregava consigo como se leva na mente a imagem da lua cheia e brilhante, depois de fixar os olhos nela por alguns minutos e então, repentinamente, fechá-los, para, onde deveria haver somente escuridão, a marca da lua reaparecer.

Naquele momento, com a cruzinha de prata entre os dedos, Harold sentiu a proximidade de um daqueles surtos. Os olhos marejaram de lágrimas. E, como faria qualquer homem quando confrontado com o terror cru da emoção, rendeu-se à sua mulher, soterrando os pensamentos sob a bigorna do próprio coração.

— Está certo — disse.

* * *

Os dois se moviam pelo jardim em sincronia. Harold caminhava, e Jacob dançava em círculos em torno dele.

— Passe mais tempo com o menino. Só vocês dois. Vão fazer alguma coisa, como faziam antes. É disso que ele precisa — dissera-lhe Lucille, finalmente.

E agora os dois, Harold e seu filho ressurgido, caminhavam pelo campo, sem que Harold tivesse a mínima ideia do que deveriam fazer.

Portanto, simplesmente caminhavam.

Cruzaram o quintal e pegaram a estrada de terra que levava à rodovia. Apesar da ordem que decretava o isolamento de todos os Ressurgidos em casa, Harold foi com o filho até o asfalto escaldante por onde passavam os caminhões militares, a ponto de aqueles que olhassem para fora dos caminhões e Humvees poderem ver o menininho ressurgido e o velho minguado.

Harold não soube se foi medo ou alívio o que sentiu quando um dos Humvees freou, deu meia-volta no canteiro central e acelerou em direção a eles. Para Jacob, sem dúvida, foi medo. Ele segurou a mão do pai e se escondeu atrás da perna dele, dando umas olhadelas para ver o veículo parar.

— Boa tarde — cumprimentou da janela um militar de cabeça quadrada, aparentando uns quarenta e poucos anos. Era louro, de queixo sólido e olhos azuis frios e distantes.

— Olá — respondeu Harold.

— Como vão os senhores?

— Vivos.

O militar riu e se inclinou para frente no banco, observando Jacob.

— E como se chama o jovem cavalheiro?

— Eu?

— Sim, o senhor — disse o militar. — Meu nome é coronel Willis. E o seu?

O menino saiu de trás da perna do pai.

— Jacob.

— Quantos anos você tem, Jacob?

— Oito, senhor.

— Puxa! Que idade estupenda! Já faz muito tempo que eu tive oito anos. Você sabe quantos anos eu tenho? Adivinhe.

— Vinte e cinco?

— Não chegou nem perto. Mas obrigado. — O coronel sorriu com todos os dentes, o braço apoiado na janela do Humvee. — Tenho quase cinquenta anos.

— Uau!

— É isso aí! Eu sou um homem muito, muito velho. — Então o coronel se dirigiu a Harold, com a voz mais ríspida: — E como vai o senhor?

— Vou bem.

— Qual é o seu nome?

— Harold. Harold Hargrave.

O coronel Willis olhou por cima do ombro para um jovem soldado dentro do veículo, o qual tomava notas.

— E para onde os senhores vão, num dia tão bonito? — perguntou o coronel. Levantou a vista para o sol brilhando no céu azul e os pequenos acúmulos de nuvens preguiçosamente cruzando o campo de um lado a outro.

— Para nenhum lugar em especial — respondeu Harold, sem olhar para o céu, com os olhos fixos no Humvee. — A gente está só esticando as pernas.

— Vão continuar por aqui, "esticando as pernas" ainda algum tempo, ou querem uma carona para casa?

— A gente soube chegar até aqui, a gente vai saber voltar.

— Estou só oferecendo ajuda, sr... Hargrave, correto? Harold Hargrave?

Harold pegou Jacob pela mão e os dois permaneceram parados como estátuas, até que o coronel compreendeu. Ele se virou e disse algo para o motorista, depois assentiu com a cabeça para o velho e seu filho ressurgido.

O Humvee recobrou vida e partiu rugindo.

— Até que ele é simpático — disse Jacob —, para um coronel.

* * *

Os instintos de Harold lhe disseram que voltassem para casa. Jacob, porém, os levou em outra direção. O menino se dirigiu para o norte e, ainda segurando a mão do pai, caminhou com ele até a vegetação rasteira em torno da floresta, para logo entrar nela. Lá, passearam sob pinheiros e carvalhos brancos dispersos. Volta e meia escutavam algum animal próximo saltar em fuga. E o ruído das aves alçando voo na copa das árvores. Então, apenas o vento cheirando a terra e a pinhos, e o céu com nuvens distantes, indício de chuva mais tarde.

— Aonde vamos? — quis saber Harold.

— Como os burrinhos conseguem sair do estábulo? — perguntou Jacob.

— Não é uma boa ideia a gente se perder — disse Harold.

— B-errando por aí.

Harold riu.

Logo sentiu o cheiro de água. Pai e filho prosseguiram.

Por um breve instante, Harold se lembrou do dia em que ele, Jacob e Lucille tinham ido pescar em uma ponte perto do lago

Waccamaw. Felizmente não era uma ponte alta porque, mal haviam começado a pesca, Lucille teve a brilhante ideia de empurrar Harold na água. Mas o homem a vira se aproximando e, assim, conseguiu se desviar e lhe dar um empurrão, de modo que foi Lucille quem acabou na água.

A cara dela saindo do rio e subindo pela margem era um espetáculo à parte: cabelos pingando e decorados com algumas folhas de arbustos, o jeans e a camiseta grudados no corpo.

— Pegou algum peixe, mamãe? — perguntou Jacob, sorrindo de orelha a orelha.

E, sem dizerem uma palavra, Harold agarrou o menino pelos braços e Lucille o pegou pelas pernas, e eles o jogaram na água enquanto ele desandava a rir.

Parece que foi ontem, pensou Harold.

Então a vegetação se abriu, mostrando o rio escuro e lento diante deles.

— A gente não trouxe mais roupa — disse Harold, sem tirar os olhos do rio. — O que sua mãe vai dizer? Se chegarmos em casa ensopados e sujos, vamos ter problemas sérios com ela — continuou o velho homem, tirando os sapatos e enrolando a bainha das calças. Era a primeira vez em séculos que expunha as magras pernas ao sol.

Em seguida ajudou o filho a enrolar as calças acima dos joelhos. Sorrindo, o menino tirou a camisa e desceu correndo a ribanceira do rio, até ficar com a água na cintura. Então mergulhou e emergiu rindo.

Harold sacudiu a cabeça mas acabou tirando a camisa e, tão rapidamente quanto sua velhice lhe permitiu, correu para dentro do rio, juntando-se ao garoto.

* * *

Eles brincaram na água até se cansar. Então, lentamente, marcharam ribanceira acima e encontraram um espaço na beira do rio para se deitar como crocodilos, deixando o sol lhes massagear o corpo.

Harold estava exausto, mas contente. Sentia algo se limpando dentro dele.

Abriu os olhos, dirigindo-os para o céu e as árvores. Três pinheiros se erguiam da terra e juntavam suas copas, formando um ramalhete no canto de baixo da abóboda celeste, encobrindo o sol já no poente. Harold achou curiosa a forma como os pinheiros se uniam no topo. Permaneceu na grama muito tempo, olhando para eles.

Então, levantou-se, uma dor ressoando por todo o corpo. Era, de fato, um homem mais velho agora. Voltou a se sentar e puxou as pernas contra o peito, passando o braço em volta delas, como uma criança. Depois percorreu com a mão a barba que insistia em se apegar ao queixo e voltou o olhar para a margem oposta. Já estivera antes naquele exato lugar do rio, com os três pinheiros a se erguerem preguiçosamente do solo, unindo-se em consonância no seu cantinho de céu.

Jacob dormia profundamente na grama, o corpo secando aos poucos sob o sol poente. Apesar do que se dizia sobre os Ressurgidos não dormirem muito, quando o faziam, pareciam ter um sono maravilhoso e restaurador. O menino parecia tão em paz e satisfeito quanto qualquer um poderia estar, como se nada estivesse acontecendo em seu corpo, exceto a lenta e natural batida do coração.

Ele parece morto, pensou Harold.

— Ele está morto — lembrou a si mesmo, em voz baixa.

Os olhos de Jacob se abriram. O menino olhou para o céu, piscou e se levantou de um pulo.

— Papai? — gritou. — Papai?

— Estou aqui.

Quando viu o pai, o medo sumiu tão rapidamente quanto surgira.

— Tive um sonho.

Instintivamente, Harold quis chamar o garoto para se sentar no colo dele e lhe contar o sonho. É o que teria feito em todos aqueles anos atrás. Mas aquele não era seu filho, lembrou-se. Jacob William Hargrave partira em 15 de agosto de 1966, irremediavelmente.

Aquilo ao seu lado era outra coisa. A morte imitando a vida. Andava, falava, sorria, brincava e ria como Jacob, mas não era Jacob. Não podia ser. Segundo as leis do universo, era impossível.

E mesmo se, por algum "milagre", fosse possível, Harold não permitiria isso.

Ainda assim, mesmo sem ser seu filho, mesmo que fosse uma criação de luz e mecanismos, ainda que fosse apenas sua imaginação sentada na grama ao seu lado, mesmo assim era uma criança, de algum tipo, e Harold não se tornara um ser humano tão velho e amargurado a ponto de estar imune à dor de uma criança.

— Me conte como foi o sonho — disse.

— É difícil de lembrar.

— Às vezes os sonhos são assim mesmo. — Harold se levantou lentamente, esticou os músculos e voltou a vestir a camisa. Jacob fez o mesmo. — Tinha alguém perseguindo você? — perguntou Harold. — Isso acontece muito nos sonhos. Às vezes, ser perseguido por alguém pode ser muito assustador.

Jacob assentiu com a cabeça, silêncio que Harold interpretou como sinal para continuar:

— Bom, pelo menos você não sonhou que estava caindo.

— Como é que você sabe?

— Porque você teria esperneado e agitado os braços. — Harold jogou os braços para cima e agitou as pernas, fazendo palhaçadas para divertir o menino. Fazia décadas que não parecia tão bobo, agitando os braços e as pernas, meio despido e ainda ensopado daquele jeito. — E aí eu seria obrigado a jogar você no meio do rio, só para te acordar!

Nesse instante, Harold se lembrou. De modo terrivelmente nítido, ele se lembrou.

Naquele mesmo lugar, sob as três árvores entrelaçando-se contra o pano de fundo do céu aberto, Jacob fora encontrado tantos anos atrás. Fora ali que ele e Lucille conheceram a dor. Fora ali que todas as promessas de vida em que haviam acreditado desmoronaram. Fora ali que ele, com Jacob nos braços, havia chorado e tremido, segurando o corpo sem vida do menino.

Ao se dar conta de onde estava naquele momento, sob aquelas árvores conhecidas e com algo que se parecia muito com seu filho, Harold não pôde evitar e riu.

— Que coisa — disse.

— O quê? — perguntou Jacob.

A única resposta de Harold foi rir ainda mais. Logo os dois riam juntos. Mas o som das risadas foi interrompido pelos passos de soldados emergindo da floresta.

Os militares teriam a delicadeza de deixar os rifles no Humvee. Não iriam tão longe a ponto de sacar as pistolas dos respectivos coldres. O coronel Willis viria na frente, liderando seus homens. Chegaria com as mãos nas costas, o peito estufado como um buldogue. Jacob se esconderia atrás da perna do pai.

— Não é que eu queira fazer isso — diria o coronel Willis. — Realmente tentei evitar. Mas vocês dois deviam ter ido para casa.

Assim começaria uma época muito difícil para Harold, Lucille, Jacob e incontáveis outros.

Mas, por enquanto, só havia riso.

Nico Sutil. Erik Bellof. Timo Heidfeld

Nunca aquela rua tranquila de Rochester fora palco de tanta confusão. Os cartazes estavam em inglês e alemão, mas, mesmo sem cartaz nenhum, todos os alemães teriam entendido perfeitamente a mensagem. Por dias a fio, manifestantes sitiaram a casa, gritando, sacudindo os punhos no ar. Frequentemente alguém atirava um tijolo ou uma garrafa contra a lateral da residência. As vezes foram tantas que o barulho não os assustava mais.

"Fora, nazistas!", diziam vários cartazes. "Voltem para o inferno, seus nazistas!", lia-se em outro.

— Eles estão com medo, Nicolas, só isso — disse o sr. Gershon, olhando pela janela, os músculos do rosto se retorcendo. — É demais para eles. — Era um homem de baixa estatura, magro, de barba grisalha e uma voz que tremia quando cantava.

— Sinto muito — falou Erik. Ele era só alguns anos mais velho que Nico. Ainda um garoto, na opinião do sr. Gershon.

O sr. Gershon se agachou para evitar as janelas e foi até onde Nico e Erik estavam sentados. Deu umas palmadinhas na mão de Nico.

— Aconteça o que acontecer, não será culpa sua. A decisão foi minha. Toda minha família e eu tomamos a decisão juntos.

Nico assentiu.

— Foi minha mãe quem decidiu que eu me alistaria no exército — ele disse. — Ela idolatrava o Führer. Eu só queria ir para a universidade e ensinar inglês.

— Não quero mais saber do passado — disse Timo. Tinha a mesma idade de Nico, embora estivesse longe de ser tão terno. O cabelo era escuro, o rosto magro e angular, como os olhos. Ele tinha a aparência típica de um nazista, mesmo que não agisse como um.

Do lado de fora, os soldados começaram a dispersar a turba. Haviam conseguido manter a multidão afastada da casa por vários dias. Então, caminhões escuros e de grande porte rugiram até o gramado na frente da casa dos Gershon. Pararam e deles emergiram os soldados, todos com os rifles em punho, prontos.

O sr. Gershon soltou um suspiro.

— Preciso tentar falar com eles de novo — disse.

— É a nós que eles querem — disse Erik, gesticulando em direção aos seis outros soldados nazistas que os Gershon haviam escondido sem sucesso no mês que passara. Eram garotos na maioria, envolvidos em algo muito maior do que jamais poderiam compreender, como na época em que haviam vivido.

— É a nós que eles querem matar, não é?

Um dos homens na rua pegou um megafone e, aos berros, começou a ditar instruções para dentro da casa. A turba encorajava.

— Voltem pro inferno! — gritavam.

— Junte sua família e fuja — disse Nico, apoiado pelos outros soldados. — A gente vai se render. Isso aqui já durou demais. Merecemos ser presos por lutar na guerra.

O sr. Gershon se agachou com um grunhido, o corpo magro e velho tremendo. Pôs as mãos no braço de Nico.

— Todos vocês já morreram uma vez — disse. — Isso já não é penitência que chegue? Nós não vamos entregá-los a eles. Provaremos que guerras se fazem com pessoas, e que as pessoas, quando não estão guerreando, podem ser razoáveis. Podem viver juntas. Até uma velha família de judeus como a minha e um bando de garotos alemães que um louco fantasiou com uniformes e ordenou: "Sejam terríveis ou se verão comigo!" Precisamos provar que o perdão existe neste mundo — disse, olhando para sua mulher.

Ela retribuiu o olhar, com o rosto tão resoluto quanto o dele.

Do andar de cima veio o barulho de uma janela se quebrando, seguido do ruído de vazamento sob pressão. Logo, alguma coisa fez um baque contra a lateral da casa, perto da janela. Mais barulho de vazamento. Uma nuvem branca começou a se formar na janela.

— Gás! — disse Timo, cobrindo a boca com a mão.

— Tudo bem — afirmou o sr. Gershon com suavidade. — Vamos permitir que tudo corra pacificamente. — E olhou para os soldados alemães. — Temos que deixar isso acontecer pacificamente — disse-lhes. — Eles só vão nos prender.

— Eles vão é nos matar! — disse Timo. — Precisamos lutar!

— É! — afirmou Erik, pondo-se em pé. Foi até a janela, olhou com cuidado e contou o número de homens armados.

— Não — disse o sr. Gershon. — A gente não pode deixar acontecer desse jeito. Se vocês lutarem, é aí que eles vão matá-los, e isso vai ser tudo o que as pessoas vão lembrar: uma casa cheia de soldados nazistas que, mesmo ressurgidos do túmulo, não sabiam fazer outra coisa senão matar.

Houve uma pancada na porta.

— Obrigado — disse Nico.

Em seguida, a porta foi arrombada.

8

FAZIA TRÊS SEMANAS QUE O marido rabugento e o filho antes falecido de Lucille haviam sido presos mediante o que ela considerava acusações injustas: um deles, por haver reagido, e o outro, por ser Ressurgido e estar fora dos limites da sua residência. Era bem verdade que ambos eram culpados, e nenhum advogado no mundo jamais poderia argumentar que Harold Hargrave não era um rabugento de pavio curto e que Jacob não houvesse ressurgido.

Tudo muito injusto ainda assim para Lucille, porque ela acreditava de corpo e alma em certos conceitos abrangentes e inelutáveis sobre o que é certo e o que é errado, e, se nessa história havia algum culpado, era a Agência.

Sua família não fizera nada. Nada exceto dar uma caminhada em terras privadas — não do governo, note-se bem, mas de propriedade particular. E a caminhada coincidiu com o trajeto de homens da Agência que passavam de carro pela rodovia. Homens da Agência que foram atrás deles e os detiveram.

Desde a prisão dos dois, Lucille, por mais que tentasse, ainda não conseguira dormir uma noite inteira. E, quando o sono vinha, era como uma convocação do tribunal, sempre na hora mais imprevisível e rude de chegar. Agora mesmo, Lucille dormia sentada no banco da igreja, usando a roupa de domingo, a cabeça dependurada no ângulo inconfundível de quem dorme, como uma criança que não tirou sua soneca. Suava um pouco. Era junho, e todos os dias eram como uma sauna.

Adormecida, Lucille sonhou com peixes. Sonhou que estava no meio de um amontoado de pessoas, todas famintas. A seus pés, havia um balde de vinte litros cheio de percas, trutas, pintados, robalos e linguados.

— Eu te ajudo. Aqui está — ela dizia. — Olhe aqui. Leve este. Aqui. Sinto muito. Sim. Por favor, leve este. Sim. Tome. Lamento muito. Aqui. Sinto muito. — Todos os que a rodeavam eram Ressurgidos, e ela não sabia por que se desculpava com eles, mas sentia que era fundamental fazê-lo. — Sinto muito. Aqui está. Estou tentando ajudar. Sinto muito. Não, não se preocupe; eu vou ajudar você. Aqui. — Os lábios dela se mexiam sozinhos, enquanto dormia sentada com a cabeça pendida no banco da igreja. — Sinto muito — disse em voz alta. — Eu vou ajudar você, não se preocupe.

Em seu sonho, a multidão começou a empurrar, todos cada vez mais próximos dela, perturbando-a. Então, viu-se presa junto com os Ressurgidos numa jaula gigantesca, de aço, rodeada de arame farpado. A jaula encolhia.

— Meu Deus! — exclamou, quase gritando. — Tudo bem, eu te ajudo!

Então ela acordou. E viu que todos na Congregação Batista de Arcadia, ou quase todos, olhavam para ela.

— Amém — disse o pastor Peters, sorrindo. — Até em sonhos a irmã Lucille está ajudando as pessoas. Ora, por que não podemos fazer o mesmo quando estamos acordados? — E prosseguiu com seu sermão, que dizia respeito à paciência, inspirado no Livro de Jó.

Além da vergonha por haver dormido na igreja, Lucille também sentiu uma ponta de vergonha por ter interrompido o pastor na hora do sermão. No entanto, isso foi atenuado pelo fato de que, ultimamente, o pastor vinha se distraindo muito durante seus sermões. Alguma coisa o preocupava, algo em seu coração. E, embora ninguém na congregação conseguisse diagnosticar a causa com certeza, não era difícil constatar que algo o incomodava.

Lucille se endireitou e enxugou o suor da testa. Murmurou baixinho um "amém" fora de hora, concordando com uma questão importante mencionada no sermão do pastor. Sentia os olhos pesados e coçando. Encontrou a Bíblia e a abriu para procurar os versos nos quais o pastor embasara sua prédica. O Livro de Jó não era o mais longo do Evangelho, mas era grande o bastante para que ela se atrapalhasse. Finalmente, encontrou os versos. Fixou os olhos na página e imediatamente adormeceu de novo.

* * *

Quando Lucille acordou, o culto já terminara. Nem o ar se mexia. Os bancos quase desertos, como se Deus tivesse resolvido repentinamente que devia estar em outro lugar. Só se encontravam ali o pastor e sua mulher, cujo nome Lucille nunca conseguia lembrar. Ambos estavam sentados no banco da frente, olhando para trás, para a idosa, com um sorriso suave no rosto.

O pastor Peters falou primeiro:

— Já me ocorreu algumas vezes a ideia de acrescentar fogos de artifício aos meus sermões, mas os bombeiros a vetaram. E, bem... — Sacudiu os ombros, que se levantaram como montanhas sob o paletó.

As sobrancelhas do pastor brilhavam de suor, e ainda assim lá estava ele, com seu terno escuro de lã, exibindo a aparência correta de um homem de Deus, do jeito que os pastores têm de parecer: como alguém que está disposto a sofrer.

Então, sua diminuta mulher falou com sua diminuta e esquecível voz:

— Estamos preocupados com você. — Usava um vestido claro e um pequeno chapéu estampado com florzinhas. Como era de esperar, até seu sorriso era diminuto. Ela não só parecia pronta, mas também plenamente disposta a desabar no chão a qualquer momento.

— Não se preocupem comigo — disse Lucille. Endireitou-se no banco, fechou sua Bíblia e segurou-a contra o peito. — O Senhor vai me ajudar.

— Ora, irmã Lucille, eu não vou aceitar que a senhora roube minha fala — disse o pastor, exibindo a versão mais simpática de seu amplo sorriso.

A mulher dele passou o braço por cima do encosto do banco e colocou a minúscula mão sobre o braço de Lucille.

— A senhora não me parece bem. Quando foi a última vez que dormiu?

— Faz alguns minutos. A senhora não viu? — disse Lucille, dando uma risadinha. — Perdão. Não fui eu quem falou. Foi aquele meu marido preguiçoso que falou por mim. Demônio que ele é. — Apertou a Bíblia contra o peito e resmungou: — Que lugar melhor para descansar do que uma igreja? Tem algum lugar em todo o planeta onde eu possa estar tão bem? Acho que não.

— Em casa? — perguntou a mulher do pastor.

Lucille não soube dizer se a mulher pretendera insultá-la ou se apenas lhe fizera uma pergunta sincera. Pensou em como era pequenininha a esposa do pastor e resolveu deixar passar.

— Neste momento, minha casa não é casa — disse Lucille.

O pastor Peters pôs a mão no braço dela, perto da de sua mulher.

— Falei com o agente Bellamy — disse ele.

— Eu também — respondeu Lucille, com o rosto tenso. — E aposto que ele lhe disse a mesma coisa que disse para mim: "Está fora do meu controle". — Lucille resmungou novamente e ajeitou os cabelos. — Qual é o sentido de trabalhar para o governo se você não consegue fazer nada? Se você não tem poder nenhum, como o resto das pessoas, como a gente?

— Bom, em defesa dele, o governo é muito maior do que qualquer pessoa que trabalha para ele. Tenho certeza de que o agente Bellamy está fazendo tudo o que pode para ajudar. Ele me parece um homem honrado. Não foi ele quem prendeu Harold e Jacob, foi a lei. E Harold escolheu ficar com Jacob.

— Que escolha ele tinha? O Jacob é filho dele!

— Eu sei disso. Mas alguns foram menos dedicados. Pelo que Bellamy me disse, era só para os Ressurgidos ficarem lá. Aí, pessoas como Harold não quiseram se afastar dos seus entes queridos, portanto agora... — A voz do pastor foi morrendo aos poucos, mas logo recomeçou: — Acredito que é melhor assim. Não podemos deixar que as pessoas se separem, pelo menos não totalmente, não do modo como certas pessoas querem.

— Ele escolheu ficar — disse Lucille em voz baixa, como se estivesse se lembrando de alguma coisa.

— Escolheu — confirmou o pastor Peters. — E o sr. Bellamy vai cuidar bem dos dois. Como já disse, ele é um bom homem.

— Era o que eu achava, quando o vi pela primeira vez. Ele me pareceu bom, mesmo sendo de Nova York. E eu nem levei em conta que ele era preto. — Lucille fez questão de enfatizar essa observação. Os pais dela haviam sido racistas convictos, mas Lucille aprendera. Aprendera com a Escritura que as pessoas são apenas pessoas. A cor da pele significa tanto quanto a cor da roupa de baixo que usam. — Mas, quando olho para ele agora — prosseguiu Lucille —, me pergunto como um homem honrado, independentemente da cor da pele, pode participar do sequestro de pessoas, de crianças, trancafiando-as na cadeia. — A voz de Lucille trovejava.

— Calma, Lucille — disse o pastor.

— Calma — repetiu a mulher do pastor.

O pastor Peters deu a volta no banco onde estava e se sentou ao lado de Lucille, passando o enorme braço em torno dos ombros dela.

— Eles não estão sequestrando as pessoas, embora possa parecer assim. A Agência só está tentando... bem, parecer que está ajudando. Há tantos Ressurgidos agora... Acho que a Agência só está tentando fazer com que as pessoas se sintam seguras.

— E o senhor acha que eles estão fazendo com que as pessoas se sintam seguras quando levam um velho e uma criança embora sob a mira de armas? — Lucille quase deixou a Bíblia cair quando suas mãos ganharam vida. Ela sempre gesticulava quando se zangava. — Quando detêm essas pessoas por três semanas? Quando as botam na cadeia sem... droga, sei lá, sem formalizar a denúncia e sem qualquer processo que pelo menos chegue perto do estado de direito?

Dirigiu o olhar para uma das janelas da igreja. Mesmo de onde estava sentada, podia ver a cidade distante, ao sopé do morro onde se encontrava a igreja. Enxergava a escola e todos os prédios adjacentes, recém-construídos. E também a cerca e todos os soldados, bem como os Ressurgidos, cuidando dos seus afazeres. Via a cerca se aproximar aos poucos do resto das construções da cidade. Algo em seu coração lhe dizia que aquela situação não iria durar.

Ao longe, do outro lado da cidade, escondida pelas árvores e pela distância, lá onde o perímetro urbano acabava e o campo reinava, estava sua casa, solitária na escuridão, vazia.

— Senhor... — disse.

— Calma, Lucille — falou a mulher do pastor, sem qualquer efeito.

— Não faço outra coisa senão falar com Martin Bellamy — continuou Lucille. — Vivo dizendo para ele que isso está errado, que a Agência não tem o direito de agir assim. Mas ele só responde que não há nada que possa fazer. Diz que agora é com o coronel Willis. É ele quem manda. O que ele quer dizer quando fala que não há nada que possa fazer? Ele é um ser humano, não é? Um ser humano não pode fazer uma porção de coisas?

O suor lhe corria pela face. Tanto o pastor quanto a mulher haviam tirado as mãos do braço dela, como se ela fosse uma boca de fogão que alguém tivesse acendido sem avisar.

— Lucille — disse o pastor, baixando a voz e falando devagar, coisa que ele sabia ter o poder de acalmar as pessoas. Lucille se limitou a olhar para a Bíblia em seu colo. Uma pergunta muito importante a respeito de algo lhe moldou as curvas do rosto. — Deus tem um plano — continuou o pastor Peters. — Mesmo que o agente Bellamy não tenha.

— Mas já se passaram semanas — afirmou Lucille.

— E ambos estão sadios e vivos, não estão?

—Acho que sim. — Ela abriu sua Bíblia numa página qualquer, só para ter certeza de que as palavras, e a Palavra, continuavam lá. — Mas eles estão... — Procurou a palavra certa. Ela se sentiria melhor se conseguisse achar uma palavra de qualidade naquele momento. — Eles estão... emparedados.

— Eles estão na mesma escola em que quase todas as crianças desta cidade aprenderam a ler — afirmou o pastor, que novamente pusera o braço em torno de Lucille. — Sim, eu sei que parece diferente agora, com todos aqueles soldados, mas ainda é a nossa escola. É o mesmo prédio que Jacob frequentou todos aqueles anos atrás.

— Era um prédio novo, naquela época — interrompeu Lucille, as lembranças voltando.

— E tenho certeza de que era muito bonito.

— Era mesmo. Novinho em folha. Mas muito menor naquela época. Antes da ampliação e das reformas que fizeram depois que a cidade envelheceu e cresceu.

— Então por que não pensamos neles ali, naquela versão da escola?

Lucille ficou calada.

— Estão agasalhados. Não passam fome — continuou o pastor.

— Porque eu levo comida para eles.

—A melhor comida de todo o condado! — O pastou olhou ostensivamente para sua mulher. — Vivo dizendo para minha amada aqui que ela precisa passar umas semanas com a senhora e aprender o segredo daquela sua torta de pêssego.

Lucille sorriu e acenou para ele.

Não tem nada de mais. Eu levo comida até para o sr. Bellamy.
— Fez uma pausa. — Como eu já disse, eu gosto dele. Parece ser um bom homem.

O pastor Peters lhe deu uns tapinhas nas costas.

— Claro que é. E ele, e Harold, e Jacob, e todos ali na escola que provaram sua torta, porque andei sabendo que a senhora vive levando torta para eles. Todos ali estão em dívida com a senhora. Todos os dias eles lhe agradecem. Estou sabendo.

— Só porque são prisioneiros, isso não quer dizer que tenham de comer aquele grude que o governo dá.

— Pois eu achava que eles comiam a comida do restaurante da sra. Brown. Que nome ela deu a ele agora, Alimento Glorioso?

— Foi o que eu disse, grude.

Os três riram.

— As coisas realmente vão se acalmar — disse o pastor quando o riso esmorecera. — Harold e Jacob vão ficar bem.

— O senhor já esteve lá?

— Claro.

— Deus o abençoe — disse Lucille, dando uns tapinhas na mão do pastor. — Eles precisam de alguém que os guie. Todos naquele prédio precisam de um pastor.

— Faço o que posso. Falei com o agente Bellamy. De fato, ele e eu conversamos muito. Como já disse, ele parece um bom homem. Penso que ele realmente está se esforçando para fazer tudo o que pode. No entanto, do jeito que as coisas estão indo, levando em conta o aumento incrível no número de Ressurgidos...

— Puseram aquele homem horroroso no comando, o coronel Willis.

— Até onde eu saiba, sim.

Os lábios de Lucille ficaram tensos.

— Alguém tem que fazer alguma coisa — disse ela numa voz sussurrante, como um jato d'água jorrando de uma caverna profunda. — Ele é um homem cruel — acrescentou. — Dá para ver nos olhos dele. Olhos que ficam mais distantes quanto mais você olha. O senhor devia ter visto quando fui lá para que me entregassem Harold e Jacob de volta. Frio como gelo. É isso aí. Um poço de indiferença.

— Deus há de encontrar uma maneira.

— Sim — respondeu Lucille, embora fizesse já três semanas que ela vinha se perguntando cada vez mais e mais. — Deus há de encontrar uma maneira — repetiu. — Mas ainda assim eu me preocupo.

— Todos nós temos nossas preocupações — disse o pastor.

* * *

Havia várias décadas que Fred Green chegava toda noite a uma casa vazia. Habituara-se ao silêncio. E, como não gostava muito do que ele mesmo cozinhava, acostumara-se, muitos anos atrás, a comer comida congelada e, por vezes, um dos bifes solados que fritava.

Sempre fora Mary quem cozinhara.

Fred, quando não estava cuidando de sua plantação, ia até a serraria tentar conseguir trabalho. Dificilmente chegava em casa antes de escurecer, e a cada dia seu corpo se sentia mais cansado que na véspera. Mas, ultimamente, percebia que cada vez ficava mais difícil arrumar trabalho por causa da rapaziada mais jovem, que chegava à fila de trabalho com o raiar do sol, esperando o gerente aparecer e selecionar quem iria trabalhar naquele dia.

E, apesar de a experiência ter seus méritos, quando se tratava de trabalho braçal, era quase impossível passar na frente dos jovens. Sentia que começava a perder o fôlego. Era coisa demais para fazer.

Portanto, todas as noites, ao chegar em casa, Fred jantava comida congelada, sentava-se em frente à TV e assistia ao noticiário, que falava exclusivamente dos Ressurgidos.

Ouvia as notícias apenas parcialmente, posto que passava o tempo todo discutindo com os jornalistas na TV. Ele os denunciava, os acusava de criadores de caso e imbecis. Portanto, assistia apenas a fragmentos esparsos do fluxo de informações sobre os Ressurgidos, cujo número não parava de aumentar, como um rio na enchente.

E tudo aquilo só o deixava inquieto, dominado por uma forte sensação de maus presságios.

No entanto, havia outra coisa. Uma sensação que não compreendia. Fazia algumas semanas que não dormia direito. Todas as noites, ia para a cama vazia, naquela casa muda, como havia décadas se acostumara a fazer, mas ultimamente não conseguia dormir. Batia meia-noite, e nada. Uma hora, e nada. E, quando o sono finalmente chegava, era superficial, sem descanso verdadeiro, sem sonhos, agitado.

Algumas vezes, acordava de manhã com hematomas nas mãos e culpava a cabeceira de madeira da cama. Uma noite, tomado por uma sensação de queda, acordou um pouco antes de ir de encontro ao chão, com o rosto molhado de lágrimas e invadido por uma profunda e indescritível tristeza que lhe tirara o fôlego.

Fred permaneceu no chão, soluçando, furioso com tudo o que sentia e não sabia verbalizar, a cabeça cheia de frustrações e desejos indefinidos.

Chamou a mulher pelo nome.

Não lembrava mais quando fora a última vez que pronunciara o nome dela. Compôs a palavra com a língua e a projetou no ar, escutando com atenção enquanto o som que produzira ecoava pela casa bagunçada e bolorenta.

Continuou ali, no chão, à espera. Como se, repentinamente, ela fosse deixar seu esconderijo para abraçá-lo, beijá-lo, cantando naquela abençoada voz esplendorosa pela qual ele tanto ansiava, ofertando-lhe música depois de todos aqueles anos vazios.

Mas ninguém respondeu.

Ele se levantou e arrastou os pés até o armário, de onde tirou uma mala havia décadas esquecida lá dentro. Era preta com fechos de latão revestidos de uma pátina fina. A mala pareceu suspirar quando ele a abriu.

Estava repleta de livros, partituras, caixinhas com bijuterias e bugigangas de cerâmica abandonadas. Bem no meio, soterrado entre uma blusa de seda em cuja gola havia flores costuradas, encontrou um álbum de fotos. Fred o retirou da mala e se sentou na cama. O álbum rangeu ao ser aberto.

E ali estava ela, repentinamente. Sua mulher, sorrindo para ele. Já se esquecera de como era redondo seu rosto. De como era escuro seu cabelo. De quão perplexa ela sempre parecia estar, e de como era justamente disso que ele mais gostava nela. Mesmo quando discutiam, ela sempre parecia perplexa, como se enxergasse o mundo de um modo que ninguém mais enxergava, e não conseguisse entender de jeito nenhum por que as pessoas se comportavam de determinada maneira.

Ainda na cama, virou as páginas do álbum e tentou não pensar no som da voz dela, na perfeição de sua cantoria quando as noites eram longas e ele não conseguia dormir. Abriu e fechou a boca, como se tentasse formular uma pergunta que, por teimosia, se recusava a sair.

Então viu uma foto que o deixou pensativo. O sorriso de sua mulher não estava tão cristalino. A expressão, não mais perplexa, mas resoluta. Fora tirada em uma tarde de sol, pouco depois de um aborto espontâneo.

Esse fora o segredo deles, sua tragédia particular. Mal receberam a notícia do médico sobre a gravidez dela, e tudo veio por terra. Uma noite, Fred acordara com o choro baixo da mulher no banheiro, já sentindo o peso do que lhe acontecera.

Ele sempre tivera o sono pesado.

— Acordar você é como acordar um defunto — dissera-lhe ela uma vez. Até hoje se perguntava se sua mulher tentara acordá-lo naquela noite, se tentara lhe pedir ajuda e ele falhara com ela. Com certeza poderia ter feito alguma coisa.

Como podia um marido ficar dormindo numa hora daquelas?, perguntou-se. Sonhando como um animal estúpido enquanto a minúscula faísca de vida que fora a criança deles era apagada.

Eles haviam planejado contar aos amigos sobre a gravidez no aniversário dela, menos de um mês adiante. Mas então não houve necessidade. Somente o médico soube o que lhes acontecera.

A única indicação de que algo dera errado estava em como o sorriso dela se turvara. Uma turbidez que ele nunca conseguiria esquecer.

Tirou a foto da película grudenta que a encobria. Cheirava a cola velha e a mofo. Naquela noite, pela primeira vez desde que ela morrera, ele chorou.

* * *

Na manhã seguinte, Fred foi à serraria, mas o gerente do dia não o escolheu. Voltou para casa e olhou as plantações, mas elas tampouco precisavam dele. Então subiu na caminhonete e decidiu visitar Marvin Parker.

Marvin morava numa casa em frente ao portão da escola onde os Ressurgidos estavam presos. Desse modo, podia se sentar no jardim da frente e ficar observando a chegada de ônibus e mais ônibus carregados de Ressurgidos levados para a escola. E, frequentemente, era só isso o que ele fazia pela manhã, desde que tudo aquilo começara.

Por algum motivo, Fred sentia que precisava estar lá. Precisava ver por si mesmo para onde o mundo estava indo. Precisava ver o rosto dos Ressurgidos.

Era quase como se estivesse procurando alguém.

* * *

Harold estava quieto, sentado na ponta da cama estreita, no meio da sala que, normalmente, era ocupada pelo ateliê de arte da sra.

Johnson. Ele queria que suas costas estivessem doendo, nem que fosse para poder reclamar delas. E isso porque descobrira que, depois de passar um bom tempo reclamando da dor nas costas, ele se sentia mais capacitado para pensar em questões muito profundas ou complicadas. Tremeu só de pensar no que poderia ter acontecido se, por obra do acaso, ele não fosse um reclamão. A essa altura, Lucille já teria mandado que o canonizassem.

Jacob dormia na cama ao lado do pai. O travesseiro e o cobertor do garoto estavam dobrados na cabeceira. O cobertor era um dos que Lucille fizera, repleto de detalhes, cores e pespontos rebuscados. Os cantos estavam dobrados com todo cuidado, e o travesseiro, perfeitamente plano e liso.

Que garoto organizado, pensou Harold, tentando lembrar se ele sempre fora assim.

— Charles?

Harold soltou um suspiro. Parada na soleira da porta do estúdio transformado em dormitório, uma idosa olhava para ele. Uma das Ressurgidas. A luz da tarde entrava pela janela, iluminando o rosto feminino e ressaltando as manchas de tinta na parede ao redor da soleira. Tinta de todas as cores, resquícios de anos de projetos de arte. Manchas amarelo-vibrantes, vermelho-ferozes, todas mais brilhantes do que Harold achou que deveriam ser, por conta da idade que provavelmente tinham.

Elas emolduravam a anciã num arco-íris de cores, emprestando-lhe um ar mágico.

— Sim? — respondeu Harold.

— A que hora vamos sair, Charles?

— Daqui a pouco — afirmou Harold.

— Vamos nos atrasar, Charles. E eu não suporto chegar atrasada. É falta de educação.

— Está tudo bem. Eles vão nos esperar.

Harold se levantou e esticou os braços. Caminhou lentamente até a anciã, a sra. Stone, e a conduziu ao lugar dela, em um canto no outro lado da sala. Era uma mulher grande e negra, que passara bem dos oitenta anos e estava completamente senil. Mas, senil ou não, ela cuidava bem de si mesma e de sua cama. Sempre de banho tomado, cabelos cuidados. As poucas roupas que mantinha eram preservadas livres de manchas.

— Não esquente essa sua cabecinha — disse Harold. — Não vamos chegar atrasados.

— Mas já estamos atrasados.

— A gente tem muito tempo ainda.

— Tem certeza?

— Tenho, meu bem. — Harold sorriu, afagando-lhe a mão. Sentou-se ao lado da mulher enquanto ela se deitava e começava a cochilar. Era sempre assim: uma excitação súbita, um nervosismo inevitável e um sono repentino.

Chamava-se Patricia, Patricia Stone. Harold permaneceu ao lado dela até que finalmente adormeceu. Usou o cobertor da cama de Jacob para cobri-la, apesar do calor de verão. A mulher murmurou algo sobre não deixar as pessoas esperando. Logo os lábios dela ficaram imóveis, e a respiração, lenta e regular.

Harold voltou para a cama e se sentou. Queria um livro para ler. Quando Lucille viesse visitá-los, talvez lhe pedisse um, desde que não fosse a Bíblia ou outra bobagem do gênero.

Não, pensou Harold, esfregando o queixo. Bellamy tinha de ter alguma responsabilidade nessa história. Apesar de a autoridade do agente vir diminuindo desde que a Agência começara a prender as pessoas, Martin Bellamy ainda era a pessoa mais bem informada na área.

À sua maneira, Bellamy ainda dirigia o espetáculo. Continuava o responsável pela alimentação, pela distribuição dos quartos, pelo fornecimento de roupas e de artigos de higiene pessoal. Também organizava o cadastramento, tanto dos Vivos Autênticos como dos Ressurgidos.

Ele era encarregado de tudo por lá, embora o trabalho braçal coubesse aos outros. E Harold soubera por meio de alguns soldados tagarelas conversando em voz alta, sem preocupação com quem pudesse ouvi-los, que o trabalho braçal diminuíra nos últimos tempos.

Lentamente, a política passou a ser armazenar os mortos, como se fossem víveres excedentes. Por vezes, no caso de encontrarem algum de especial valia, ou famoso, iam um pouco além e lhe compravam uma passagem de avião para casa. No entanto, a grande maioria dos Ressurgidos estava sendo simplesmente reassentada no campo mais próximo de onde aparecera pela primeira vez.

É possível que isso não aconteça do mesmo jeito em todos os lugares, pensou Harold, *mas logo vai acontecer*. Em geral, era mais fácil entregar um número e uma ficha, digitar umas poucas palavras em um computador, fazer umas poucas perguntas, digitar mais algumas palavras e se esquecer deles. Se alguém se dispusesse a fazer um pouco mais — coisa a que cada vez menos as pessoas se propunham —, esse alguém talvez se desse ao trabalho de procurar o nome do Ressurgido na internet. Mas não passava disso. Cada vez mais, digitar algumas palavras, coisa que exigia pouco esforço, se tornava o habitual.

* * *

Após se certificar de que a anciã ainda dormia, Harold saiu da sala e atravessou o velho prédio da escola, apinhado de gente. Desde o primeiro dia em que começaram a prender os Ressurgidos, a situação ali fora inadequada. E desde então ficava ainda mais imprópria a cada dia. Onde antes havia espaço para passear pelos corredores, agora havia apenas camas e gente se aferrando cada uma à sua, com medo de algum recém-chegado se apropriar dela. Embora ainda não houvesse mais gente do que camas, Harold percebia o surgimento de uma hierarquia.

Os mais antigos tinham suas camas armadas confortavelmente dentro do prédio principal da escola, onde tudo funcionava e nada ficava muito distante. O pessoal novo acabava do lado de fora, no estacionamento e em trechos de ruas em torno da escola, em um lugar batizado de Aldeia das Tendas. As únicas exceções atingiam os idosos e doentes, que sempre encontravam lugar no prédio principal.

A Aldeia das Tendas não passava de um triste amontoado de barracas verdes. As tendas eram tão velhas que Harold, ao passar por ali, sempre corria o risco de ser fisgado por alguma lembrança de infância. Lembrança cujas imagens lhe vinham à mente em preto e branco.

O que salvava aquela situação toda era que o tempo estivera camarada. Quente e úmido, mas sem chuva na maioria das vezes.

Harold atravessou a Aldeia das Tendas em direção à parte mais distante do assentamento, perto da cerca sul, onde um amigo de Jacob, um garoto chamado Max, estava acampado. Do outro lado da cerca, sem pressa, os sentinelas faziam a ronda, portando o rifle à altura da cintura.

— Idiotas desmiolados — vociferou Harold, como de costume.

E então ele olhou para o sol. Ele continuava lá, é óbvio, mas repentinamente parecia mais tórrido. Um fio de suor lhe correu pelo meio da testa e terminou por gotejar da ponta do nariz.

Ele sentiu como se o calor houvesse aumentado ainda mais. Pelo menos cinco graus, como se o sol viesse parar nos seus ombros, determinado a lhe sussurrar alguma coisa de muito importante ao pé do ouvido.

Harold passou a mão no rosto suado e a secou na perna da calça.

— Jacob! — chamou. Sentiu um frêmito começar na base da coluna e se mover pelas pernas abaixo. O tremor alcançou os joelhos. — Jacob, onde está você?

Então, repentinamente, a terra se levantou para recebê-lo.

Jeff Edgeson

A acreditar no relógio na parede, a hora de Jeff com o coronel estava quase terminada. O coronel passara os últimos cinquenta e cinco minutos fazendo perguntas que, àquela altura, os dois já conheciam de cor. Na verdade, ele preferiria estar lendo um livro. Talvez um romance cyberpunk, ou quem sabe uma fantasia urbana. Tinha predileção por autores altamente imaginativos. Acreditava na imaginação como algo importante e raro.

— O que você acha que acontece quando morremos? — perguntou o coronel.

Era uma pergunta nova, embora não muito criativa. Jeff pensou por um momento, sentindo-se um tanto inquieto com a perspectiva de falar sobre religião com o coronel, de quem começara a gostar. Para Jeff, ele lembrava seu pai.

— Céu ou inferno, suponho — respondeu Jeff. — Acho que depende de quanto você se divertiu na vida — continuou, com um breve riso.

— Tem certeza?

— Não — disse Jeff. — Já faz muito tempo que sou ateu. Nunca tive certeza de muita coisa.

— E agora? — O coronel se endireitou na cadeira e as mãos desapareceram por baixo da mesa, como se estivessem buscando alguma coisa.

— Continuo sem grandes certezas — explicou Jeff. — É a história da minha vida.

O coronel Willis tirou um maço de cigarros do bolso e o entregou ao jovem homem.

— Obrigado — agradeceu-lhe Jeff, acendendo um cigarro.

— Isso aqui não precisa ser insuportável — disse o coronel. — Todos nós temos nossas funções a cumprir, tanto a minha gente como a sua.

Jeff balançou a cabeça em concordância. Recostou-se no espaldar da cadeira e exalou uma longa baforada branca, sem se importar com a cadeira incômoda, ou com as paredes inexpressivas, ou com o fato de que, em algum lugar do planeta, ele tinha um irmão que o coronel e seus homens não o deixavam procurar.

— Não sou uma pessoa cruel — falou o coronel, como se soubesse o que Jeff estava pensando. — Apenas tenho uma função desagradável a cumprir. — E se levantou. — Mas agora preciso ir. Há mais um carregamento de gente como você chegando hoje à noite.

9

HAROLD ACORDOU. O SOL NUNCA brilhara tanto e tão forte. Tudo parecia longínquo e duvidoso. Ele se sentia tonto, como se tivesse tomado medicamentos em excesso. Uma pequena multidão se unira ao seu redor. Todos pareciam muito altos, absurdamente alongados. Harold fechou os olhos e respirou fundo. Ao abri-los de novo, Martin Bellamy estava de pé ao seu lado, parecendo muito escuro e sério. *Sempre com o maldito terno, mesmo nesse calor*, pensou Harold.

O velho homem se sentou. Doía-lhe a cabeça. Tivera sorte de cair na grama, e não no pavimento. Havia alguma coisa pesada e molhada em seus pulmões, o que o levou a tossir. Uma tosse atrás da outra, que então parou completamente e só ficou a falta de ar. Harold se dobrou ao meio, o corpo em convulsão. Viu estrelas se acenderem e se apagarem diante dos olhos.

Quando o acesso finalmente parou, Harold estava esticado na grama, com um cobertor amparando-lhe a cabeça e o sol nos olhos, todo ensopado de suor.

— O que aconteceu? — ele perguntou, com a sensação de uma esponja molhada e áspera na garganta.

— Você desmaiou — respondeu o agente Bellamy. — Como se sente?

— Com calor.

O agente sorriu

— O dia está quente.

Harold tentou se sentar, mas o planeta o traiu, acelerando sua rotação. Fechou os olhos e voltou a deitar. O cheiro da grama quente o fez lembrar que, quando era garoto, não precisava desmaiar para deitar na grama numa tarde quente de junho.

— Onde está o Jacob? — perguntou Harold, sem abrir os olhos.

— Estou aqui — disse Jacob, emergindo da multidão. Veio correndo, com seu amigo Max a reboque. Então se ajoelhou ao lado do pai e segurou-lhe a mão.

— Não assustei você, assustei?

— Não, senhor.

Harold suspirou.

— Que bom.

O amigo de Jacob, Max, que já havia demonstrado ser carinhoso e responsável, ajoelhou-se ao lado da cabeça de Harold, tirou a camisa e a usou para enxugar a testa do homem.

— O senhor está bem, sr. Harold? — perguntou Max.

Max era um Ressurgido de safra britânica. Veio completo, com sotaque e modos. Fora encontrado no condado de Bladen, não muito longe de onde o japonês surgira, várias semanas atrás. Pelo visto, o condado de Bladen estava se tornando um ponto de convergência para Ressurgidos exóticos.

— Estou sim, Max.

— Porque o senhor parecia muito doente e, se está doente, precisa ir para o hospital, sr. Harold. — Apesar da natureza calma e estoica de Ressurgido e do refinado sotaque britânico, Max falava como uma metralhadora. — Meu tio ficou doente, faz muito, muito tempo, e teve que ser levado pro hospital — continuou o menino. — Aí, ele ficou ainda mais doente e tossia muito, como o senhor estava tossindo, só que parecia pior e, bem, sr. Harold, ele morreu.

Harold assentia e concordava com a história do menino, embora não tivesse acompanhado nada do que ele dissera depois do disparo inicial com "Meu tio ficou doente...".

— Isso é bom, Max — disse Harold, com os olhos ainda fechados. — Isso é muito bom.

Harold continuou estirado na grama por muito tempo sem abrir os olhos, sentindo o calor do sol tomar conta de seu corpo. Escutava conversas rápidas que lhe chegavam aos ouvidos por cima do barulho dos soldados que diligentemente faziam a ronda do outro lado da cerca em torno do campo. Harold percebeu como estava perto da cerca perimetral, o que não notara quando o acesso de tosse se apossara de seu corpo.

Daí, sua mente começou uma cadeia de imaginações.

Imaginou a terra além dos limites impostos pela cerca. Viu a calçada do estacionamento da escola. Virou na Main Street, passou o posto de abastecimento e as pequenas lojas construídas tanto tempo atrás. Viu amigos e rostos conhecidos. Todo mundo cuidando da vida, como sempre. Às vezes sorriam para ele e acenavam, e talvez um ou dois tenham gritado um oi.

Então Harold se deu conta de que estava dirigindo a velha picape que tinha em 1966. Após anos sem pensar naquela caminhonete, agora ela estava vívida em sua imaginação. Os assentos largos e macios. A força bruta necessária para dirigir aquele carro infernal. Harold se perguntou se a geração de hoje conseguia conceber o luxo que era a direção hidráulica, ou se, assim como aconteceu com o advento dos computadores, ela passara a ser uma coisa tão comum que não havia mais como se maravilhar.

Na sua modesta viagem imaginária, Harold passou pela cidade toda, constatando aos poucos que não havia nenhum Ressurgido nas muitas calçadas e ruas. Continuou no carro para além dos marcos da cidade, pela rodovia, em direção a sua casa. A caminhonete ronronava agradavelmente pela estrada.

Ao chegar, lutou com o volante para estacionar a caminhonete na entrada da garagem. Lucille estava jovem e linda. Sentada na varanda, com as costas retas, parecia irradiar a mesma luz do sol que incidia nela, parecendo nobre e importante, como nunca antes na vida Harold vira qualquer outra mulher. Os longos cabelos pretos lhe caíam abaixo dos ombros e brilhavam à luz cálida do dia. Ela o intimidava, e era por isso que ele a amava tanto. Jacob corria em círculos em torno do carvalho em frente à varanda, brincando de mocinho e bandido.

Era assim que as coisas deveriam ser.

Então o menino passou por trás da árvore e não saiu pelo outro lado. Sumiu em um piscar de olhos.

* * *

O agente Bellamy estava de joelhos, ao lado de Harold; atrás dele, dois paramédicos parecendo ansiosos faziam sombra sobre o rosto suado do velho homem.

— O senhor já teve isso antes? — perguntou um dos paramédicos.

— Não — respondeu Harold.

— Tem certeza? Será que devo consultar seu histórico médico?

— Você pode fazer o que quiser — respondeu Harold. Suas forças começavam a voltar, alimentando-lhe um pequeno surto de fúria. — Essa é uma das vantagens de ser do governo, não é? Vocês têm todas as informações sobre alguém à disposição em um maldito arquivo em algum lugar.

— Imagino que sim — disse Bellamy. — Mas creio que todos nós preferimos seguir pelo caminho mais simples. — E acenou com a cabeça para os paramédicos. — Vejam se ele está bem. Talvez ele coopere com vocês mais do que comigo.

— Não aposte nisso — murmurou Harold.

Ele detestava ter de conversar estatelado daquele jeito, mas não lhe pareceu ter muita escolha. Sempre que começava a se levantar, Jacob, com a preocupação estampada no pequeno rosto, o empurrava de volta carinhosamente pelos ombros.

Bellamy se pôs de pé e limpou a grama dos joelhos.

— Vou ver se encontro o histórico médico dele. Por favor, anotem no diário tudo o que está acontecendo. — E acenou com a mão, chamando alguém.

Vieram dois soldados.

— Tudo isso por causa de um velho cansado — disse Harold em alto e bom som, finalmente, com um grunhido, se sentando.

— Calma — disse o paramédico, pegando em Harold com uma força surpreendente. — O senhor precisa ficar deitado e deixar a gente se certificar de que está tudo bem.

— Relaxe — falou Jacob.

— É, sr. Harold, é melhor se deitar — enfatizou Max. — É como eu estava contando para o senhor sobre o meu tio. Um dia ele ficou doente e não queria que os médicos ficassem mexendo nele, então gritava com eles sempre que apareciam. Aí ele morreu.

— Certo, certo, certo — concordou Harold, desistindo da rebeldia só por causa da velocidade com que o menino falava. Subitamente, sentiu-se muito, muito cansado. Apenas cedeu e decidiu se deitar na grama novamente, deixando que os paramédicos atuassem como bem entendessem.

Se fizessem algo errado, pensou, ele poderia processá-los. Afinal, estavam nos Estados Unidos.

Max então desandou a contar outra história sobre a morte do tio, e Harold foi embalado até a inconsciência pelo rápido rufar da voz do garoto.

* * *

— Vamos nos atrasar — disse a negra velha e senil.

Harold se sentou na maca, surpreso de se ver ali. Estava em seu dormitório, e a temperatura baixara. Vendo pela janela que a luz do sol já praticamente se extinguira, deduziu que estivesse ainda no mesmo dia, só que mais tarde. No antebraço, um curativo encobria uma coceirinha, o que o levou a desconfiar de que lhe haviam dado uma injeção.

— Malditos médicos.

— Que palavra feia — repreendeu-o Jacob. Ele e Max estavam sentados no chão, brincando. Levantaram-se de um pulo e correram para o leito. — Nunca falei nada antes, mas a mamãe não ia querer ouvir você falando *malditos*.

— É, é mesmo uma palavra feia — concordou Harold. — Que tal se a gente não contar para ela?

— Tudo bem — disse Jacob, sorrindo. — Quer ouvir uma piada?

— Ah, sim — intrometeu-se Max. — Essa piada é ótima, sr. Harold. Uma das mais engraçadas que já ouvi em muito tempo. Meu tio...

Harold levantou a mão para interromper o menino.

— Qual é a piada, meu filho?

— Por que o Abominável Homem das Neves jamais ganha na loteria?

— Não sei — disse Harold, embora se lembrasse perfeitamente de ter contado essa piada ao menino um pouco antes de ele falecer.

— Porque ele é pé-frio.

Todos riram.

— Não podemos passar o dia inteiro aqui — disse Patricia de sua cama. — Já estamos atrasados. Atrasados demais, demais. É falta de educação deixar as pessoas esperando. Eles vão ficar preocupados com a gente! — Então esticou a mão escura e a colocou sobre o joelho de Harold. — Por favor — disse —, detesto ser rude com quem quer que seja. Minha mãe me educou muito bem. Podemos ir agora? Já estou pronta.

— Daqui a pouco — afirmou Harold, embora sem saber por quê.

— Ela está bem? — perguntou Max.

O garoto normalmente falava em parágrafos, por isso Harold esperou que terminasse. Mas nada. Patricia arrumava e rearrumava seu vestido, de olho neles, pois nunca pareciam prontos para sair, o que a incomodava muito.

— Ela só está confusa — disse Harold finalmente.

— Eu não estou confusa — retrucou Patricia, puxando de súbito a mão de volta.

— Certo — respondeu-lhe Harold, segurando a mão dela e afagando-a carinhosamente. — Você não está confusa e nós não vamos nos atrasar. Eles ligaram faz um tempo para informar que a hora mudou. Ficou tudo para mais tarde.

— Cancelaram?

— Não, claro que não. Apenas mudaram o horário para mais tarde.

— Eles cancelaram, não é? Cancelaram porque nos atrasamos muito. Estão zangados com a gente. Isso é muito ruim.

— Não é nada disso — atalhou Harold. Ele se aproximou da cama da senhora, grato por seu corpo estar, aparentemente, voltando ao normal; talvez esses médicos não fossem tão ruins assim. Passou o braço em torno dos largos ombros da anciã e deu-lhes umas palmadinhas. — Só mudaram a hora, mais nada. Acho que houve uma confusão com a comida. O cozinheiro teve um desentendimento na cozinha e tudo desandou, por isso eles precisam de um tempinho a mais. É só.

— Tem certeza?

— Claro — afirmou Harold. — Na verdade, a gente está com tanto tempo que acho que você pode até cochilar. Está cansada?

— Não — ela disse, fazendo beicinho. E então: — Sim. — Começou a chorar. — Estou tão cansada...

— Sei bem como se sente.

— Ah, Charles — disse ela. — Charles, o que há de errado comigo?

— Nada — respondeu Harold, fazendo-lhe um cafuné. — Você está cansada, só isso.

Então ela o olhou com uma expressão de profundo medo, como se, por uma fração de segundo, tivesse percebido que Harold não era quem fingia ser e nada era como sua mente lhe dizia. Esse instante passou, e ela voltou a ser a velha cansada e confusa, e ele voltou a ser o Charles dela. A anciã pousou a cabeça no ombro dele e chorou, no mínimo porque achou que era a coisa certa a fazer.

* * *

Em pouco tempo a mulher caiu no sono. Harold a ajeitou na cama, tirou os fios de cabelo que lhe caíam no rosto e a olhou como se tivesse a cabeça cheia de enigmas.

— Isso é terrível — disse Harold.

— O que é terrível? — Jacob perguntou em sua voz plana e regular.

Harold se sentou na ponta da cama e baixou o olhar para as mãos. Endireitou os dedos indicador e médio, lado a lado, como se segurassem um daqueles maravilhosos cilindros de nicotina e carcinógenos. Levou os dedos vazios aos lábios. Inalou. Segurou a respiração. Exalou a fumaça imaginária, tossindo um bocadinho quando os pulmões ficaram sem ar.

— O senhor não devia fazer isso — disse Max.

Jacob concordou com a cabeça.

— Me ajuda a pensar — disse Harold.

— No que está pensando? — perguntou Max.

— Na minha esposa.

— A mamãe está bem — disse Jacob.

— Claro que está — Harold respondeu.

— O Jacob está certo — afirmou Max. — As mães estão sempre bem, porque o mundo não pode se virar sem elas. Era isso que meu pai dizia, faz muito tempo, antes de ele morrer. Dizia que as mães eram a razão do mundo todo funcionar do jeito que funciona e que sem elas todas as pessoas seriam mesquinhas e famintas e que as pessoas estariam sempre brigando e que nada de bom jamais aconteceria para ninguém.

— É, acho que é isso mesmo — confirmou Harold.

— Meu pai dizia que minha mãe era a melhor mãe do mundo. Dizia que nunca iria trocá-la por nada, mas acho que esse é o tipo de coisa que todo pai tem que dizer, porque soa bem. Mas aposto que o Jacob acha a mesma coisa sobre a mãe dele, sua esposa, porque é o que a gente deve pensar. É como as coisas são...

Então o menino parou de falar e olhou fixamente para eles. Harold celebrou o silêncio, mas também se irritou por ser tão repentino. Max parecia distraído, como se algo, de súbito, tivesse arrebatado tudo o que havia em sua mente alguns segundos antes.

Em seguida, os olhos do menino ressurgido rolaram para cima e ficaram brancos, como se um interruptor tivesse sido acionado em sua mente. Ele caiu no chão e ficou lá, como se dormisse, apenas um traço fino de sangue no lábio superior para mostrar que alguma coisa tinha dado errado.

Tatiana Rusesa

Eles eram brancos, por isso ela sabia que não iriam matá-la. Mais que isso, eram americanos, assim ela tinha certeza de que iriam tratá-la bem. Ela não se importava que não a deixassem partir; só queria poder ajudá-los mais.

Antes de a terem levado ali — onde quer que estivesse —, ela estivera em outro lugar. Não tão grande como este, e as pessoas no novo lugar não eram as mesmas de antes, mas também não pareciam muito diferentes. Todas diziam que trabalhavam para algo chamado "a Agência".

Tinham lhe dado comida e uma cama para dormir. Ela ainda usava o vestido azul e branco que lhe fora entregue por uma mulher no outro lugar. O nome da mulher era Cara, lembrou a jovem, e ela falava inglês e francês e fora muito gentil, mas Tatiana sabia que não estava sendo de muita ajuda para eles, e isso lhe pesava muito.

Todas as manhãs, às dez em ponto, o homem vinha e a levava para a sala sem janelas, onde começava a conversar com ela — devagar e pausadamente, como se não tivesse certeza de que ela entendesse inglês. Mas Tatiana fora uma boa aluna na escola, e o inglês era uma língua clara e simples para ela. O homem tinha um sotaque estranho, e algo lhe dizia que o sotaque dela era igualmente estranho para ele. Daí que ela respondesse às suas perguntas tão lenta e pausadamente quanto o homem as formulava, o que parecia agradá-lo.

Ela pensava ser importante agradar a ele (ou a eles), pois acreditava que, se não conseguisse fazer isso, ele a mandaria de volta para casa.

Assim, diariamente e já há vários dias, ele ia buscá-la, a trazia para a mesma sala e lhe fazia suas perguntas, e ela se esforçava ao máximo para responder. No início, sentira medo dele. Era um homem grande, o olhar duro e frio como a terra no inverno; no entanto, ele sempre a tratara muito educadamente, embora, como ela bem sabia, não o estivesse ajudando muito.

De fato, ela começou a achá-lo bonito. Apesar da dureza, os olhos do homem eram de um azul muito agradável, e os cabelos, da cor dos campos de capim alto e seco à luz do poente, e ele parecia ser muito, muito forte. E força, para ela, era um atributo das pessoas bonitas.

Naquele dia, quando veio buscá-la, ele lhe pareceu mais distante que de costume. Às vezes ele lhe trazia um chocolate, que os dois comiam a caminho da sala sem janelas. Mas, naquele dia, ele não lhe trouxera nada, e, ainda que isso tivesse acontecido antes, ela sentiu algo diferente.

Ele não jogou conversa fora a caminho da sala, como costumava fazer. Apenas caminhou em silêncio, e ela teve de acelerar o passo para poder acompanhá-lo, pensando que as coisas seriam diferentes então. Talvez mais sérias do que haviam sido antes.

Uma vez na sala, ele fechou a porta, como sempre fazia. Parou por um instante e olhou para a câmera pendurada num canto, no alto da parede. Ele nunca agira assim. Então deu início às perguntas com a voz lenta e pausada de sempre:

— Antes de ser encontrada em Michigan, qual é a última coisa de que você se lembra?

— Soldados. E minha terra, Serra Leoa.

— E o que os soldados estavam fazendo?

— Matando.

— Eles mataram você?

— Não.

— *Tem certeza?*

— *Não.*

Apesar de terem transcorrido vários dias desde que ele lhe fizera as mesmas perguntas, ela ainda sabia as respostas de cor. E as sabia tão bem quanto ele sabia as perguntas. No início, ele lhe fizera exatamente as mesmas perguntas todos os dias. Então, parou e começou a lhe pedir que contasse histórias, e ela gostou da novidade. Ela lhe disse que sua mãe todas as noites lhe contava histórias de deuses e monstros. "Pessoas e eventos maravilhosos e mágicos são o sustento do mundo", dizia sua mãe.

Por quase uma hora, ele repetiu as perguntas que os dois conheciam de cor. Ao fim dessa hora, que era o tempo durante o qual habitualmente se falavam, ele lhe fez uma pergunta nova:

— *O que você acha que acontece quando se morre?*

Ela pensou por um momento, de repente se sentindo, além de perturbada, um pouco atemorizada. Mas ele era branco, e americano ainda por cima, por isso ela sabia que ele não iria lhe fazer mal.

— *Eu não sei.*

— *Tem certeza?*

— *Sim.*

Ela, então, pensou no que sua mãe lhe dissera uma vez a respeito da morte: "A morte é só o começo da reunião que você não sabia que desejava ter". Estava prestes a contar isso para o coronel Willis quando ele puxou uma pistola e atirou nela.

Em seguida, ele permaneceu sentado, observando, esperando para ver o que aconteceria.

Incerto sobre o que poderia ocorrer, ele repentinamente se viu só, com um corpo sem vida sangrando, o qual, havia apenas alguns instantes, fora uma jovem que gostava dele e o achava um homem honrado.

O coronel sentiu como se o ar da sala estivesse viciado. Ele se levantou e saiu, fingindo que já não ouvia mais a voz de Tatiana e todas as conversas entre eles dois se repetindo na memória, ainda audíveis por sobre o som do tiro da pistola que retinia em seus ouvidos.

10

— TADINHO DO MENINO — disse Lucille, apertando Jacob contra o peito. — Tadinho do menino — era tudo que conseguia dizer sobre a morte de Max, mas falava com frequência e muita tristeza.

Como o mundo deixa uma coisa assim acontecer? O que no mundo permitiria que um garoto, qualquer garoto saudável, estivesse vivo e bem num minuto, e morto no outro?

— Tadinho do menino — repetiu.

Era cedo, e a sala de visitas da escola de Arcadia estava praticamente vazia. Volta e meia, vinha um guarda que ficava gesticulando por ali, cumprimentando ou conversando com alguém. Não parecia prestar muita atenção em nada, nem no velho detido com o filho ressurgido e que insistia em ficar com ele, nem na mulher de cabelos prateados que vinha visitá-los.

Tampouco os guardas pareciam se importar com o menino ressurgido cuja morte tanto incomodara Lucille. Esta, por sua vez, não sabia muito bem expressar seus pensamentos sobre como, exatamente, eles deveriam deixar transparecer que uma vida fora perdida, sendo importante guardar luto e refletir sobre a tristeza. Usar uma braçadeira preta ou qualquer coisa nesse estilo já seria um começo. Mas a ideia lhe pareceu tola. As pessoas morrem. Mesmo as crianças. Era essa a realidade.

A sala de visitas era de aço ondeado preso a postes de metal, ornamentada por dois enormes ventiladores, um na entrada e outro na saída, para dar conta da umidade. Mesas e bancos se espalhavam pela sala.

Sentado no colo da mãe, Jacob sofria da culpa que as crianças sentem quando veem a mãe chorar. Harold estava ao lado de Lucille, com o braço em torno dela.

— Calma, minha velha nêmesis — disse ele. A voz era doce, matizada pela compaixão e pela tristeza, em um tom que ele não lembrava ser capaz de falar, depois de tantos anos de... bem, *rabugices* não era a palavra que ele escolheria, mas... — Foi uma dessas coisas que acontecem — explicou. — Os médicos disseram que foi um aneurisma.

— Crianças não têm aneurismas — retrucou Lucille.

— Têm, sim. Às vezes. E talvez tenha sido o que aconteceu com ele na primeira vez. Talvez sempre tenha sido assim.

— Dizem que tem uma doença rondando por aí. Eu não acredito, mas é isso o que estão dizendo.

— A única doença rondando por aí é a burrice — proclamou Harold.

Lucille enxugou os olhos e acertou a gola do vestido.

Jacob deixou os braços da mãe. Usava a roupa nova que ela lhe trouxera. Limpinha e macia, daquele jeito especial que toda roupa nova tem.

— Mamãe, posso te contar uma piada?

Lucille assentiu.

— Mas piada suja não, viu?

— Até aí, tudo bem — disse Harold. — Eu só ensinei piadas cristãs para ele.

— Vocês dois me deixam louca!

— Não se preocupe com o Max — falou Harold, olhando pela sala. — O Max já havia seguido para... Bem, para seja lá onde for que as pessoas seguiam muito tempo atrás. O que havia aqui era apenas uma sombra que...

— Pare com isso — interrompeu Lucille em voz baixa. — O Max era um bom menino. Você sabe disso.

— Sim — concordou Harold. — Ele era um bom menino.

— Ele era diferente? — quis saber Jacob, a confusão estampada no rosto.

— Como assim? — perguntou Harold.

A fala de Jacob era o máximo que ele se aproximara do que o mundo inteiro mais queria que os Ressurgidos comentassem: sobre si mesmos.

— Ele era diferente de antes? — perguntou Jacob.

— Não sei dizer, querido — respondeu Lucille. Ela pegou a mão do filho, como vira nos filmes, pensou sem querer. Estava assistindo à TV demais ultimamente. — Eu não conhecia o Max direito — continuou ela. — Você e seu pai passaram mais tempo com ele do que eu.

— E a gente mal o conhecia — disse Harold, com uma pontinha de crueldade na voz.

Jacob se virou e olhou para o rosto enrugado do pai.

— Mas você acha que ele era diferente?

— Diferente de quê? De quando?

Harold deixou que a pergunta pairasse entre eles, como os nevoeiros, demoradamente. Queria escutar do próprio garoto. Queria induzir o garoto a admitir que Max, um dia, já estivera morto. Queria que o garoto admitisse de própria voz que havia alguma coisa extraordinária acontecendo no mundo, algo estranho e amedrontador e, acima de tudo, antinatural. Queria escutar Jacob admitir que ele não era o menino morto em 15 de agosto de 1966.

Harold precisava dessas palavras.

— Não sei — disse Jacob.

— Claro que não — interrompeu Lucille. — Porque eu tenho certeza de que não havia nada de diferente com ele. Assim como sei que não há nada de diferente com você. Não há nada de diferente com ninguém, exceto que todos somos parte de um grande e maravilhoso milagre. É só. É a bênção de Deus, e não sua ira, como algumas pessoas estão dizendo. — Lucille o aproximou dela e beijou a testa do menino. — Você é meu filho querido — ela falou, o cabelo prateado caindo-lhe no rosto. — Deus vai cuidar de você e trazê-lo de volta para casa novamente. Senão, eu mesma o farei.

* * *

No carro, a caminho de casa, Lucille se viu envolta em um nevoeiro de frustrações. O mundo lhe parecia opaco, como se ela estivesse chorando. E de fato chorava, embora não se desse conta disso até chegar ao quintal e desligar o motor da caminhonete, deparando com a casa alta de madeira surgindo do solo, vazia e esperando para engoli-la. Enxugou os olhos e silenciosamente se repreendeu por haver chorado.

Atravessou o quintal com as mãos ocupadas com as caixas de plástico que usara para levar comida para Jacob, Harold e o agente Bellamy. Manteve o foco na comida, pensando em como ela abrandava e, ao mesmo tempo, fortalecia as pessoas.

Se as pessoas cozinhassem e comessem mais, o mundo talvez não fosse tão bruto, pensou.

* * *

Lucille Abigail Daniels Hargrave detestava ficar sozinha. Mesmo na infância, o que mais lhe agradava era ter a casa cheia de gente. Fora a caçula numa família de dez. Todos amontoados num casebre de uma quase favela na periferia de Lumberton, Carolina do Norte. Seu pai trabalhava numa serraria e sua mãe era empregada doméstica de uma das famílias mais abastadas e, sempre que a oportunidade surgia, costurava para quem quer que tivesse alguma coisa precisando de conserto.

Seu pai nunca falou mal de sua mãe, e esta, por sua vez, nunca falou mal dele. Como Lucille aprendera em seu casamento com

Harold, não falar mal um do outro era o sinal mais certeiro de que a relação estava dando certo. Todos os beijos e flores e presentes nada significavam se o marido humilhasse a mulher, ou se a mulher espalhasse fofocas a respeito dele.

Assim como tantas outras pessoas, ela passara a maior parte da vida adulta tentando recriar sua infância, tentando retomá-la, como se o tempo não fosse todo-poderoso. E Jacob fora sua única chance de ser mãe, por causa de complicações que surgiram durante o parto. Mas disso ela nunca se lamentou. Nem mesmo quando os médicos vieram lhe trazer a notícia. Ela apenas assentiu com a cabeça — porque já sabia, de algum modo ela sabia — e respondeu que Jacob bastaria.

E por oito anos ela foi mãe de um só filho. E por cinquenta anos foi esposa, batista, amante das palavras, mas não mãe. Tempo demais passara entre as duas vidas.

Mas, agora, Jacob encarnava a derrota do tempo. Era o tempo fora de sincronia, aperfeiçoado. Era a vida como deveria ter sido tantos anos atrás. Ela percebeu naquele momento ser isso o que todos os Ressurgidos representavam. E não chorou mais naquela noite, e seu coração já não lhe pesava tanto, e, quando o sono veio, encontrou-a facilmente.

* * *

Naquela noite, ela sonhou com crianças. E, de manhã, sentiu vontade de cozinhar.

Lucille lavou as mãos na pia. No fogão, pusera ovos e bacon para fritar. Também havia uma tigela de polenta em banho-maria em outro bocal. Olhou o quintal através da janela, tentando ignorar a insistente sensação de que estava sendo observada. Claro que não havia ninguém. Voltou a se concentrar no fogão e na quantidade excessiva de comida que estava preparando.

Uma das coisas mais frustrantes relativas à ausência de Harold era que ela não sabia cozinhar para uma pessoa só. Não que Lucille não sentisse falta dele, pois sentia, e muito. Mas era uma pena ter de desperdiçar comida, sobretudo naqueles dias. Mesmo depois de separar o que levaria para a escola, a geladeira continuava cheia de sobras que, no entanto, não lhe apeteciam. Sempre fora sensível aos sabores, e havia algo na comida que ficava na geladeira que lhe lembrava o sabor do cobre.

Todos os dias levava comida para aquela horrível escola-prisão, para os rabugentos e/ou os Ressurgidos. Mesmo sendo prisioneiros, Jacob e Harold Hargrave seriam prisioneiros muito bem alimentados. No entanto, apesar de toda sua boa vontade, levar-lhes o café da manhã era inviável. Como sempre fora Harold quem dirigira nos últimos vinte anos, Lucille não sentia segurança para pegar a estrada e entregar três refeições diárias. Portanto, tomava o café da manhã sozinha, com apenas o eco de sua voz a lhe responder.

— Para onde o mundo está indo? — perguntou à casa vazia. Sua voz viajou pelo piso de tábuas corridas, passou pela porta da frente e pela mesinha onde Harold guardava os cigarros, até chegar à cozinha e à mesa desprovida de pessoas. Sua voz reverberou pelos outros quartos, escadas acima, onde ninguém dormia.

Lucille pigarreou como se buscasse a atenção de alguém, mas apenas o silêncio lhe respondeu.

Quem sabe a televisão ajude, pensou. Com a TV ela podia pelo menos fazer de conta. Haveria risadas e bate-papos e palavras que ela poderia imaginar que vinham de alguma grande comemoração de feriado acontecendo na sala ao lado, do tipo que ela costumava organizar antes de Jacob ir parar naquele rio e de a vida dela e de Harold esfriar.

Uma parte de Lucille queria ligar a televisão para assistir às notícias sobre o tal artista francês desaparecido, Jean não-sei-das-quantas. Os noticiários não paravam de falar de como ele voltou da morte, retomou seu ofício de escultor, ganhou todo o dinheiro que nunca sonhara em ganhar da primeira vez em que viveu e depois sumiu com a mulher de cinquenta e poucos anos que contribuíra para sua "redescoberta".

Lucille jamais imaginara que as pessoas se amotinariam por causa do sumiço de um artista, mas de fato ocorreram tumultos. Várias semanas se passaram antes de o governo francês conseguir controlar a situação.

No entanto, o famoso artista francês ressurgido continuava sem dar notícias. Alguns diziam que a fama lhe subira à cabeça. Alguém dissera que um artista bem-sucedido não é mais um artista, razão pela qual Jean se afastara. Ele queria ser ávido e faminto novamente, para que pudesse realmente encontrar sua arte.

Lucille riu disso também. A mera ideia de que alguém quisesse passar fome era pura bobagem.

— Talvez ele só quisesse que o deixassem em paz — disse, com uma voz pesada.

Ela pensou nisso por um tempo, mas logo o silêncio voltou a oprimi-la como uma bota de chumbo. Foi para a sala, ligou o noticiário e deixou o mundo entrar.

— *A situação parece piorar no mundo inteiro* — disse o jornalista. Era um espanhol moreno, de terno claro. Lucille teve a leve impressão de que ele falava de finanças ou da economia global ou do preço da gasolina ou das outras coisas que sempre pareciam piorar, ano após ano. Mas não. Ele comentava sobre a situação dos Ressurgidos.

— O que está acontecendo? — disse Lucille baixinho, de pé diante do televisor, com as mãos cruzadas à frente.

— *Para quem acaba de sintonizar, informamos a ocorrência de vários debates hoje sobre a função e a autoridade da ainda nova, mas sempre crescente, Agência Internacional para os Ressurgidos. Segundo as notícias mais recentes, a Agência acaba de obter apoio financeiro das nações membros da OTAN, bem como de diversos países não membros. O montante exato dos fundos disponíveis ainda não foi revelado.*

Um pequeno emblema apareceu logo acima do ombro do jornalista, um estandarte dourado exibindo as palavras *Agência Inter-*

nacional para os Ressurgidos no meio. O símbolo sumiu, e a tela foi invadida por imagens de soldados em caminhões e homens armados correndo de um lado a outro na pista de um aeroporto para subirem em aviões cinzentos, tão grandes que pareciam poder levar uma igreja inteira com a torre do sino e tudo.

— Meu Deus — disse Lucille. Desligou a TV e sacudiu a cabeça. — Senhor, Senhor, Senhor, isso não pode ser verdade.

Ela então se perguntou se o mundo tinha conhecimento do que estava acontecendo em Arcadia. Se o mundo sabia que a escola fora ocupada, que a Agência se tornara uma coisa poderosa e aterradora.

Mentalizou uma imagem da atual situação de Arcadia. Ela sabia que os Ressurgidos estavam em todas as partes. Só ali, havia centenas deles, como se algo os atraísse para aquela cidade. Embora o presidente tivesse ordenado que os Ressurgidos permanecessem confinados em suas residências, havia muitíssimos cuja casa estava a meio mundo de distância. Lucille às vezes presenciava os soldados deterem alguns deles. Eram as garantias mais nefastas da história.

Em outras ocasiões, ela os via se escondendo. Tinham o bom senso de se manter longe dos soldados e de nem pôr os pés no centro da cidade, onde a escola/campo permanecia cercada. Mas logo adiante, na mesma rua, bem na Main Street, podia observar um ou outro espiando de prédios velhos e casas supostamente abandonadas. Lucille acenava para eles, e eles, provavelmente pela educação que haviam recebido, acenavam de volta, como se todos a conhecessem e estivessem intrinsecamente ligados a ela. Como se ela fosse um ímã destinado a uni-los, a socorrê-los.

Mas ela não passava de uma senhora idosa que morava sozinha em uma casa feita para três. Era necessário que viesse outra pessoa para dar fim em tudo aquilo. Era assim que o mundo funcionava. Situações de tal magnitude sempre se resolviam por meio da atuação de pessoas de grande relevância. Pessoas como as que via nos filmes, gente nova e atlética, bem falante, e nunca por meio dos meros moradores de uma cidade quase que totalmente desconhecida

Não, pensou Lucille com convicção, não estava em seu destino ajudar os Ressurgidos. Talvez nem mesmo fosse seu destino ajudar Jacob e Harold. Alguma outra pessoa o faria. Quem sabe o pastor Peters. Ou, mais provavelmente, o agente Bellamy.

Mas Bellamy não era um pai que tinha de suportar uma casa vazia. Não era em torno do agente, Lucille podia perceber, que os Ressurgidos pareciam gravitar. Era em torno dela. Sempre dela.

— É preciso fazer alguma coisa — disse para a casa vazia.

* * *

Com a casa quieta e o eco da TV já completamente dissipado, Lucille retomou seu dia a dia como se nada além do campo de sua consciência tivesse mudado. Lavou as mãos na pia da cozinha, enxugou-as e partiu mais alguns ovos na frigideira, mexendo-os ligeiramente. A primeira leva de toucinho defumado ficou pronta. Tirou os pedaços da frigideira com a espátula, colocou-os para secar sobre uma toalha de papel, para eliminar um pouco da gordura que seu médico tanto queria proibi-la de ingerir, e então catou um cubinho do prato e ali ficou, comendo toucinho enquanto mexia os ovos e a polenta.

Pensou em Harold e Jacob trancafiados no ventre daquela escola, cercados de soldados e confinados pela cerca e pelo arame farpado, e, o pior de tudo, pela burocracia governamental. Ficava furiosa só de pensar como os soldados chegaram e simplesmente pinçaram seu marido e seu filho na margem do rio, um rio que era praticamente deles, considerando a história dos dois ali.

Ocupada em comer e perdida em todos aqueles pensamentos, Lucille não ouviu as passadas na varanda. A polenta que comia estava quente e cremosa. Descia-lhe ao estômago deixando apenas um leve sabor de manteiga. A seguir, vieram os ovos com bacon. O sabor suave e adocicado dos ovos se misturava ao gosto forte e salgado do toucinho.

— Eu construiria uma igreja para vocês — disse Lucille, dirigindo-se ao prato à sua frente.

Logo riu e se sentiu culpada. Até mesmo um pouco blasfema. Mas Lucille sabia que Deus tinha senso de humor, mesmo que nunca admitisse isso para Harold. E Deus compreendia que ela era apenas uma mulher idosa e solitária numa casa grande e vazia.

* * *

Lucille estava no meio do desjejum quando percebeu, sobressaltada, a menina ali parada: magrinha, loira, enlameada e malcuidada, do lado de fora da porta de tela da cozinha.

— Nossa Senhora, filha! — gritou Lucille, cobrindo a boca com a mão.

Era a menina dos Wilson. Hannah, se não lhe falhava a memória. Lucille não os via desde a reunião na igreja, semanas atrás.

— Me desculpe — disse a menina.

Lucille limpou os lábios.

— Não — disse —, tudo bem. É que você me pegou de surpresa. — Foi até a porta. — De onde você está vindo?

— Meu nome é Hannah. Hannah Wilson.

— Eu sei quem você é, querida. É filha de Jim Wilson. Você e eu somos parentes. Seu pai e eu somos primos. Temos uma tia em comum. Eu só não consigo lembrar o nome dela.

— Sim, senhora — assentiu Hannah, hesitante.

Lucille abriu a porta e acenou para que a menina entrasse.

— Você parece esfomeada, minha filha. Quando foi a última vez que comeu?

A menina permaneceu parada na soleira, tranquila. Cheirava a lama e a campo aberto, como se naquela mesma manhã houvesse caído do céu e emergido da terra. Lucille sorriu, mas a menina continuou arisca.

— Eu não vou lhe fazer mal, minha filha — assegurou-lhe Lucille. — Mas você precisa entrar e comer alguma coisa. Senão vou buscar o chicote mais comprido que tenho e lascar em você até que resolva se empanturrar! — acrescentou, com um sorriso.

A menina ressurgida retribuiu o sorriso de Lucille de maneira casual e descompromissada.

— Sim, senhora — disse.

Atrás da garota, a porta de tela bateu, como que aplaudindo o intervalo na solidão de Lucille.

* * *

A menina comeu toda a comida que Lucille colocou diante dela, o que, levando em conta tudo o que cozinhara, não foi pouca coisa. E, quando viu que a garota acabaria com tudo que fizera para o café da manhã, Lucille começou a vasculhar a geladeira.

— Não faço questão de nada disso. São sobras.

— Tudo bem, sra. Lucille — disse a menina. — Estou satisfeita. Obrigada mesmo.

Lucille enfiou o braço até o fundo da geladeira.

— Não, você ainda não está satisfeita — disse. — E eu nem sei se seu estômago tem fundo. Mas vou descobrir. Vou alimentá-la até a dispensa ficar vazia. — Lucille riu, o som ecoando pela casa. — Eu não cozinho de graça para ninguém — continuou ela, desembrulhando um salsichão que puxara do fundo da geladeira. — Até o Senhor Jesus Cristo teria que fazer por onde, se quisesse que eu lhe desse de comer. Portanto, tenho algumas coisas que preciso que você faça aqui em casa. — Lucille levou uma das mãos às costas, fazendo papel de velhinha frágil e alquebrada, e, gemendo, disse: — Já não sou tão jovem como antes.

— Mamãe disse que era pra eu não esmolar — explicou a menina.

— E sua mãe está certa. Mas você não está esmolando. Eu estou pedindo que você me ajude, é só. Em troca, eu a alimento. Isso é justo, não é?

Hannah concordou com um aceno de cabeça, balançando os pezinhos na cadeira, enquanto esperava à mesa.

— Por falar em sua mãe — disse Lucille, ao esquentar o salsichão. — Ela vai ficar preocupada com você. E seu pai também. Eles sabem onde você está?

— Acho que sim.

— O que isso quer dizer?

Hannah encolheu os ombros, mas, depois de um momento, percebendo que Lucille não a vira porque estava de costas, ocupada com o salsichão na frigideira, a menina acrescentou:

— Não sei.

— Ora, menina — disse Lucille. — Não se comporte assim. Eu sei tudo sobre a sua família. Sua mãe... é Ressurgida, como seu pai. E seu irmão também. Onde eles estão? A última coisa que soube foi que vocês sumiram da igreja quando os soldados começaram a prender as pessoas. — Lucille virou o salsichão.

— Eu não posso contar.

— Nossa! — afirmou Lucille. — Isso parece coisa muito séria. Segredos são sempre coisa séria.

— São sim, senhora.

— Em geral não gosto de segredos. Eles podem causar todo tipo de confusão, se você não tomar cuidado. Todos esses anos em que estive casada, nunca tive segredos para o meu marido, viu? — falou Lucille. Então foi até a menina e sussurrou: — E sabe o que mais?

— O quê? — sussurrou Hannah de volta.

— Em segredo, aqui entre nós, isso não é verdade. Mas não vá contar para ninguém. É segredo.

Hannah abriu um sorriso grande e branco, muito parecido com o de Jacob.

— Já lhe contei sobre meu filho, Jacob? Ele é como você. Exatamente como você e toda sua família.

— Onde ele está? — indagou a menina.

Lucille suspirou.

— Está na escola. Os soldados o levaram.

Hannah empalideceu.

— É, eu sei — disse Lucille. — É de dar medo em qualquer um. Ele e meu marido, os dois foram levados. Estavam sozinhos na beira do rio quando os soldados apareceram para buscá-los.

— Na beira do rio?

— É, minha filha. — O salsichão estava ficando pronto. — Os soldados gostam do rio — afirmou Lucille. — Eles sabem que tem uma porção de lugares ali para as pessoas se esconderem, então vão muito por lá, tentando encontrar gente. Mas os soldados não são maus. Pelo menos, rezo para que não sejam. Eles nunca machucaram ninguém. Só prendem as pessoas que estão longe de suas famílias. Machucar mesmo, eles não machucam. Eles apenas as levam embora. Levam você para longe de todos que ama e...

Quando Lucille se virou, Hannah já se fora, deixando para trás apenas o som do bater da porta.

— Até a volta — disse Lucille para a casa vazia, embora tivesse certeza de que não iria continuar assim por muito tempo.

Afinal, não tinha sonhado com crianças na noite passada?

Alicia Hulme

— O que aconteceu com o garoto foi puro acaso. Não há doença nenhuma. Mas os desaparecimentos são verdadeiros. — A moça estava nervosa ao dar o recado para o homem de pele escura e terno elegante do outro lado da mesa. — Não entendo nada disso — disse ela. — Mas não parece bom, parece?

— Tudo bem — disse o agente Bellamy. — A situação é estranha mesmo.

— E o que vai acontecer agora? Eu não quero ficar aqui, e menos ainda em Utah.

— Você não vai ficar aqui por muito mais tempo — explicou Bellamy. — Vou tomar conta disso, exatamente como a agente Mitchell disse que eu tomaria.

Ela sorriu ao se lembrar da agente Mitchell.

— Ela é uma boa pessoa — afirmou.

O agente Bellamy se levantou e contornou a mesa. Puxou uma cadeira para perto dela e se sentou. Depois tirou um envelope da manga.

— Aqui está o endereço deles — disse, entregando o envelope a Alicia. — Eles não sabem a seu respeito, mas, pelo que pude descobrir, querem muito saber.

Alicia pegou o envelope e o abriu com as mãos trêmulas. Era um endereço em Kentucky.

— Meu pai é de Kentucky — disse a moça, com a voz emocionada. — Ele sempre detestou Boston, mas minha mãe não queria sair de lá.

Acho que no fim ele ganhou por insistência. — Abraçou o agente de terno elegante e o beijou na bochecha. — Obrigada — disse.

— Do lado de fora tem um soldado chamado Harris. Ele é novo, tem dezoito ou dezenove anos, não muito mais jovem do que você. Fique com ele ao sair do meu escritório. Faça o que ele mandar. Vá aonde ele lhe disser para ir. Ele vai tirá-la daqui. — Ele afagou a mão dela. — É bom que eles tenham ido para Kentucky. A Agência de lá está muito ocupada, e vai ser mais fácil esconder você.

— E a agente Mitchell? — perguntou a moça. — O senhor vai me mandar de volta com outra mensagem?

— Não — respondeu o agente Bellamy. — Não seria seguro para você nem para ela. Apenas se lembre de ficar com o soldado Harris e fazer o que ele mandar. Ele vai levá-la até seus pais.

— Certo — disse ela, pondo-se de pé. Quando chegou à porta, hesitou, sem poder controlar a curiosidade. — Os desaparecimentos — começou —, o que ela quis dizer com isso?

O agente de terno elegante suspirou.

— Para dizer a verdade — disse ele —, não sei se é o começo ou o fim.

11

FRED GREEN E UM PUNHADO de outros homens se reuniam no gramado de Marvin Parker quase todos os dias agora. Sob o sol abrasador, deixavam sua fúria ferver enquanto os ônibus carregados de Ressurgidos desciam pela Main Street para chegar a Arcadia.

Durante os primeiros dias, John Watkins manteve um registro do número de Ressurgidos em um pequeno pedaço de madeira que encontrara em sua picape. Com marcas em grupos de cinco, contou na primeira semana bem mais de duzentos.

— Meu lápis vai acabar muito antes de esgotar o número de Ressurgidos entrando — disse ele em determinado momento para o grupo.

Ninguém respondeu.

Por vezes Fred dizia:

— A gente não pode tolerar uma coisa dessas. — Sacudia a cabeça e tomava um gole de cerveja. As pernas dele se contorciam, como se precisassem estar em algum outro lugar. — Isso está acontecendo bem aqui na nossa cidade.

Ninguém conseguia estabelecer o exato sentido da palavra "isso", mas de algum modo compreendiam a ideia: algo maior do que jamais haviam imaginado estava acontecendo bem na frente deles.

— Dá pra imaginar que um vulcão pode surgir assim do nada, dá? — quis saber Marvin Parker uma tarde, quando todos assistiam a mais um ônibus ser descarregado. Marvin era alto e magro, tinha pele clara e cabelo cor de ferrugem. — Mas é verdade — prosseguiu. — É a mais pura verdade. Ouvi dizer que uma mulher viu um vulcão surgir no quintal dela. Começou como um morrinho na grama, como aqueles montes que cupim faz, sabe? Então no dia seguinte estava um pouco maior, e no dia seguinte maior ainda, e assim por diante.

Ninguém falava. Apenas escutavam e imaginavam o mortífero morro de terra, pedra e fogo enquanto, do outro lado da rua, os Ressurgidos desciam do ônibus, eram contados e cadastrados para permanecerem em Arcadia.

— Então, um dia, ao ver o morro já com três metros de altura, ela teve medo. Difícil imaginar que alguém ia demorar tanto pra ficar com medo de uma coisa dessas, né? Mas é assim mesmo que acontece. A gente demora. Deixa as coisas acontecerem devagarzinho, e até a gente perceber o que está acontecendo...

— O que ela podia ter feito? — perguntou alguém.

A pergunta passou sem resposta. A história continuou.

— Quando ela resolveu chamar alguém, o cheiro de enxofre estava em tudo que é canto. Os vizinhos resolveram intervir nessa hora. Finalmente se mexeram e decidiram dar uma olhada no morro pra ver o que estava crescendo bem ali no quintal da vizinha. Mas aí já era tarde demais, né?

— Mas o que eles poderiam fazer? — alguém quis saber.

Mas também essa pergunta passou sem resposta. Marvin continuou sua história:

— Vieram uns cientistas e deram uma olhada na situação. Fizeram leituras, tomaram medidas e o que mais se faz nesses casos. E sabe o que disseram pra ela? "A senhora vai ter que se mudar." Vocês acreditam? Só falaram isso. Ela estava perdendo a casa, que todos neste mundo merecem ter, a única coisa que alguém neste mundo realmente tem, a casa que Deus lhe deu, e eles se viram e dizem:

"Bem, que azar, né? Tchau". Pouco depois disso, ela se mudou. Embalou os pertences de toda uma vida e caiu fora. Então a cidade toda foi embora também. Todos correndo da coisa que havia começado a crescer no quintal, o negócio que ela e todos tinham visto crescer. — Ele terminou a cerveja, amassou a lata, atirou-a no gramado da casa e resmungou. — Eles deviam ter feito alguma coisa já desde os primeiros sinais. Deviam ter posto a boca no trombone quando viram aquela aberração da natureza no quintal dela e intuíram que havia algo errado ali. Mas não, eles hesitaram, sobretudo a dona da casa. Ela hesitou, e todos, sem exceção, saíram perdendo com isso.

Os ônibus entraram e saíram pelo resto do dia, com o grupo de homens olhando em silêncio. Estavam todos envolvidos pela sensação de que o mundo os estava traindo bem naquela hora, e talvez os estivesse traindo há anos.

Eles se sentiam como se o mundo tivesse mentido para eles durante toda a vida.

Foi justamente no dia seguinte que Fred Green apareceu com um cartaz de protesto — um quadrado de compensado pintado de verde em que, em letras vermelhas, se lia: "Ressurgidos Fora de Arcadia".

Fred Green não tinha noção do que o protesto poderia acarretar. Não sabia se havia algum mérito nele nem qual seria o resultado. Mas lhe parecia um modo de agir, uma maneira de dar forma àquilo que lhe tirava o sono e o deixava exausto a cada manhã.

Naquele momento, aquela era a melhor ideia que lhe ocorria, independentemente do que viesse a acontecer em seguida.

* * *

O agente Bellamy estava sentado à mesa de pernas cruzadas, o paletó aberto e o nó da gravata ligeiramente afrouxado. Era a primeira vez que Harold o via descontraído. Ele não sabia o que pensar, exatamente, sobre o agente Bellamy, mas sabia que, se ainda não o detestava, então era sinal de que talvez gostasse muito do agente. Em geral, era assim que a coisa funcionava.

Harold comia amendoins cozidos com um cigarro entre os dedos, uma linha de fumaça branca como giz circulando seu rosto. Ele mastigava e, sem Lucille ali para censurá-lo, limpava os dedos na perna da calça; quando sentia vontade, tragava o cigarro e exalava a fumaça sem tossir, o que ultimamente se tornava cada vez mais difícil. Mas ele podia aprender.

Desde que a situação se agravara em Arcadia, essa era uma das poucas oportunidades de o agente Bellamy falar com Harold a sós. Não era fácil convencer o velho homem a se afastar de Jacob.

— Lucille nunca me perdoaria se alguma coisa acontecesse com Jacob — dissera ele.

Mas, às vezes, concordava em deixar o garoto com um dos soldados em outra sala, desde que ele soubesse onde estavam. Desse modo, o agente Bellamy conseguia um tempinho para fazer suas perguntas a Harold.

— Como está se sentindo? — perguntou Bellamy, com o bloquinho de notas a postos.

— Estou vivo, não? — Harold deu um tapinha no cigarro, fazendo a cinza cair em um pequeno cinzeiro de metal. — Mas, hoje em dia, quem é que não está? — Puxou uma tragada. — O Elvis já deu sinal de vida?

— Verei o que posso descobrir.

O velho homem deu uma risada curta.

Bellamy se recostou na cadeira, mudou seu peso de lado e observou o velho sulista com curiosidade.

— E então, como vem se sentindo?

— Bellamy, você alguma vez já jogou ferradura?

— Não. Mas já joguei bocha.

— O que é isso exatamente?

— É a versão italiana.

Harold assentiu com a cabeça.

— A gente devia jogar ferradura um dia desses. Em vez disto aqui. — Harold estendeu os braços, abarcando a sala pequena e abafada onde estavam.

— Verei o que posso fazer — disse Bellamy com um sorriso. — Como vem se sentindo?

— Você já me perguntou isso.

— Você não respondeu.

— Respondi, sim. — Harold voltou a olhar a sala.

Bellamy fechou o bloco de notas e o colocou sobre a mesa, entre o velho e ele. Apoiou a caneta sobre o bloco e claramente deu uns tapinhas sobre os dois, como se dissesse: "Só estamos nós aqui, Harold. Prometo a você que não tem gravadores nem câmeras, nem microfones secretos, nem nada. Só um guarda do lado de fora que não pode te escutar e, se pudesse, não iria querer. Ele só está ali por causa do coronel Willis".

Harold comeu os amendoins em silêncio. Então terminou o cigarro, com Bellamy sentado do outro lado da mesa, sem dizer nada, apenas esperando. O velho acendeu outro cigarro e puxou uma longa tragada. Segurou a fumaça nos pulmões até não aguentar mais. Soltou-a tossindo, tossindo cada vez mais até que se viu arfando, o suor brotando-lhe da testa.

Quando a tosse passou e Harold pôde se recompor, Bellamy finalmente falou:

— Como se sente?

— Vem acontecendo com mais frequência.

— Mas você não deixa a gente te examinar.

— Não, muito obrigado, senhor agente. Estou velho, meu único problema é esse. Mas eu sou osso duro demais de roer para ter um aneurisma, feito aquele menino. E também não sou tão burro a ponto de acreditar nessa "doença" que seus soldados vivem sussurrando entre si.

— Você é um homem inteligente.

Harold deu outra tragada. O agente continuou:

— Tenho as minhas suspeitas sobre a razão da sua tosse.

Harold exalou a fumaça em uma longa linha reta.

— Você e minha mulher. Os dois.

Em seguida, apagou o cigarro e afastou a tigela de amendoins para o lado. Apoiou as mãos juntas sobre a mesa, percebendo-as naquele instante velhas e enrugadas, mais magras e perceptivelmente mais frágeis do que conseguia se lembrar.

— Podemos conversar, Martin Bellamy?

O agente Bellamy se acertou na cadeira e endireitou as costas, como se estivesse se preparando para uma grande empreitada.

— O que quer saber? Você faz as perguntas e eu respondo o melhor que puder. É só o que posso fazer. É só o que você pode pedir.

— É justo, senhor agente. Primeira pergunta: Os Ressurgidos são pessoas de verdade?

Bellamy permaneceu em silêncio, ainda que sua atenção parecesse mudar de foco, como se alguma imagem lhe surgisse na mente. Finalmente respondeu com a maior segurança possível:

— Parecem ser. Eles comem e muito. Dormem, esporadicamente, mas dormem. Andam. Falam. Têm lembranças. Tudo o que as pessoas fazem, eles fazem.

— Mas são esquisitos.

— Sim, são um pouco esquisitos.

Harold soltou uma gargalhada.

— Um pouco — disse, balançando a cabeça para cima e para baixo. — E desde quando é "um pouco esquisito" as pessoas voltarem da morte, senhor agente?

— Já faz alguns meses — respondeu Bellamy sem se alterar.

— Segunda pergunta, senhor agente... ou é a terceira?

— Acho que é a terceira.

Harold deu uma risada seca.

— Você está acordado. Isso é bom.

— Eu tento.

— Então, terceira pergunta... Nunca, desde tempos imemoriais, as pessoas voltaram da morte. Uma vez que esses indivíduos estão fazendo precisamente isso, é ainda o caso de chamá-los de pessoas?

— Aonde você quer chegar? — perguntou secamente o agente Bellamy.

— Esses ianques — resmungou Harold. Então se endireitou na cadeira. Sentia a perna se contorcendo involuntariamente. Todo tipo de energia parecia estar passando pelo seu corpo.

— Estamos só nós dois aqui — disse Bellamy. O agente se inclinou para frente, como se quisesse alcançar as mãos de Harold. E provavelmente o faria, se o velho homem precisasse desse contato naquele momento. Harold, porém, estava pronto.

— Ele não devia estar aqui — falou finalmente. — Ele morreu. Meu filho morreu em 1966. Se afogou num rio. E sabe o que mais?

— O quê?

— Nós o enterramos. A realidade é essa. Porque Deus é cruel, pudemos encontrar o corpo do meu garoto, e eu mesmo o tirei do rio. Ele estava frio feito gelo, apesar do alto verão. Já senti peixes menos frios que o Jacob. Ele estava inchado. Sua cor, toda errada. — Os olhos de Harold brilharam. — Ainda assim eu o carreguei para fora d'água nos braços, com todos em volta chorando, dizendo que eu não precisava tirá-lo de lá eu mesmo. Todos se ofereciam para carregá-lo por mim. Mas eles não entendiam. Tinha, sim, de ser eu a tirar o Jacob daquele rio. Tinha de ser eu a sentir o frio de seu corpo desnaturado. Eu tinha que saber, com toda a certeza, que ele estava morto. E que nunca mais ia voltar. Nós o enterramos. Porque é isso o que se faz quando as pessoas morrem. Você as enterra. Você cava um buraco na terra e as põe lá dentro, e é assim que tem de ser.

— Sem acreditar na vida eterna?

— Não, não, não — disse Harold. — Não é disso que estou falando. Estou dizendo que é um final para esta vida! — Harold passou os braços por cima da mesa e pegou as mãos de Bellamy. Apertou-as tanto que o agente começou a sentir dor. Quando viu que Harold era mais forte do que parecia, Bellamy tentou puxar as mãos. Mas já era tarde, o aperto de Harold era inegociável. — Tudo isso que está acontecendo precisa acabar para nunca mais acontecer de novo — afirmou, com os olhos arregalados e penetrantes. — Isso tem que acabar! — gritou.

— Eu entendo — disse Bellamy em seu modo nova-iorquino de falar, suave e rápido, conseguindo se livrar das mãos de Harold. — É uma coisa difícil e que confunde qualquer um. Eu sei.

— Tudo acabou. Os sentimentos. As lembranças. Tudo. — Harold fez uma pausa. — Agora eu acordo pensando em como era a vida. Penso em aniversários e Natais. — Soltou uma gargalhada e olhou para Bellamy com um brilho no olhar. — Você já teve que correr atrás de uma vaca, agente Bellamy? — perguntou, sorrindo.

Bellamy riu.

— Não, nunca.

— Houve um Natal lamacento, quando o Jacob tinha seis anos. Foram três dias seguidos de chuva. No dia 25, as estradas estavam tão ruins que ninguém queria nem botar o pé do lado de fora para as visitas de fim de ano. Assim, todos ficaram em casa, e as saudações de Natal acabaram acontecendo por telefone. — Recostado no espaldar da cadeira, Harold gesticulava ao falar. — Havia uma fazenda perto de onde eu moro agora — prosseguiu. — Pertencia ao velho Robinson. Eu comprei a terra do filho dele, depois que o velho morreu, mas naquela época, no Natal, o velho Robinson tinha um pasto para suas vacas ali. Nem eram tantas assim, apenas umas poucas. A cada dois anos, mais ou menos, ele levava uma para o abatedouro, mas em geral costumava ficar com elas. E isso sem que houvesse algum motivo especial. O pai dele sempre tivera vacas, pelo que me contaram. E, para dizer a verdade, acho que ele não sabia viver de outro jeito.

Bellamy assentia. Não entendia direito o sentido daquela história, mas isso não o incomodava.

— Então, naquele Natal lamacento — continuou Harold —, chovia como se Deus estivesse furioso. Torrencialmente. E, justo quando o céu estava desabando, alguém bateu à porta. E quem era? Nada mais, nada menos do que o velho Robinson. Enorme. Careca como um recém-nascido e com o corpo de um lenhador superalimentado. E ali estava ele, parado na porta e coberto de lama. "O que houve?", perguntei. "As vacas fugiram", disse ele, e apontou para um pedaço da cerca. Dava para ver onde as vacas tinham derrubado a cerca e fugido. Antes que eu pudesse dizer qualquer coisa, antes mesmo que eu pudesse oferecer ajuda, algo passou voando por mim. Saiu direto, atravessou a varanda e se meteu naquela chuva e na lama toda. — Harold abriu um largo sorriso.

— Jacob? — perguntou Bellamy.

— Eu ia gritar com ele, chamar ele de volta para casa. Mas então pensei: *Que diabos*. E, antes que eu pudesse chegar até a porta, foi a vez de Lucille passar correndo por mim, tão rápido quanto Jacob. Ela usava um de seus melhores vestidos. Não deu dez passos e já estava coberta de lama... E nós, o velho Robinson e eu, só rimos. — As mãos de Harold finalmente haviam se aquietado. — Acho que estávamos todos cansados de ficar presos em casa — concluiu.

— E aí? — perguntou Bellamy.

— E aí o quê?

— Vocês conseguiram pegar as vacas?

Harold riu.

— Claro que sim — respondeu. Logo seu sorriso se apagou, e a voz se tornou pesada e angustiada novamente. — E depois tudo acabou e terminou desaparecendo. Mas agora... agora estou eu aqui, com um pé em cada lado do abismo. — Harold fitou as mãos. Quando falou novamente, a voz deixou transparecer uma ponta de delírio: — O que eu devo fazer? Meu cérebro me diz que ele não é meu filho. Minha mente me diz que o Jacob morreu afogado miseravelmente, num dia quente de agosto, nos idos de 1966. Mas, quando ele fala, meus ouvidos me dizem que ele é meu. Meus olhos me dizem que ele é meu, exatamente como em todos aqueles anos atrás. — Harold socou a mesa. — E o que eu faço com isso? Algumas noites, quando tudo está escuro e quieto no dormitório, quando todos já se deitaram, às vezes ele se levanta e vem deitar do meu lado, exatamente como fazia, como se estivesse tendo um pesadelo ou coisa assim. Ou, pior ainda, algumas vezes parece que ele vem porque sente a minha falta. Ele vem e se aconchega do meu lado e... droga... eu não me contenho e passo o braço em volta dele, exatamente como antes. E sabe o que mais, Bellamy?

— O quê, Harold?

— Eu me sinto melhor, como há anos não me sentia. Me sinto completo. Inteiro. Como se tudo na minha vida estivesse no lugar certo. — Harold tossiu. — O que eu faço com isso?

— Tem gente que acaba se apegando — falou Bellamy.

Harold ficou quieto, verdadeiramente surpreso com a resposta.

— Ele está me mudando — disse, depois de um tempo. — Que droga, ele está me mudando.

Bobby Wiles

Bobby sempre tivera jeito para se meter em lugares onde não devia. Seu pai previra que ele ia ser mágico ao crescer, por causa de todas as maneiras que o menino desaparecia, bastando que quisesse. Agora Bobby estava escondido no escritório do coronel, dentro de um tubo de ventilação, olhando para o coronel através da grade.

Nunca havia nada para fazer lá, a não ser ficar sentado e esperar, e não ir a lugar nenhum. Mas entrar escondido nos lugares tornava tudo mais interessante. A escola tinha uma porção de locais para ser investigados. Bobby já tinha estado no que costumava ser a cozinha, onde achou que talvez encontrasse uma faca para brincar, mas não havia nenhuma. Tinha escapado para a sala da caldeira por meio do tubo de ventilação que vinha do lado de fora do prédio. Tudo ali estava enferrujado e duro e era divertido.

O coronel estava sentado à mesa, olhando fixamente para um conjunto de telas de computador. Cansara de Arcadia. Cansara dos Ressurgidos. Cansara de toda aquela situação incomum que surgira e se instalara no mundo. Ele sabia melhor do que ninguém para onde tudo aquilo estava levando. A histeria, os tumultos e tudo o mais. A vida já era difícil o bastante quando o mundo girava normalmente e as pessoas morriam e ficavam enterradas em seus túmulos.

O coronel tinha plena consciência de que a situação com os Ressurgidos jamais se equilibraria de modo pacífico. Portanto, ele fazia o que mandavam, porque manter a ordem e a confiança na maneira como as coisas deviam ser era o único modo de ajudar as pessoas.

Diferentemente de tantos outros, o coronel não tinha medo dos Ressurgidos. Temia, sim, o modo como as pessoas poderiam reagir ao se deparar com seus entes queridos — acreditando ou não que estivessem realmente vivos — de pé, ao seu lado, respirando, pedindo para serem lembrados.

O coronel tivera sorte. Quando acharam seu pai entre os Ressurgidos, informaram-lhe o fato e lhe deram a escolha de vê-lo ou não. Ele escolheu não, mas só porque era o melhor para todos. Achou que vê-lo seria um gesto tendencioso de sua parte, e que ele poderia acabar influenciado por lembranças e falsas esperanças de compartilhar a vida com alguém cujo futuro terminara havia muitos anos.

O mundo não fora feito para se conviver com os Ressurgidos, e logo as pessoas se dariam conta disso. Até então, homens como ele eram necessários para segurar as rédeas da melhor maneira que pudessem.

Portanto, ele respondeu à Agência que não queria contato com o pai. Ainda assim, assegurou-se de que o homem fosse transferido para um dos melhores centros. Afinal, ele não podia negar aquele pequeno gesto em favor daquele que talvez fosse seu pai.

Apesar de precisar ser duro, apesar do que precisava fazer, não podia se negar àquele pequeno gesto. Afinal de contas, talvez fosse seu pai.

A mesma imagem ocupava cada uma das telas diante do coronel: uma enorme senhora negra sentada em frente a um agente muito bem-arrumado chamado Jenkins. Bobby fora entrevistado uma vez pelo agente Jenkins. Mas o coronel era outra história.

Bobby respirou devagar, fazendo o mínimo barulho possível, enquanto transferia seu peso de um lado a outro do quadril. As paredes do duto de ventilação eram finas, cobertas de sujeira.

Enquanto o coronel tomava café de uma caneca, observava Jenkins e a velha senhora negra conversarem. Havia som, mas Bobby estava longe demais para entender bem o que estavam dizendo. Várias vezes escutou a senhora negra dizer o nome "Charles", e isso parecia deixar Jenkins frustrado.

Provavelmente seu marido, pensou Bobby.

O coronel continuou monitorando as telas. Volta e meia ele mudava a imagem de uma delas para ver um homem negro num terno elegante, sentado à mesa, trabalhando. O coronel o observava e depois voltava o olhar para a tela com a senhora negra.

Não passou muito tempo e o agente Jenkins foi até a porta da sala de entrevistas onde se encontrava e deu umas batidas por dentro. Um soldado entrou e cuidadosamente ajudou a senhora a deixar a sala. Jenkins olhou para a câmera, como se soubesse que o coronel o observava, e sacudiu a cabeça para mostrar sua frustração.

— Nada — Bobby o escutou dizer.

O coronel permaneceu em silêncio. Apenas apertou um botão e de repente todas as telas mostraram a imagem do agente negro de terno elegante trabalhando à sua mesa. O coronel continuou observando, sempre em silêncio, o rosto muito rígido e sério, até que Bobby adormeceu, por necessidade ou por outro motivo.

Acordou com soldados puxando-o da tubulação, fazendo-lhe perguntas e dando-lhe safanões. Na última vez que viu o coronel, este apontava o dedo para um jovem soldado enquanto o trancavam numa sala sem janelas.

— Qual é, garoto — disse um dos soldados.

— Sinto muito — respondeu Bobby. — Não vou fazer de novo.

— Venha comigo — disse o soldado. Era jovem e loiro, com o rosto marcado de espinhas e, apesar da fúria incontida do coronel, sorria enquanto tirava Bobby da sala. — Você me lembra o meu irmão — disse baixinho, já do lado de fora.

— Como é que ele se chama? — perguntou Bobby depois de uns segundos. Curiosidade era com ele mesmo.

— Ele se chamava Randy — disse o jovem soldado. E continuou: — Não se preocupe. Eu vou tomar conta de você.

E Bobby já não sentia tanto medo quanto antes.

12

EM OUTRA VIDA, LUCILLE TERIA sido cozinheira de restaurante. Teria ido trabalhar todos os dias com um sorriso. Teria chegado em casa todas as noites cheirando a gordura e a todos os tipos de condimentos e temperos. Seus pés estariam doendo, e as pernas, cansadas. Mas teria adorado. Incondicionalmente, teria adorado.

Agora estava em sua cozinha atravancada, mas limpa, fritando a segunda leva de frango, que chiava como o oceano em pedras afiadas. Na sala, a família Wilson conversava e ria, evitando ligar a televisão enquanto almoçava. Estavam sentados no chão, em círculo, coisa que Lucille não conseguia entender, posto que a menos de três metros deles havia uma mesa de jantar em perfeitas condições. Seguravam o prato no colo, deliciando-se com as vastas quantidades que Lucille lhes servira de arroz com molho, vagem, milho, frango frito e biscoito salgado. Volta e meia se ouvia uma erupção de gargalhadas, seguidas por longos silêncios de comilança.

* * *

E assim foi até que todos da família ficaram satisfeitos e apenas uns poucos pedaços de frango restaram inteiros perto do fogão. Lucille colocou o resto da comida no forno para o caso de alguém ficar com fome mais tarde e olhou para a cozinha, avaliando o estoque consideravelmente reduzido, o que lhe agradou.

— Tem alguma coisa que eu possa fazer? — perguntou Jim Wilson, vindo da sala. No andar de cima, sua mulher corria atrás das crianças, rindo.

— Não, obrigada — disse Lucille, a cabeça enfiada em um dos armários da cozinha, tomando nota às cegas em uma lista de compras. — Está tudo sob controle — completou.

Jim se aproximou, deu uma olhada na pilha de louça que restara do almoço e arregaçou as mangas.

— E o que o senhor está fazendo? — perguntou Lucille, a cabeça finalmente fora do armário.

— Estou ajudando.

— Faça o favor de deixar isso aí. Para isso servem as crianças. — E lhe deu uma palmada na mão.

— Elas estão brincando — disse Jim.

— É, mas elas não podem brincar o dia inteiro, podem? É preciso lhes ensinar a ser responsáveis.

— Sim, senhora — concordou Jim.

Lucille zanzou pela cozinha, contornando o homem que se plantara em frente à pia. Mesmo tendo concordado com ela sobre a educação correta das crianças, ele lavou tudo, uma peça de cada vez, colocando-a a seguir no escorredor de louça.

Uma por uma.

Ensaboar, enxaguar, pôr no escorredor.

— Querido — interveio Lucille —, por que você não coloca tudo na pia de uma vez? Nunca vi ninguém lavar prato desse jeito, um por um.

Jim não respondeu nada, apenas continuou a tarefa.

Peça por peça

Ensaboar, enxaguar, pôr no escorredor.

— Tudo bem então — disse Lucille.

A mulher procurou não relacionar a esquisitice de Jim àquilo, fosse lá o que fosse, que o trouxera de volta do túmulo. Mesmo sendo primos, pelo menos ela assim o julgava, nunca passara tanto tempo com ele e sua família, o que lamentava sinceramente.

De modo geral, lembrava-se de Jim como um homem muito trabalhador, opinião compartilhada por toda Arcadia, até que ele e sua família foram assassinados.

Aquele assassinato fora uma coisa terrível. Às vezes, Lucille quase esquecia que tinha acontecido. Quase. Outras vezes, era só o que via quando olhava para qualquer um deles. E esse era o motivo pelo qual a cidade reagira daquele modo à presença da família. Ninguém gosta de ser lembrado de seus fracassos, dos erros que nunca poderão consertar. E era isso o que os Wilson representavam.

Foi no inverno de 63, pensou Lucille, a lembrança chegando como chega a qualquer um que se recorda de algum acontecimento trágico: em forma de cena.

Naquela noite, ela estava na cozinha lavando louça. Fazia um frio ártico. Olhou pela janela e ficou observando o carvalho totalmente despido de folhas balançar cada vez mais com a ventania.

— Por Deus — dissera.

Harold saíra, mesmo naquele frio horrível, naquela noite escura. Resolvera fazer compras já tarde da noite, o que para Lucille não tinha sentido nenhum. Então, como se ele ouvisse o chamado dela, a mulher viu os faróis do carro saltando pela estrada, a caminho de casa.

— É bom você se sentar — disse ele, já na cozinha.

— O que foi? — quis saber Lucille, subitamente sentindo o coração afundar. Tudo estava dito no tom de voz de Harold.

— Por favor, sente-se, tá? — ordenou Harold. O homem não parava de esfregar a boca, fazendo bicos com os lábios, puxando fumaça de um cigarro imaginário. Então, ele se sentou à mesa da cozinha. Depois se levantou. Logo se sentou novamente. — Baleados — disse finalmente, quase sussurrando. — Todos eles, mortos a tiros. Tim foi encontrado no corredor. A espingarda quase ao seu alcance, como se ele tivesse ido buscá-la, em vão. Embora, pelo que ouvi dizer, não estivesse carregada. Então ele não poderia mesmo usá-la. Ele nunca a deixava carregada por causa das crianças. — Harold passou a mão no olho. — Hannah foi encontrada debaixo da cama. Imagino que tenha sido a última.

— Meu Deus — disse Lucille, olhando para as mãos cheias de espuma. — Meu Deus, meu Deus, meu Deus.

Harold grunhiu um tipo de afirmação.

— A gente devia ter visitado eles mais vezes — falou Lucille, chorando.

— Como?

— A gente devia ter visitado eles mais vezes. Devíamos ter passado mais tempo com eles. Eram da família. Eu disse a você que Jim e eu éramos parentes. Eram da família.

Harold nunca tivera certeza de que a afirmação de Lucille sobre ela e Jim serem parentes era verdadeira. Mas ele sabia que isso não tinha real importância. Se ela acreditava, então era verdade, o que só fez o acontecimento feri-los ainda mais.

— Quem foi? — perguntou Lucille.

Harold sacudiu a cabeça, tentando não chorar.

— Ninguém sabe.

A comoção que tomara conta daquela casa se repetiu muitas vezes em Arcadia, e não só naquele dia, mas também por anos a fio. A morte dos Wilson, por si só trágica e terrível, viria a exercer uma secreta influência na cidade e em sua percepção sobre o lugar que ocupava no mundo.

Foi depois da morte da família Wilson que as pessoas começaram a notar os pequenos furtos que aconteciam de vez em quando. Ou então percebiam que fulano e sicrana estavam passando por uma crise conjugal, talvez até mesmo tendo um caso. Um sentimento geral de violência emergiu das fundações de Arcadia depois da tragédia dos Wilson. Cresceu como mofo, espalhando-se um pouquinho mais a cada ano que passava.

* * *

Quando Jim Wilson terminou de lavar os pratos daquele jeito estranho, Lucille já concluíra sua lista de compras. Subiu, lavou o rosto, vestiu-se para sair, pegou a lista e a bolsa, mas ficou parada na porta. Quando teve certeza de estar pronta, segurando as chaves da picape na mão e o velho Ford azul a olhá-la desafiadoramente, ela respirou fundo, lembrando como detestava dirigir. E o pior de tudo era que a maldita picape de Harold era o bicho mais tendencioso e temperamental que ela já havia conhecido. O motor só aceitava a partida quando quisesse. Os freios chiavam. Aquela coisa tinha vida própria, dissera Lucille a Harold mais de uma vez. E não só era um ser vivo, mas também sentia profundo desprezo pelas mulheres... E talvez até pela humanidade toda, exatamente como o dono.

— Eu sinto muito por tudo isso — disse Jim Wilson, dando um susto em Lucille. Ela ainda não se acostumara com a quietude e os passos leves de Jim.

Lucille vasculhou a bolsa. Lista, confere. Dinheiro, confere. Foto de Jacob, confere. E continuou remexendo-a, enquanto falava com toda a família Wilson sem tirar os olhos da bolsa. Estavam todos juntos, parados atrás dela, como em uma foto de cartão de Natal. Ela podia sentir a presença deles.

— Você não tem nada que ficar se justificando, Jim — disse Lucille. — Isso é bem coisa de família. Para mim está tudo certo. — Ela fechou a bolsa, mas continuava inquieta, como se uma tempestade estivesse a caminho.

— Tudo bem — retrucou Jim. — A gente tenta não incomodar. Só queremos que você saiba como sua ajuda é importante para nós, e que somos muito gratos por tudo que está fazendo.

Lucille se virou, exibindo um largo sorriso.

— Tranquem a porta depois que eu sair. Connie, quando eu voltar, vou lhe ensinar uma receita de torta que você vai adorar. Acho que era da tia-avó Gertrude. — Parou um pouco para pensar. —

Não deixem as crianças descerem aqui para baixo. Não deve vir ninguém aqui hoje, mas se vier...

— Vamos ficar lá em cima.

— E não se esqueçam...

— A comida está no forno — interrompeu Jim, com um gesto de despedida.

— Certo, certo — concordou Lucille, saindo em direção ao velho Ford de Harold e se recusando a olhar para trás, a fim de evitar que eles vissem o medo repentino em seu rosto.

* * *

O mercadinho estava instalado no antigo prédio da prefeitura, um edifício de tijolos que sobrevivera ao mais recente projeto de renovação e crescimento de Arcadia, nos idos de 1974, a última vez que algum montante considerável de dinheiro entrara na cidade. Estava localizado quase nos limites da zona oeste, justo antes de a cidade propriamente dita terminar, abrindo-se para uma estrada de duas mãos e para o descampado com árvores e casas esparsas. Ficava no fim da Main Street, quadrado e grandioso, como quando sediava a prefeitura.

Só seria preciso arrancar as faixas e os cartazes estrategicamente colocados para que a prefeitura, gasta e desbotada, fosse vista em relevo. Em um bom dia — antes de os militares montarem acampamento na cidade —, o mercadinho recebia, com sorte, trinta fregueses. E mesmo esse número era otimista, contando os velhos que ficavam vagando pela loja ou sentados do lado de fora, compartilhando histórias.

Um jovem soldado ofereceu o braço a Lucille quando ela subia os degraus de acesso. Chamou-a de "senhora" e foi gentil e paciente, enquanto outros jovens passavam indiferentes, como se os alimentos fossem desaparecer de uma hora para outra.

Do lado de dentro, um grupo de homens fofoqueiros se instalara em cadeiras. Lucille reconheceu Fred Green, Marvin Parker, John

Watkins e alguns outros. Nas últimas semanas, ela os vira no gramado de Marvin Parker, envolvidos no que chamavam de manifestações de protesto. Lucille achava aqueles protestos ridículos. Todos juntos, não somavam mais do que meia dúzia e, ainda por cima, não haviam descoberto um *slogan* decente. Um dia, a caminho de visitar Harold e Jacob, ela os ouvira gritando: "Arcadia para o vivente! Nunca de presente!"

Ela não tinha a mínima ideia do que isso queria dizer, e achava que eles também não. Provavelmente tivessem privilegiado a rima, pois, do ponto de vista deles, todo protesto tinha de ser rimado.

Quando o jovem soldado a escoltou através da porta, Lucille parou em frente aos homens.

— Vocês deviam se envergonhar — disse. Em seguida, deu um tapinha na mão do soldado para indicar que poderia prosseguir sozinha. — Isso é vergonhoso — continuou ela.

Os sujeitos murmuraram algo entre si, então Fred Green, aquele provocador dos diabos, falou:

— Estamos num país livre.

Lucille soltou um muxoxo.

— E o que isso tem a ver?

— A gente está aqui sem incomodar ninguém.

— Por que não voltam para o gramado de vocês e se põem a gritar o *slogan* idiota que inventaram?

— Estamos no intervalo — respondeu Fred.

Lucille não conseguia definir o tom de Fred. Não atinava se era de sarcasmo ou se estavam mesmo no intervalo. Em todo caso, tinham o aspecto de quem passa muito tempo em protestos: queimados de sol, maltrapilhos e exaustos.

— Suponho então que vocês estão praticando uma invasão, como faziam as pessoas de cor quando queriam igualdade de direitos.

Os velhos marmanjos se entreolharam, pressentindo uma armadilha, mas sem conseguir entender exatamente o que se passava.

— Como assim? — perguntou Fred com cautela.

— Eu só quero saber quais são as exigências de vocês, só isso. Todas as ocupações vêm acompanhadas de exigências. É preciso exigir algo quando se faz uma invasão. Que vocês causaram tumulto, isso é certo — disse Lucille, dirigindo-se a Fred. — Ponto pacífico. Mas e agora? Qual é sua plataforma? O que vocês defendem?

Os olhos de Fred se iluminaram. Ele se endireitou na cadeira e respirou fundo para dar efeito de dramaticidade. Os outros o imitaram, sentando-se retos como lápides.

— Nós somos a favor dos vivos — proclamou Fred com uma voz monótona e baixa.

Era o lema do Movimento dos Vivos Autênticos, os idiotas que Lucille e Harold tinham visto na TV num dia já remoto. Aqueles que haviam passado da promessa de guerra racial para a integração racial plena depois de os Ressurgidos aparecerem. E ali estava Fred Green citando-os.

Sem dúvida, pensou Lucille, *os malucos estão soltos*.

Os outros sujeitos respiraram fundo, como Fred fizera, e pareceram mais gordos. Logo, falaram em uníssono:

— Nós somos a favor dos vivos.

— Eu não sabia que os vivos precisavam de quem fosse a favor deles — pontuou Lucille. — Mas, de qualquer modo, vocês deviam adotar isso como palavra de ordem, em vez daquela tolice de "Arcadia para o vivente, nunca de presente". Que presente? Presente para quem? — E abanou a mão, como se afastasse um inseto.

Fred a olhou de cima a baixo, com as engrenagens do cérebro girando.

— Como está seu filho? — perguntou.

— Vai bem.

— Continua lá na escola?

— Na prisão, você quer dizer? Sim — confirmou Lucille.

— E Harold? Ouvi dizer que ele também está na escola.

— Na prisão? — repetiu ela. — É, ele está lá, sim.

Lucille ajustou a alça da bolsa no ombro, enquanto ajustava também os pensamentos.

— E o que vai comprar hoje? — perguntou-lhe Fred. Os marmanjos do seu lado assentiram para justificar a pergunta. Haviam se instalado em um espaço entre as portas externas e internas do mercado. O dono pretendera transformar o espaço em uma área de boas-vindas aos clientes, como no Wal-Mart, mas não demorou até que os velhos se aboletassem ali, passando o tempo vendo as pessoas entrarem e saírem. Inicialmente permaneciam em pé, até que alguém caiu na besteira de deixar uma cadeira de balanço perto da entrada.

Agora já não havia como remediar a situação: a frente da loja pertencia aos fofoqueiros.

Fazer compras no mercadinho era bom apenas para quem não precisasse de muita coisa. Os poucos corredores estavam forrados de comida enlatada, toalhas de papel, papel higiênico e alguns produtos de limpeza. Nas paredes, encontravam-se as utilidades domésticas, inclusive artigos de ferragens, tudo pendurado de forma caótica. O proprietário, um homem acima do peso apelidado de Batata por alguma razão que Lucille nunca compreendera, queria oferecer de tudo, ou quase, em um espaço muito reduzido.

Na maioria das vezes, ele não conseguia, mas era positivo que tentasse, acreditava Lucille. Assim, lá não era o lugar ideal para encontrar o que se desejava, mas, em compensação, era ótimo para comprar o estritamente necessário.

— Vim comprar o que preciso — Lucille afirmou. — Não é espantoso?

— Ora, Lucille — disse Fred sorrindo. Recostou-se na cadeira de balanço, da qual se apossara desde o dia em que fora largada ali. — Só fiz uma pergunta amigável, não quis ofender.

— É mesmo?

— É mesmo. — Ele apoiou o cotovelo no braço da cadeira e o queixo no punho. — Por que uma pergunta tão insignificante deixa uma mulher como você tão nervosa? Não tem alguém escondido na sua casa nem nada, não é mesmo, Lucille? Quer dizer, já faz um tempão que os Wilson não aparecem na igreja. Pelo que eu soube, os soldados foram lá atrás deles e o pastor soltou a família toda.

— Soltou? — retrucou Lucille. — Eles são gente, não animais!

— Gente? — Fred apertou os olhos, como se Lucille estivesse subitamente fora de foco. — Não — disse por fim. — E lamento que você acredite nisso. Eles *foram* gente. Uma vez. Mas isso já faz muito tempo. — Sacudiu a cabeça. — Não, eles não são gente.

— Você quer dizer desde que foram assassinados?

— Imagino que os soldados iam gostar de ter uma pista sobre onde os Wilson estão escondidos.

— Acho mesmo que iam — confirmou Lucille, virando-se para entrar no mercado. — Mas eu não sei nada a respeito disso. — Estava prestes a sair dali, a deixar para trás Fred Green e seu comportamento desprezível, mas mudou de ideia. — O que foi que aconteceu?

Fred olhou para seus companheiros.

— Como assim? — perguntou. — O que aconteceu com quem?

— Com você, Fred. O que aconteceu com você depois que a Mary morreu? Como foi que você virou isso aí? Você e ela costumavam ir lá na minha casa todos os domingos. Você ajudou o Harold a encontrar o Jacob naquele dia, pelo amor de Deus. Quando os Wilson morreram, você e a Mary estavam no enterro, como todos os demais. Aí ela se foi, e você também. O que aconteceu com você? O que você tem contra eles? Contra todos eles? A quem você culpa? Deus? Você mesmo?

Quando viu que Fred se recusava a lhe responder, ela deixou os velhos fofoqueiros para trás e rapidamente entrou no mercado, querendo sumir o quanto antes da vista deles por entre os corredores apertados. Fred Green a observou enquanto ela se afastava. Então, levantou-se lentamente e saiu para o estacionamento. Tinha algo muito importante para fazer.

* * *

A caminho de casa, a cabeça de Lucille fervilhava com as diversas maneiras pelas quais as pessoas evitavam lidar com os Ressurgidos. Agradeceu a Deus a graça e a paciência de que precisava para enfrentar a situação. Agradeceu-lhe por haver conduzido aquela pequena família de Ressurgidos até sua porta, não só quando mais precisavam, mas também quando ela mais precisava. A casa agora não estava mais tão vazia, e o coração de Lucille já não doía tanto quando chegava no velho Ford de Harold com o banco da frente abarrotado de compras, numa casa aconchegante cheia de pessoas que esperavam por ela, como devia ser.

A caminhonete galopou para fora da cidade rumo à estrada de mão dupla, passando por campos e árvores. Ela e Harold haviam conversado, no passado, sobre morar na cidade, mas mudaram de ideia pouco antes de Jacob nascer. Algo na ideia de viverem separados do mundo — um pouco, pelo menos —, escondidos pela floresta e pelos campos, a deixara encantada.

Ao virar para estacionar na garagem, Lucille viu as marcas dos pneus do caminhão no gramado da frente. Eram claras como o dia as pegadas deixadas pelos coturnos dos soldados. A porta de entrada fora arrancada das dobradiças, e uma trilha de lama cruzava a varanda, espalhando-se pela casa.

Lucille parou a velha picape debaixo do carvalho e permaneceu ao volante com o motor ligado, a cabine cheia de compras e os olhos marejados de lágrimas.

— Onde você estava? — perguntou numa voz alquebrada, certa de que, naquele momento, só Deus podia escutá-la.

Samuel Daniels

Samuel Daniels nascera e fora criado em Arcadia, onde também lhe ensinaram a rezar. Então morreu. Agora, voltara para Arcadia. Mas a cidade mudara. Já não era pequena e escapável. Já não era aquela cidade que os viajantes deixavam para trás sem hesitar, dedicando--lhe apenas alguns escassos pensamentos acerca do que as pessoas podiam fazer de suas vidas morando num lugar como aquele. Já não era um lugar de casas achatadas e velhas. Um lugar com dois postos de gasolina e só dois sinais de trânsito. Um lugar de madeira, terra e lata. Um lugar onde as pessoas pareciam nascidas dos bosques adjacentes aos campos.

Agora, Arcadia não era mais o desvio, e sim o destino, pensou Samuel, olhando através da cerca a cidade espraiando-se para o leste. A distância, via a igreja, silenciosa e imóvel sob o firmamento. A estrada de duas pistas que levava à cidade, corroída e esburacada, contrastava com a de um tempo não muito distante, quando era lisa e regular. A cada dia havia mais tráfego entrando em Arcadia e menos saindo.

O povo de Arcadia não eram mais os moradores, ponderou. A cidade deixara de ser o lugar deles. Passaram a meros visitantes, turistas na própria terra. Cuidavam de seus afazeres diários sem muita noção de onde estavam. Semelhante ao que se dizia dos Ressurgidos morando em Arcadia, quando tinham oportunidade se reuniam em grupos e olhavam para o mundo em torno deles com uma expressão de confusão sombria no rosto.

Nem mesmo o pastor, com toda sua fé em Deus e compreensão dos mistérios divinos, ficou imune. Samuel fora vê-lo em busca da Palavra, à procura de apoio e de compreensão sobre o que estava acontecendo neste mundo, nesta cidade. Mas o pastor já não era a mesma pessoa que Samuel lembrava. Sim, continuava grande, uma verdadeira montanha de homem, mas também ele se tornara um ser distante.

Parados à porta da igreja, ele e Samuel haviam conversado sobre como os Ressurgidos estavam sendo trazidos para Arcadia e levados para a escola, a qual já se tornava pequena demais para alojar a todos. E, quando passava um ônibus com Ressurgidos espiando pela janela para ter noção do lugar, o pastor Peters os perscrutava como se estivesse procurando alguém.

— Você acha que ela está viva? — disse o pastor depois de um intervalo, desviando-se totalmente da conversa que mantinha com Samuel.

— Quem? — o rapaz perguntou.

Mas o pastor Peters não respondeu, como se não tivesse falado com Samuel.

Arcadia mudara, pensou Samuel. A cidade estava rodeada de cercas e muros, enjaulada e isolada do mundo, feito uma fortaleza. Havia soldados por todos os cantos. Não era mais a cidade onde ele crescera, a pequena cidade pousada sobre o campo, aberta para todos os lados. Tinha se transformado em outra coisa.

Caminhando em direção oposta à cerca, ele segurou a Bíblia com firmeza. Arcadia, com todas aquelas cercas e muros, mudara para nunca mais voltar a ser o que era.

13

OS NOTICIÁRIOS CONTARAM QUE UM certo artista francês ressurgido foi encontrado depois que a comunidade global passara várias semanas à sua procura. Casara-se com a mulher de cinquenta e poucos anos que lhe dera abrigo e que se certificara de que o mundo conhecesse o nome dele.

Ao ser descoberto, Jean Rideau não fez declarações à imprensa quanto aos motivos de seu desaparecimento, embora os jornais tentassem descobrir. A pequena casa nos arredores do Rio, onde havia conseguido escapar do mundo, foi rodeada por repórteres e investigadores e, não muito tempo depois, pelos soldados enviados para assegurar a paz. Jean e sua mulher conseguiram permanecer ali por quase uma semana, isolados por um cordão policial da multidão que aumentava sem parar.

Logo chegou o dia em que o número de pessoas ali reunidas aumentou tanto que a polícia não pôde mais garantir a segurança do casal, que teve de ser removido da cidade. Foi então que começaram os tumultos. Naquele dia, houve quase tantas mortes do lado dos Vivos Autênticos quanto dos Ressurgidos. A fama de Jean Rideau e o potencial de sua arte após a morte funcionavam como um ímã sobre todos.

A dar crédito às notícias da imprensa, o número de mortes no tumulto nos arredores do Rio chegou a centenas. Muitas delas aconteceram durante a correria geral provocada pela polícia, depois que começou a disparar suas armas. Outras ocorreram por causa dos próprios tiros dos policiais.

Depois que a paz voltou às ruas, depois de Jean Rideau e sua mulher terem sido levados do Rio, com o governo francês vociferando para que retornassem à França, nada, afinal, se resolvera para o casal. Em algum momento de toda aquela loucura, a mulher de Jean recebera uma pancada na cabeça e entrara em coma. E o mundo continuou histérico, gritando que ela e seu marido fizessem algo desconhecido, que desempenhassem um papel indefinido, que dissessem algo secreto sobre a vida após a morte por meio da arte dele.

Mas Jean só quis saber de ficar ao lado da mulher que amava.

* * *

O pastor e sua minúscula esposa assistiam à TV no sofá, afastados de tal modo que entre eles caberia outro adulto. Ele bebericava café, mexendo-o de vez em quando, só para escutar o tilintar da colher contra a caneca de cerâmica.

Sua mulher se acomodara com os pés recolhidos sob as coxas, as mãos no colo e as costas retas no sofá. Parecia digna, lembrando um felino. Volta e meia levava a mão à cabeça e, sem saber por quê, alisava os cabelos.

Na TV, uma famosa apresentadora de um programa de entrevistas conversava com um ministro da religião protestante e um cientista, cuja disciplina de atuação nunca fora esclarecida, mas que ficara famoso por um livro sobre os Ressurgidos, escrito no início do período da ressurgência.

— *Quando é que tudo isso vai acabar?* — quis saber a entrevistadora, sem deixar claro a quem dirigia a pergunta. O ministro permaneceu calado, e, assistindo àquilo, o pastor Peters achou que talvez fosse por modéstia, ou quem sabe, como autoridade, ele não estava preparado para admitir desconhecer a resposta.

— *Em breve* — respondeu o cientista, cujo nome aparecia na faixa na parte inferior da tela, mas o pastor Peters não se dera ao trabalho de gravar. Então o entrevistado se calou, como se as duas palavras bastassem.

— *E o que o senhor diz aos telespectadores que exigem uma resposta mais específica do que essa?* — indagou a anfitriã, e então olhou para a plateia do estúdio e em seguida para as câmeras, sugerindo que também ela era a mais comum dos mortais.

— *Este estado de coisas não pode durar para sempre* — decretou o cientista. — *Simplificando, há um limite no número de pessoas que podem voltar.*

— Que coisa boba de se dizer — comentou a mulher do pastor, apontando para a televisão. — Como ele é capaz de saber quantas pessoas podem voltar? — indagou, remexendo as mãos no colo. — Como ele pode fingir que entende o que está acontecendo? Isso é obra de Deus. E Deus não precisa nos dizer por que faz seja lá o que for!

O pastor permaneceu sentado, com os olhos pregados na tela. A mulher lhe dirigiu o olhar, mas ele não retribuiu.

— Simplesmente ridículo — concluiu ela.

Na tela, o ministro finalmente se juntou à conversa, mas sempre com cautela.

— *Creio que é melhor termos todos paciência neste momento. Ninguém deve presumir nada. Isso é muito perigoso.*

— Amém — disse a mulher do pastor.

— *O que o reverendo quis dizer* — começou o cientista, enquanto ajustava a gravata — *é que esses eventos se encontram além da esfera religiosa. Quem sabe algum dia no passado, quando ainda sonhávamos com fantasmas e espíritos, essa fosse uma questão para a igreja resolver. Mas hoje não é o caso. Não é o caso dos Ressurgidos. Eles são pessoas. Reais e verdadeiras. São seres físicos, e não espíritos ou fantasmas. Podemos tocá-los. Podemos falar com eles. E eles, por sua vez, podem nos tocar e falar conosco.* — O cientista balançou a cabeça e se acomodou confiantemente na cadeira, como se tudo aquilo fosse parte de um grande desígnio. — *Agora passou a ser uma questão científica.*

A mulher do pastor se endireitou na sua ponta de sofá.

— Ele só está querendo agitar as pessoas — disse seu marido.

— Você tem toda razão. Eu não entendo como é que deixam gente assim falar na televisão.

— *E o que o senhor tem a dizer quanto a isso, reverendo?* — indagou a apresentadora do programa. Ela estava agora na plateia, com o microfone em uma das mãos e uma pilha de cartões azuis na outra, ao lado de um homem corpulento e alto, vestido como se acabasse de chegar de uma expedição por terras gélidas e de difícil acesso.

— *Quanto a isso* — disse o reverendo calmamente —, *eu diria que, em última análise, tudo no mundo físico está enraizado no mundo espiritual. Deus e o sobrenatural são as raízes de onde cresce o mundo físico. Apesar de todos os avanços científicos, apesar das múltiplas disciplinas e teorias da ciência, das luzinhas brilhantes e de outros chamados sedutores da moderna falange tecnológica, as grandes perguntas sobre como o universo começou, qual o destino e os objetivos finais da humanidade permanecem sem resposta da ciência, como sempre.*

— *E o que Deus tem a dizer a esse respeito?* — gritou o homem corpulento, antes de qualquer um aplaudir o discurso do ministro. Com uma das mãos enormes, encobriu a mão da apresentadora que segurava o microfone, puxando-o para si, e vociferou sua pergunta: — *Se o senhor diz que os malditos cientistas não sabem de nada, então o que o senhor sabe, reverendo?*

O pastor Peters suspirou e coçou a cabeça.

— Agora ele está no mato sem cachorro. Os dois estão.

— O que você quer dizer? — perguntou sua mulher, e não teve de esperar muito pela resposta.

A TV mostrou a situação tensa no estúdio, com o homem corpulento aos berros, dizendo que nem o ministro nem o cientista valiam porcaria nenhuma, porque só sabiam prometer sem nunca cumprir.

— *No fim das contas* — rosnou —, *vocês dois são uns inúteis.*

A plateia entrou em delírio com aplausos e gritos de apoio, o que estimulou o homem corpulento a começar um discurso inflamado sobre como ninguém, nem a ciência, nem a igreja, nem o governo, tinha resposta para o oceano de Ressurgidos no qual todos os Vivos Autênticos logo iriam se afogar.

— *Eles estão perfeitamente satisfeitos de nos enrolarem; mandam a gente esperar pacientemente, como crianças, enquanto os Ressurgidos nos arrastam para a cova, um por um!*

— Desligue isso — disse o pastor Peters.

— Por quê? — quis saber sua mulher.

— Então deixe ligado. — E se levantou. — Vou para o meu escritório. Tenho que preparar o sermão.

— Pensei que já tivesse terminado.

— Tem sempre mais um para escrever.

— Posso ajudar? — perguntou a mulher, desligando o televisor. — Não faço questão de assistir ao programa. Prefiro ajudar você.

O pastor recolheu a caneca de café e limpou a mesa. Movia o corpanzil com o vagar e a precisão de sempre. Sua mulher se levantou e tomou o último gole de café da caneca.

— Esse programa me deu uma ideia sobre um sermão a respeito de não seguir os falsos profetas.

O pastor soltou um resmungo que não queria dizer sim nem não. A mulher continuou:

— Acho que as pessoas precisam entender que isso não está acontecendo por acaso. Precisam saber que faz parte de um plano. Precisam compreender que há um desígnio para suas vidas.

— E quando me perguntarem qual é o desígnio? — respondeu o pastor, sem olhar para a mulher. Depois foi para a cozinha em silêncio, sendo acompanhado por ela.

— Você vai dizer a verdade, ou seja, que não sabe qual é o plano, mas tem certeza de que ele existe. Essa é a parte importante. É o que as pessoas precisam ouvir.

— As pessoas estão cansadas de esperar. Esse é o problema de todo pastor, ministro, pregador, xamã, pai de santo, seja lá como você queira chamar. As pessoas estão cansadas de ouvir que existe um plano, mas ninguém lhes diz qual é.

O pastor se virou e olhou para a mulher. De repente, ela lhe pareceu menor do que o habitual, pequena e cheia de falhas. *Ela sempre será a cara do fracasso*, disse-lhe a mente, de surpresa. A ideia o congelou, cortou-lhe o fio do pensamento em dois e o deixou parado, em silêncio.

Ela também permanecia parada, igualmente em silêncio. Desde que tudo aquilo começara, seu marido havia mudado. Algo se postara entre os dois ultimamente. Algo que ele não queria lhe contar. Algo que ele não ousava dizer nos sermões.

— Preciso começar — disse ele, sem se movimentar para sair da cozinha. Ela se colocou na frente dele, uma flor diante de uma montanha. A montanha parou aos pés dela, como sempre fizera.

— Você ainda me ama? — perguntou a mulher.

Ele pegou a mão dela. Então, inclinou-se e a beijou carinhosamente. Segurou o rosto dela entre as mãos, delineou os lábios da mulher com a ponta do polegar e lhe deu mais um beijo, demorado e profundo.

— Claro que sim — disse baixinho. E falava a verdade.

Em seguida, ele a levantou com muito cuidado e carinho e a moveu de lado.

* * *

Harold estava especialmente mal-humorado. O dia estava quente demais para fazer qualquer coisa exceto morrer, pensou, mesmo que naqueles dias a morte não valesse grande coisa.

Estava sentado na cama, os pés recolhidos contra o corpo, o cigarro apagado pendurado nos lábios e uma camada de suor brilhando na testa. Nos corredores, os ventiladores zuniam, movendo o ar o suficiente apenas para agitar de vez em quando uma folha solta de papel.

Logo Jacob estaria de volta do banheiro, e então seria a vez de Harold ir. Já não era mais seguro deixar a cama sem ninguém. Agora havia gente demais andando pelos corredores, sem lugar para dormir; assim, quem deixasse sua cama sem guarda invariavelmente voltava para descobrir que passaria a noite no duro asfalto sob as estrelas.

Restara às pessoas tão somete os pertences que podiam carregar consigo. Harold era um homem de sorte porque se casara com uma mulher que lhe trazia uma troca de roupas quando precisava e comida quando tinha fome, mas mesmo aquilo começava a rarear. Os militares simplesmente não admitiam mais visitas como antes. "Gente demais", explicavam.

Eles não conseguiam acompanhar os números crescentes de Ressurgidos e de Vivos Autênticos. Além do mais, temiam que pessoas do tipo errado se insinuassem para dentro da escola e começassem um tumulto, coisa que já acontecera em Utah, onde elas permaneciam entrincheiradas com suas armas, exigindo ser postas em liberdade.

Mas o governo ainda não sabia o que fazer com aquelas pessoas, portanto as mantinha acuadas, rodeadas por mais soldados do que os rebeldes jamais teriam chance de derrotar. O impasse já durava uma semana, e somente por conta da cobertura da imprensa, bem como das lembranças sobre o incidente em Rochester, os soldados mantinham distância.

Então, os oficiais armados entregavam comida ao grupo de rebeldes, composto unicamente de Vivos Autênticos. Estes, quando deixavam suas barricadas para pegar a comida, gritavam palavras de ordem exigindo liberdade e direitos iguais para os Ressurgidos.

Em seguida voltavam para trás de suas barricadas e retomavam a vida que eles e as circunstâncias haviam criado.

Mas, apesar do fato de que, se comparadas a Rochester e à morte dos soldados alemães e da família judia, as coisas estavam correndo feito sopa no mel, a Agência não estava disposta a deixar a situação sair de controle. Assim, a segurança foi reforçada em todos os campos e uma mão de ferro desceu sobre eles, e Lucille, a partir disso, só podia visitar o marido e o filho uma vez por semana. Havia gente demais enfiada em um lugar que não fora projetado para tantos, e rumores percorriam o campo sobre planos para dar mais espaço para as pessoas, o que significava que, de algum modo, muita gente acabaria transferida para algum outro lugar, e Harold não podia ignorar o tanto que essa ideia o inquietava.

* * *

A água em Arcadia estava acabando, embora ainda não tivesse terminado completamente. Tudo era racionado. E, se já era bastante ruim passar por um racionamento de comida, aguentar um racionamento de água parecia um destino desnecessariamente draconiano.

Embora ninguém ainda estivesse morrendo de sede, tinha sorte quem conseguisse tomar banho a cada três ou quatro dias. Assim, os detentos aprenderam a conservar suas roupas limpas ao máximo.

No início das detenções, ninguém levou nada muito a sério, e até houve quem achasse a situação divertida. Sorriam e comiam com os dedos mindinhos em riste e os guardanapos abertos sobre o colo, ou pendurados no colarinho, e, quando derramavam algo, todos se empenhavam em limpar o local como se com isso estivessem salvando a humanidade. No início, todos temiam agir fora das convenções e deixar a situação mudar quem eles eram e como eram percebidos.

No início, todos tinham dignidade. Como se tudo aquilo fosse chegar ao fim subitamente, e então eles poderiam voltar para casa

e, no fim do dia, sentar no sofá e assistir a seus programas predile-
tos na TV.

Mas as semanas se tornaram um mês completo e muito mais, e
ainda não havia ninguém de volta assistindo ao seu programa favo-
rito. E, com o passar das semanas, os prisioneiros mais antigos chegaram à conclusão de que não iriam para casa e de que as coisas só
pioravam a cada dia, então começaram a se importar cada vez menos com a aparência e com como as outras pessoas os viam.

A Agência de modo algum era melhor na manutenção e na limpeza do local do que no fornecimento de comida e água. Os banheiros da ala oeste da escola estavam quebrados por excesso de
uso, mas continuavam ativos. A direção parecia achar que, enquanto
as pessoas continuassem usando o banheiro quebrado, estava tudo
bem.

Muitos pararam de se importar. Mijavam ou cagavam onde quer
que conseguissem um momento de privacidade. Alguns nem de privacidade precisavam.

E muita gente estava se sentindo frustrada. Os Ressurgidos, como
quaisquer outras pessoas, não gostavam de ser detidos contra sua
vontade. Passavam o tempo desejando voltar para seus entes queridos, ou então, no mínimo, viver a vida normal do mundo. E, embora alguns não tivessem ideia exata do que queriam ou de onde
queriam estar, de uma coisa eles tinham certeza: não queriam ser
prisioneiros em Arcadia.

A população do campo dos Ressurgidos começou a reclamar.
Começou a perder a paciência.

Quem observasse atentamente poderia vislumbrar o que estava
para acontecer.

* * *

Pouco depois das cinco horas, todas as manhãs nas últimas semanas, alguns homens de Arcadia recebiam uma ligação telefônica de
Fred Green. Não havia conversa fiada, nenhuma apresentação ou

desculpa pela chamada àquela hora, apenas a voz áspera de Fred falando alto: "Esteja lá em uma hora! Leve comida suficiente para o dia inteiro. Arcadia precisa de nós!"

Nas primeiras manifestações, Fred e seus seguidores haviam mantido distância dos soldados e do portão por onde entravam os ônibus cheios de Ressurgidos. Inicialmente não sabiam a quem, exatamente, dirigir sua fúria, se ao governo ou aos Ressurgidos.

Obviamente os Ressurgidos eram horríveis, aberrações da natureza, mas o governo não ficava atrás. Afinal, fora ele quem tomara conta de Arcadia. Fora o governo que trouxera os soldados e os homens engravatados, e os construtores, e todos os outros.

Protestar era um trabalho árduo. Mais duro do que haviam esperado. Passavam por baixas de energia, e a garganta quase sempre doía. Mas, sempre que chegava um ônibus lotado de Ressurgidos a caminho da escola, Fred e os outros conseguiam se recuperar o suficiente para erguer os cartazes no ar, gritar ainda mais alto e sacudir os punhos. Quando os ônibus passavam, as palavras de ordem surgiam. Era cada rebelde por si. "Voltem pra casa!", gritava um. "Vocês não são bem-vindos aqui. Saiam de Arcadia!", vociferava outro.

Com o passar dos dias, Fred e seu grupo se cansaram de gritar a distância. Resolveram, portanto, se postar no caminho dos ônibus, mas com todo cuidado. Afinal de contas, manifestavam-se sobre seu direito à livre expressão, para mostrar ao mundo que ainda havia gente honesta e boa que se recusava a ficar de braços cruzados olhando tudo desmoronar. De modo algum queriam ser atropelados e morrer feito mártires.

Então, permaneciam quietos até o momento em que os ônibus paravam na cancela, aguardando autorização para entrar no centro de detenção. Nesse instante, atravessavam a rua com passos acelerados, cartazes erguidos, todos gritando furiosamente e sacudindo os punhos. Alguém chegou a ponto de atirar uma pedra, embora, é bem verdade, tivesse tomado o cuidado de atirá-la onde não fosse ferir ninguém.

Mas, a cada novo dia, eles ficavam um pouco mais ousados.

Na segunda semana, havia quatro soldados, em vez de um, no posto da guarda perto de Fred e seus companheiros. Os soldados se mantinham de pé, com os braços nas costas, o rosto rígido e sem expressão, sempre de olho nos manifestantes, mas nunca agindo para provocá-los.

Ao chegar um dos ônibus com Ressurgidos, os soldados saíam do posto da guarda e formavam uma barreira humana em frente ao local onde os manifestantes estavam.

Tanto Fred Green quanto os outros, respeitando essa demonstração de autoridade, limitavam-se a vociferar suas palavras de ordem e seus insultos por trás dos guardas, sem ameaçá-los, numa desobediência civil bem-comportada.

Até que um dia tudo isso mudou, quando, passando um pouco das seis horas da manhã, Fred estacionou no gramado de Marvin, com o sol ainda nascendo na linha do horizonte.

— Mais um dia no batente — disse John Watkins, sentado em sua caminhonete, a porta aberta e a perna balançando do lado de fora. O rádio estava ligado, com a música saindo distorcida dos alto-falantes falidos, falando sobre uma ex-mulher infiel.

— Quantos foi que eu perdi? — perguntou Fred, em um tom duro e desafiador. Desceu da picape com seu cartaz em punho. Começava o dia de mau humor. Passara mais uma noite sem dormir, e, como frequentemente ocorre com certos tipos de homens, resolvera que se manter raivoso era a melhor maneira de lidar com o que estava acontecendo em seu coração, cujo significado ele não compreendia.

— O que você tem? — perguntou-lhe John. — Está se sentindo bem?

— Estou — disse Fred, comprimindo a face e enxugando a testa, perguntando-se quando começara a suar. — Muitos ônibus agora de manhã.

— Nenhum, até o momento — respondeu Marvin Parker, dando a volta por trás de Fred, que se virou rapidamente, com o rosto vermelho. — Fred, tudo bem com você? — perguntou Marvin.

— Estou bem — disparou Fred.

— Perguntei a mesma coisa a ele — disse John. — Ele não parece bem, parece?

— Droga! — gritou Fred. — Vamos à luta!

Foram para a rua, como vinham fazendo por semanas a fio. Todos estavam absolutamente empenhados naquela quase insignificante desobediência civil. Os campos de Fred se encontravam negligenciados, com o milho apodrecendo no talo. Fazia semanas que não punha os pés na serraria.

Nada daquilo parecia importar mais. A normalidade de seu modo de vida por anos a fio desaparecera, e ele culpava as noites insones, pelas quais culpava os Ressurgidos.

Os ônibus acabaram por aparecer, e, cada vez que um passava, Fred gritava:

— Pro inferno com vocês, aberrações da natureza!

Os demais o acompanhavam. Como ele estava tenso naquela manhã, os amigos também ficaram mais nervosos. Todos gritaram mais alto e sacudiram os punhos com mais fervor, e vários deles saíram à cata de pedregulhos para atirar.

Os soldados de plantão pediram reforços ao perceberem que a situação tomava rumos perigosos. Um dos guardas chegou a advertir que Fred e os outros se acalmassem.

— Pro inferno com os Ressurgidos! — gritou Fred em resposta, levando o soldado a repetir o aviso em tom mais severo. — Pro inferno com a Agência! — continuou Fred.

— Esta é a última vez que vou lhe avisar — disse o soldado, levantando uma lata de spray de pimenta.

— Pro inferno com você! — berrou Fred. Então cuspiu na cara do soldado, marcando o fracasso da diplomacia.

No mesmo instante, Marvin Parker resolveu parar na frente de um ônibus que chegava. Sem dúvida era a maior burrice de sua vida, mas ali estava ele no meio da rua, gritando e balançando seu cartaz, recusando-se a sair do lugar. Dois soldados pularam nele e o derrubaram no chão, mas Marvin foi surpreendentemente ágil para um homem de sua idade e com rapidez se levantou. Os pneus do ônibus carregado de Ressurgidos chiaram alto quando o motorista pisou de repente no freio, parando a tempo em frente à confusão.

Fred e os outros — mais ou menos uma dúzia deles — cercaram o ônibus e começaram a socar as laterais e a acenar com seus cartazes enquanto gritavam e xingavam. Os soldados, ainda pouco à vontade para usar o spray de pimenta ou dar um soco de verdade em algum dos manifestantes, tentavam tirá-los de lá com meros puxões e safanões. Afinal, Fred e seus seguidores tinham sido inofensivos até então. Desse modo, os soldados ainda não entendiam que diabos havia mudado.

Mas Marvin Parker acertou um gancho de direita em cheio no queixo de um dos soldados, deixando-o inconsciente. Apesar de magricela, o homem havia lutado boxe muitas vezes quando jovem.

Depois disso, o caos se instalou, com gritaria e gente correndo para todos os lados.

Então, dois braços fortes circularam a cintura de Fred e o levantaram do chão. Ele tentou se livrar da pessoa, mas ela era forte demais. Fred chutou o ar loucamente até que acertou alguém na cabeça, o que rompeu a força das mãos em torno de sua cintura, fazendo Fred cair entre as pernas de um soldado, que terminou de derrubá-lo.

Alguém gritava "Fascistas!" repetidamente, dando ao tumulto um aspecto ainda mais surrealista. Os Ressurgidos no ônibus olhavam pelas janelas, sem saber se deviam ou não temer tudo aquilo. Não era a primeira vez que a maioria deles se confrontava com aquele tipo de protesto, o que de modo algum contribuía para que ficasse mais tolerável.

— Não se preocupem — falou o motorista. — Faz semanas que vejo esses caras aqui. — E, enrugando as sobrancelhas: — São praticamente inofensivos.

Fred xingava e brigava com um dos soldados que havia derrubado em certo momento, quando sentiu um par de mãos agarrá-lo pelas costas, acompanhadas do som da voz de Marvin Parker gritando:

— Vamos, Fred. Venha! Vamos sair daqui.

Apesar do entusiasmo, Fred e o resto dos companheiros não tinham o treinamento — nem, o mais relevante, a juventude — dos soldados.

Fred se levantou cambaleante e começou a correr. Mesmo com toda a adrenalina, sentia-se exausto. Estava velho demais para aquilo, e, além do mais, o confronto o decepcionara. Nada fora decidido. Nada ficara acertado.

Tudo acontecera tão rápido, e sem resultados, que pareceu frustrante.

Marvin gargalhava enquanto escapavam. Estava claro que não sentia o mesmo cansaço nem a mesma frustração de Fred. Mesmo com o rosto banhado de suor, os olhos dele brilhavam de excitação.

— Uhuu! — vociferou. — Isso foi bom.

Fred olhou para trás, certificando-se de que os soldados não os perseguiam. E não o faziam, limitando-se a imobilizar dois dos arruaceiros deitados contra o asfalto. Todos os demais no bando de Fred o acompanhavam, alguns com hematomas no rosto, mas, em geral, sem nenhum machucado sério.

Todos correram para suas respectivas picapes e rapidamente ligaram o motor. Marvin subiu na caminhonete de Fred, e os dois saíram com os pneus cantando.

— Eles provavelmente vão achar que nós aprendemos a lição — disse Fred, olhando pelo retrovisor. Ninguém os perseguia.

Marvin ria.

— Então não nos conhecem, certo? Amanhã a gente recomeça!

— Veremos — limitou-se a dizer Fred, a mente dando voltas.

— Acho que tive uma ideia melhor — comentou. — Algo de que você vai gostar ainda mais, levando em conta que está em melhor forma do que qualquer um de nós.

— Uhuu! — exclamou Marvin.

— Você já cortou uma cerca antes? — perguntou-lhe Fred.

* * *

Os pés de Harold doíam. Ainda sentado na cama, tirou os sapatos e as meias e examinou os dedos. Havia algo estranho com eles: coçavam e cheiravam mal, especialmente entre os dedos. Micose, muito provavelmente. Esfregou entre os dedos e coçou e coçou e coçou, até que começaram a queimar. Então sentiu que havia um ponto em carne viva ali.

Sem dúvida, micose.

— Charles? — chamou Patricia da cama ao lado, acordando de um sonho.

— Sim? — respondeu Harold. Vestiu as meias de volta, mas resolveu não calçar os sapatos.

— É você, Charles?

— Sou eu — disse Harold. Deslocou-se até a ponta da cama e deu um tapinha no ombro da anciã para acordá-la definitivamente. — Acorde — pediu ele. — Você está sonhando.

— Ah, Charles — disse ela, com uma única lágrima correndo-lhe pelo rosto ao sentar-se na cama. — Foi um horror, um horror! Estavam todos mortos.

— Calma — falou Harold, levantando-se da cama e sentando-se ao lado de Patricia. Um menino maltrapilho que passava por ali naquele instante viu a cama vazia de Harold e se aproximou querendo se apossar dela. — É minha — disse Harold. — A outra também.

— Ninguém pode ter duas camas, senhor — disse o garoto.

— Eu não tenho — respondeu Harold. — Estas três camas são da minha família aqui. Esta é minha, e a do lado é do meu filho.

O garoto olhou com desconfiança para Harold e a velha mulher negra.

— Então ela é sua esposa?

— É — disse Harold.

O menino se manteve firme.

— Charles, Charles, Charles — disse Patricia, com umas palmadinhas na perna de Harold. — Você sabe como eu te amo, não sabe? Claro que sabe. E como vai o Martin? — Olhou para o menino intruso. — Martin, querido, como você tem passado? Venha cá, meu menino. Deixe eu lhe dar um abraço. Faz tanto tempo que você partiu. Venha cá, venha dar um beijo em sua mãe. — Ela falava lentamente, sem alterar o tom de voz e praticamente sem sotaque, o que tornava suas palavras ainda mais inquietantes.

Harold sorriu e segurou as mãos de Patricia. Ele não sabia quão lúcida ela estava naquele momento, mas isso não tinha importância.

— Estou aqui, meu bem — disse Harold, beijando a mão dela com carinho. Então, olhou para o menino. — Agora saia daqui — ordenou. — Só porque nos trancaram aqui e nos tratam como animais, não quer dizer que a gente vá agir feito bicho!

O menino se virou e se apressou pela porta, a cabeça oscilando de um lado para outro enquanto caminhava, atento a alguma cama vazia para dela se apossar.

Harold resmungou.

— Como me saí? — perguntou Patricia, dando uma risada suave.

— Maravilhosamente bem — disse Harold, apertando-lhe levemente a mão.

Ele retornou para sua cama, mas volta e meia olhava por cima do ombro, desconfiado de que algum outro oportunista tentaria pegar a cama de Jacob.

— Você não precisa nunca me agradecer, Charles.

Harold tentou sorrir.

— Quer uma balinha? — perguntou ela, apalpando os bolsos do vestido. — Vou ver o que encontro aqui para você.

— Não se preocupe com isso — pediu Harold. — Não tem bala nenhuma aí.

— Pode ser que tenha — disse ela, parecendo desapontada ao não encontrar nada. Virara a mulher dos bolsos vazios.

Harold se estirou na maca, secando o suor do rosto. Era o pior mês de agosto dos últimos tempos.

— Nunca tem — disse Harold.

A mulher se aproximou e, com um gemido, sentou-se na cama ao lado dele.

— Agora sou Marty de novo — disse Harold.

— Ora, não precisa fazer cara feia. Eu compro bala pra você quando for à cidade. Mas você precisa se comportar. Seu pai e eu já lhe ensinamos. Você está se comportando como uma criancinha mimada, e eu não vou tolerar isso.

Harold já se habituara àquela mais recente senilidade dela. Na maioria das vezes, era Jacob quem desempenhava o papel de Marty, um menino que, pelos cálculos de Harold, tinha mais ou menos a idade dele. Mas, de vez em quando e sem aviso, as conexões no cérebro de Patricia entravam em um curto ainda maior e, repentinamente, Harold se via obrigado a fazer o papel de Marty no palco mental da anciã.

Mas não havia mal nenhum nisso, tampouco alternativa. Daí que Harold só fechou os olhos e, apesar de seu temperamento desagradável, deixou que a mulher continuasse com sua amorosa descompostura materna.

Por um tempo, Harold tentou se acomodar, mas não conseguiu, porque não podia deixar de pensar em Jacob, que fora ao banheiro havia muito tempo e ainda não voltara. Harold procurou todos os motivos que pôde para se convencer de que não devia se preocupar.

Primeiro, pensou que provavelmente não passara tanto tempo assim desde que Jacob saíra. Era cada vez mais difícil manter a noção do tempo naqueles dias e, tendo em vista que fazia anos que não usava relógio, ele não conseguia calcular o tempo exato da ausência do filho. Assim, resolveu determinar sozinho se já havia se passado tempo demais.

E estava rapidamente se aproximando desse ponto.

Sentou-se na cama e olhou para a porta, como se, só de olhá-la, pudesse fazer Jacob voltar. Continuou olhando por algum tempo, mas ainda assim o garoto não apareceu.

Mesmo sem praticar por cinquenta anos, Harold ainda era pai. Sua mente viajou a todos os lugares que a mente de um pai visita nesses casos. Primeiro, imaginou Jacob simplesmente indo ao banheiro e parando em algum lugar no caminho para conversar com alguém. Outra possibilidade era ele ter sido parado na saída do banheiro por um dos soldados, que pediu que ele o acompanhasse. Jacob recusou e o soldado passou o braço pela cintura dele e o jogou sobre o ombro, de barriga para baixo. Nessa versão dos acontecimentos, Jacob esperneava e gritava, chamando o pai.

— Não — Harold falou para si mesmo. Sacudiu a cabeça e reafirmou para si mesmo que não era nada disso. Não podia ser, podia?

Foi até o corredor. Olhou para a direita e para a esquerda, perscrutando os passantes. *Ontem havia menos gente que hoje*, pensou. Voltou o olhar para a sra. Stone, dormindo na cama. A seguir fitou as duas camas vazias.

Se ele fosse à procura de Jacob, elas poderiam não estar mais lá quando voltasse.

Porém, tendo em vista as imagens do soldado carregando Jacob, resolveu que valia a pena se arriscar a perder as camas.

Harold foi para o corredor rapidamente, na esperança de que ninguém visse de que quarto saíra. Acabou dando alguns inevitáveis encontrões, em virtude da grande quantidade de gente rodando. Harold se maravilhou com a diversidade de gente ali no campo àquela altura dos acontecimentos. Embora mais da metade fosse de americanos, eles pareciam vir de todos os lugares. O velho homem não conseguia lembrar a última vez em que escutara tantos sotaques diferentes em tão pouco tempo.

Ao se aproximar do banheiro, Harold percebeu um soldado vindo na direção oposta. O homem andava com as costas retas e o olhar intensamente focado à frente, como se algo de muito sério estivesse ocorrendo.

— Oi! — chamou Harold. — Ei!

O soldado, um rapaz de cabelos ruivos e o rosto marcado de espinhas, pareceu não ouvir, mas Harold conseguiu segurar-lhe o braço antes que ele passasse.

— Posso ajudar? — perguntou o soldado num tom apressado. No uniforme constava o nome Smith.

— Oi, Smith — disse Harold, tentando parecer agradável e preocupado ao mesmo tempo. Não era o caso de ser desagradável, pelo menos ainda não. — Por favor, me desculpe — continuou. — Não queria segurá-lo desse jeito.

— Eu estou atrasado para uma reunião, senhor — retrucou Smith. — Em que posso ser útil?

— Estou procurando meu filho.

— O senhor provavelmente não é o único — disse Smith, sem disfarçar o tom áspero da voz. — Fale com os PMs. Eles podem ajudá-lo.

— Que inferno! Por que você não pode me ajudar? — Harold endireitou as costas. Smith era alto, de ombros largos e musculoso, e olhou o velho, avaliando-o. — Preciso de ajuda para encontrar o menino — insistiu Harold. — Ele foi ao banheiro já faz um bom tempo e...

— Quer dizer que ele não estava no banheiro?

— Bem... — Harold estancou, dando-se conta de que fazia muito tempo que não se comportava de maneira tão irracional. — A bem da verdade, ainda não fui lá — disse finalmente.

Smith respirou fundo, sem esconder a irritação.

— Vá cuidar do seu trabalho — continuou Harold. — Eu vou achá-lo.

Smith não esperou para ver se Harold mudaria de ideia e saiu apressado pelo corredor, passando rapidamente entre as pessoas, como se elas não estivessem ali.

— Imbecil — disse Harold para si mesmo. Embora soubesse que Smith nada fizera de errado, só de xingá-lo já se sentia melhor.

Quando chegou ao banheiro, Jacob estava saindo, com a roupa e os cabelos desarranjados e o rosto vermelho.

— Jacob, o que houve? — indagou Harold.

O garoto desviou os olhos. Começou a pôr a camisa para dentro das calças e tentou arrumar o cabelo.

— Nada — respondeu.

Harold se abaixou e levantou o queixo de Jacob, examinando-lhe o rosto com cuidado.

— Você estava brigando — observou

— Eles que começaram.

— Quem? — Em resposta, Jacob apenas sacudiu os ombros. — Eles ainda estão aí dentro? — continuou Harold, olhando para o banheiro.

— Não. Já foram embora.

Harold suspirou.

— O que aconteceu?

— Foi porque temos um quarto só para nós.

Harold se levantou e olhou em torno, na esperança de ainda encontrar os garotos envolvidos. Uma parte dele se zangava por não estar lá na hora da briga, mas outra parte sentia um orgulho estranho pelo fato de o filho haver brigado. Isso já acontecera antes, quando Jacob acabara de completar sete anos e se metera numa briga com o menino dos Adams. Harold presenciara a cena. Fora ele, até, quem apartara os garotos. E até hoje sentia uma pontada de culpa por Jacob ter vencido o confronto.

— Eu ganhei — disse Jacob, sorrindo.

Harold deu as costas para o filho, de modo que ele não o visse sorrir.

— Já chega de aventuras por hoje, para nós dois. Vamos — afirmou Harold.

Ao chegarem ao quarto, viram que, por sorte, ninguém se havia apossado de suas camas. A anciã continuava adormecida.

— Será que a mamãe vem hoje?

— Não — disse Harold.

— E amanhã?

— É provável que não.

— Depois de amanhã?

— É.

— Daqui a dois dias, então?

— É.

— Certo — disse Jacob. Ficou de pé na cama e tirou um toco de lápis do bolso, marcando duas linhas na parede acima da cama.

— Tem alguma coisa que você quer que ela traga?

— Quer dizer comida?

— Quero dizer qualquer coisa.

O menino refletiu por um momento.

— Outro lápis e mais papel.

— Tudo bem. Vai desenhar alguma coisa?

— Quero escrever umas piadas.

— Quê?

— Todo mundo já escutou as que eu conheço.

— Ah. Está certo. — Harold suspirou carinhosamente. — Acontece nas melhores famílias.

— Você tem alguma piada nova para me ensinar?

Harold sacudiu a cabeça. Era a enésima vez que o garoto lhe pedia, e era a enésima vez que recusava.

— Marty — chamou a anciã, enfronhada em sonhos.

— O que ela tem? — perguntou Jacob, olhando para Patricia.

— Ela está meio confusa. Isso acontece às vezes, quando as pessoas envelhecem.

Jacob olhou para a mulher, então para seu pai, e logo de volta para a mulher.

— Não vai acontecer comigo — disse Harold.

Era o que o menino queria ouvir. Então ele foi para a ponta da cama e se sentou com os pés balançando no ar, quase tocando o chão. Logo se endireitou e começou a olhar pela porta aberta para a enchente de pessoas desgrenhadas circulando pelos corredores.

* * *

Nas últimas semanas, o agente Bellamy parecia cada vez mais assoberbado por tudo. Harold e ele trocaram o lugar das entrevistas. Haviam deixado a sala escaldante da escola, sem ar-condicionado nem brisa, apenas o mau cheiro de gente em excesso fechada em um espaço pequeno demais.

Agora as entrevistas ocorriam do lado de fora, enquanto jogavam ferradura no calor escaldante de agosto, sem ar-condicionado nem brisa, apenas o peso da umidade como um punho fechado em torno dos pulmões.

Já era um progresso.

No entanto, Harold notara que Bellamy estava mudando. A barba vivia por fazer, e os olhos, quase sempre vermelhos, transpareciam tristeza ou, no mínimo, insônia. Mas Harold não era o tipo de homem que perguntasse a outro sobre essas coisas.

— E então, como vai a vida entre você e o Jacob ultimamente? — perguntou Bellamy.

A pergunta foi pontuada por um leve grunhido que acompanhou o movimento final do braço jogando a ferradura. Esta voou pelo ar e bateu no chão com um baque surdo, errando a estaca e não marcando pontos.

O espaço improvisado não era dos piores: um pedaço de terreno aberto, recuperado dos fundos da escola, entre as passarelas construídas pela Agência para acolher os recém-chegados.

Mesmo com a expansão do campo de prisioneiros para a cidade propriamente dita, aumentava exageradamente a taxa de ocupação ali. Justo quando as pessoas se acostumavam com o novo ritmo de vida. Justo quando conseguiam um espaço na cidade para si próprias, fosse uma tenda plantada em algum quintal ou, com sorte, a ocupação de uma das casas usadas pela Agência para preencher a demanda, mais gente chegava. Tudo ficava mais apertado. Mais complicado. Na semana anterior, um dos soldados se metera em uma briga com um dos Ressurgidos. Ninguém conseguiu uma resposta clara sobre o motivo, exceto que ocorreu por algo banal, mas ainda assim o soldado ficou com o nariz sangrando, e o Ressurgido ganhou um olho roxo.

Algumas pessoas achavam que aquilo era apenas o começo.

Harold e o agente Bellamy, porém, passavam longe dessas coisas. Viam-nas acontecer ao seu redor e se esforçavam para não se envolver. Jogar ferradura ajudava nesse processo.

Frequentemente, enquanto os dois jogavam sozinhos, viam Ressurgidos e Vivos Autênticos sendo levados para dentro, um atrás do outro, ambos os grupos parecendo deprimidos e temerosos.

— Nós até que estamos bem — afirmou Harold. Deu uma tragada no cigarro, firmou os pés e jogou. A ferradura tilintou contra a estaca de metal.

Acima, o sol brilhava forte contra um céu claro e azul. O dia estava tão bonito, pensava Harold volta e meia, tentando acreditar que ele e o jovem agente não passavam de um par de amigos descontraídos numa tarde de verão. Aí, o vento mudava de direção e o fedor do campo invadia o terreno e trazia lembranças do triste estado do lugar, lembranças do triste estado do mundo.

Foi a vez de Bellamy jogar. Novamente errou a estaca e não marcou pontos. Tirou a gravata justo no momento em que um grupo de Ressurgidos era levado pela passarela para o setor de cadastramento, no prédio principal da escola.

— Você não acreditaria se eu lhe contasse o que está acontecendo lá fora — disse o agente depois que o grupo passou.

— Eu mal consigo acreditar no que está acontecendo aqui dentro — comentou Harold. — Agora, quanto ao que está acontecendo lá fora, eu acreditaria mais se tivéssemos uma TV. — Harold puxou uma tragada do cigarro. — Passar a vida em meio a boatos não é jeito de se manter informado. — Atirou a ferradura, que aterrissou no alvo.

— A decisão não foi minha — disse Bellamy rapidamente, como bom nova-iorquino. Os dois se dirigiram à estaca para recolher as respectivas ferraduras. Harold liderava o jogo por sete pontos. — Foi o coronel que mandou — continuou o agente. — E, para ser bem franco, não posso dizer que a decisão foi realmente dele. Na verdade, os políticos eleitos em Washington resolveram tirar as TVs e os jornais dos centros. Eu não tive nada a ver com isso. Foi decisão dos figurões.

— Mas olhe só — respondeu Harold. Ele recolheu as ferraduras, voltou para a marca de jogo e as jogou novamente, com perfeição. — Que situação mais conveniente — continuou. — Imagino que daqui a pouco você vai me dizer que os políticos não são os culpados, e sim o povo americano. Afinal, foram eles que elegeram os políticos, não é? Foi o povo que os colocou lá, para tomarem esse tipo de decisão. Não tem nada a ver com você, certo? Você faz parte de uma máquina muito maior.

— É — confirmou Bellamy, sem se comprometer. — Algo assim. — Foi sua vez de jogar, e finalmente ele enganchou a ferradura, resmungando uma celebração modesta.

Harold sacudiu a cabeça.

— Isso ainda vai acabar mal — disse. Bellamy não respondeu. Harold continuou: — E como vai o coronel?

— Vai bem. Muito bem.

— Uma pena o que aconteceu com ele. Quer dizer, o que quase aconteceu com ele. — Harold jogou novamente. Mais um lance perfeito. Mais pontos.

— É — retrucou Bellamy. — Ainda não consegui descobrir como aquela cobra entrou no quarto dele. — O agente jogou e errou, em parte porque sentiu vontade de rir.

Continuaram o jogo em silêncio por alguns minutos, apenas aproveitando o sol, como o resto do mundo. Bellamy fazia questão de manter suas entrevistas com Harold, apesar da superlotação de Arcadia, o que impossibilitava o agente de continuar as entrevistas ou os aconselhamentos — sua nova função, já que o coronel era agora o responsável pela segurança e pela direção geral do lugar. Ele havia desistido de entrevistar Jacob.

— E o que me conta sobre a mulher? — perguntou-lhe Harold, depois de um tempo. Jogou. Boa jogada, mas longe de ser perfeita.

— Você vai ter de ser mais específico.

— A velha mulher.

— Ainda não entendi. — Bellamy jogou e errou a estaca por alguns metros. — O mundo está cheio de gente velha. Tem uma teoria rolando por aí que diz que, com o tempo, todas as mulheres ficam velhas. É uma ideia revolucionária.

Harold riu.

Bellamy jogou, assobiando ao ver que sua jogada fora ainda pior que a anterior. Ele se encaminhou ao outro lado do terreno, sem esperar pelo adversário. Arregaçou as mangas. Ainda assim, apesar do calor e da umidade, não estava suando.

Depois de observá-lo por um momento, Harold o seguiu.

— Certo — disse Bellamy. — O que você quer saber?

— Uma vez você me falou que teve uma mãe. Conte-me sobre ela.

— Minha mãe foi uma mulher muito boa, e eu a amava. O que mais há para dizer?

— Acho que você me disse que ela não ressurgiu.

— É verdade. Minha mãe continua morta.

Bellamy olhou para baixo. Limpou a poeira acumulada na calça e, em seguida, dirigiu o olhar para a pesada ferradura em sua mão. Estava sujo. Suas mãos estavam imundas. Então viu que não havia apenas um pouquinho de sujeira na calça do terno; elas estavam cobertas de poeira e terra. Como foi que não reparara nisso?

— Ela morreu devagar — completou, depois de um momento.

Harold fumava quieto. Outro grupo de Ressurgidos foi conduzido pela passarela perto de onde os dois jogavam. Observaram o velho e o agente.

— Alguma outra pergunta para mim? — disse Bellamy, por fim. Indiferente à imundície na roupa, ele se endireitou, e seu braço enrijeceu quando jogou a ferradura. Errou completamente o alvo.

John Hamilton

John permaneceu algemado entre dois imponentes soldados o tempo todo em que os dois homens discutiam no escritório.

O homem negro de terno elegante — Bellamy, lembrou John de repente — estava finalizando uma de suas entrevistas quando o coronel Willis entrou na sala com os dois enormes soldados, que imediatamente algemaram John. A caminho da sala do coronel, o grupo atravessou o prédio a passo acelerado, como se alguém tivesse sido pego colando na prova de matemática.

— O que está acontecendo? — perguntou John aos soldados, mas eles simplesmente o ignoraram.

Bellamy emergiu da sala do coronel caminhando rapidamente, o peito estufado.

— Soltem ele! — ordenou aos soldados. Os guardas se entreolharam. — Agora! — acrescentou.

— Façam o que ele está dizendo — disse o coronel.

Uma vez que John ficou livre das algemas, Bellamy o ajudou a se levantar e o retirou da sala do coronel.

— Fique certo de que você e eu nos entendemos — disse o coronel antes que os dois virassem a esquina.

Bellamy murmurou algo ininteligível.

— Foi alguma coisa que eu fiz? — perguntou John.

— Não. Apenas me acompanhe.

Eles sairam do prédio para a luz do sol. O rebuliço geral das pessoas lembrava um formigueiro ao ar livre, sob as nuvens e o vento.

— Do que se trata tudo isso? O que foi que eu fiz? — John perguntou novamente.

Em breve se aproximaram de um soldado alto e magro, de cabelos ruivos e rosto sardento.

— Não! — disse o homem em voz baixa, mas enérgica, ao ver Bellamy e John chegarem.

— É o último — falou Bellamy. — Eu lhe dou a minha palavra, Harris.

— Estou pouco me lixando para a sua palavra — retrucou Harris. — A gente tem que parar com isso. Vão acabar nos pegando.

— Já era.

— Como assim?

— Fomos pegos, mas eles não podem provar nada. Portanto, este é o último. — E acenou para John.

— Posso perguntar do que estamos falando? — quis saber John.

— Apenas vá com Harris — respondeu Bellamy. — Ele vai tirar você daqui. — Então enfiou a mão no bolso e tirou um maço grosso de notas. — É só o que me resta — disse. — Ele é o último, quer eu goste ou não.

— Merda — reclamou Harris. Estava claro que ele não queria fazer aquilo, mas também era óbvio que tampouco se dispunha a recusar aquele monte de dinheiro. Olhou para John. — O último?

— O último — confirmou Bellamy, enfiando o dinheiro na mão de Harris. Então deu um tapinha no ombro de John. — Vá com ele — repetiu. — Eu teria feito mais, se tivesse mais tempo — explicou. — Por enquanto, o máximo que posso fazer é tirar você daqui. Tente o Kentucky, se puder. É mais seguro do que a maioria dos outros lugares. — Então Bellamy se afastou, banhado pela luz do sol de verão.

— O que significa tudo isso? — John perguntou a Harris.

— É provável que ele tenha acabado de salvar sua vida — explicou Harris. — O coronel acha que você ia receber uma proposta.

— Uma proposta de quem? Para fazer o quê?

— Assim pelo menos — disse Harris, contando o dinheiro — você não estará aqui, mas vai continuar vivo.

14

SENTADO NA CAMA, HAROLD OLHAVA os pés e não parava de reclamar.

Agosto maldito.

Tosse maldita.

Jacob e Patricia dormiam em suas respectivas camas. A testa de Jacob brilhava de suor, mas a dela permanecia seca. Patricia estava sempre com frio, apesar da umidade opressora da região, que parecia sufocar a todos como uma toalha molhada.

Pela janela acima da cama, Harold podia ouvir gente falando e se movimentando. Alguns eram soldados, mas não a maioria. Havia muito que a quantidade de internos naquela prisão específica superara a de guardiões. Embora não pudesse ter certeza, Harold estimava que o número de prisioneiros já alcançara alguns milhares. Era difícil manter a conta.

Do lado de fora, perto da janela de Harold, dois sujeitos conversavam aos sussurros. O velho homem segurou a respiração e pensou em se levantar para ouvir melhor, mas mudou de ideia por não confiar na solidez da cama. Assim, apenas conseguiu escutar o som dos sussurros e o tom de frustração dos interlocutores.

Harold mudou de posição na cama. Pôs os pés no chão e se espreguiçou silenciosamente. Então se levantou e fitou a janela, esperando poder escutar algo mais da conversa, mas os malditos ventiladores do corredor zuniam feito um enxame de abelhas gigantes.

Querendo ir lá para fora, enfiou os pés ainda coçando nos sapatos.

— Algum problema? — perguntou uma voz vinda do escuro atrás dele. Era Jacob.

— Vou só dar uma caminhada — Harold falou baixo. — Deite de novo e descanse.

— Posso ir junto?

— Eu volto já — disse Harold. — Além do mais, preciso que você fique para tomar conta da nossa amiga — continuou, apontando para Patricia. — Ela não pode ficar sozinha, nem você.

— Ela não vai saber.

— E se ela acordar?

— Posso ir com você? — o menino repetiu.

— Não. Eu preciso que você fique aqui.

— Mas por quê?

De fora, veio o ronco de veículos pesados se movimentando na rua e o som dos soldados e suas armas.

— Marty? — disse a mulher, gesticulando no ar enquanto acordava. — Marty, onde está você?

Jacob a olhou. E logo olhou de volta para seu pai. Harold limpou a boca com a mão e lambeu os lábios. Apalpou os bolsos, mas não achou cigarros.

— Está certo — disse ele, tossindo um pouco. — Se é nosso destino estarmos todos acordados ao mesmo tempo, então vamos sair juntos. Levem tudo que não querem que roubem de vocês — explicou Harold. — É bem provável que essa seja a última vez que dormimos aqui. Quando a gente voltar, seremos uns sem-teto, ou melhor, uns sem-cama.

— Ah, Charles — disse a velha, sentando-se na cama e vestindo um casaco leve.

Antes mesmo de o grupo de Harold virar a primeira esquina, um bando de gente já tinha se apossado da sala de artes.

Permitir que dormissem no ateliê de arte, poupando-os de conviver num espaço superlotado com todos os outros, foi a melhor coisa que o agente Bellamy fez por Harold, Jacob e a sra. Stone. Bellamy e Harold nunca haviam falado disso, mas Harold era inteligente o bastante para saber a quem agradecer.

Agora, com todos deixando a sala e passando para um lugar desconhecido, Harold se perguntou se cometia algum tipo de traição.

Em todo caso, nada mais restava a fazer.

* * *

Do lado de fora, o ar estava úmido e denso. No leste, o sol começava a invadir a madrugada. Harold viu que amanhecia e que passara a noite em claro.

O barulho dos caminhões e dos soldados gritando instruções se intensificara. Jacob pegou a mão do pai. A velha também se aproximou.

— O que está acontecendo, Marty?

— Não sei, querida — disse Harold. Ela enlaçou seu braço ao dele e estremeceu ligeiramente. — Não se preocupem — acrescentou Harold. — Eu vou tomar conta de vocês dois.

Quando o soldado se aproximou, Harold pôde ver, mesmo no lusco-fusco do amanhecer, como ele era novo. Dezoito anos, no máximo.

— Venham comigo — ordenou o jovem soldado.

— Por quê? O que está acontecendo?

Harold estava preocupado com a possibilidade de um motim estourar. A pressão vinha aumentando em Arcadia naquelas duas últimas semanas. Gente em excesso confinada contra a vontade, num espaço pequeno demais. Ressurgidos em excesso querendo voltar para suas vidas. Vivos Autênticos em excesso fartos de verem os Ressurgidos tratados como criaturas em vez de pessoas. Soldados em excesso envolvidos com algo muito maior do que eles. Para Harold, estava muito claro que tudo aquilo iria acabar mal.

Há um limite para o que as pessoas se dispõem a tolerar.

— Por favor — pediu o soldado —, é só me acompanhar. Estamos transferindo todos.

— Transferindo para onde?

— Para pastagens mais verdes — explicou o soldado.

Justo nesse momento, da direção do portão de entrada, veio o som de alguém gritando. Harold pensou reconhecer a voz. Todos se viraram e, apesar de estar um pouco longe e de haver ainda pouca luz àquela hora do amanhecer, Harold distinguiu Fred Green peitando, literalmente, um dos guardas da entrada. Ele berrava e apontava o dedo como um louco, atraindo toda a atenção possível.

— Que diabos é aquilo? — quis saber o soldado.

— Fred Green — disse Harold, com um longo suspiro. — Confusão na certa.

Mal o velho explicara e uma multidão aos gritos saiu, como que vomitada, pelo prédio da escola. Harold estimou entre vinte e cinco e trinta pessoas correndo e berrando, algumas empurrando os soldados para longe do caminho. Gritavam e tossiam. Rolos densos de fumaça branca começavam a emergir pelo batente da porta e por algumas janelas.

Atrás da multidão, de onde vinham a fumaça e a gritaria, escutava-se uma voz abafada se aproximar da porta por onde todos saíam desembestados, gritando:

— Somos a favor dos vivos!

— Que inferno — disse Harold, olhando novamente para o portão de entrada. Soldados corriam por todos os lados, enquanto todos ali tentavam entender o que estava acontecendo.

Fred Green desaparecera.

É bem provável que tenha sido ele quem começou tudo isso, pensou Harold.

Marvin Parker surgiu repentinamente de dentro da escola, envolto na nuvem de fumaça. Usava botas, máscara de gás e uma camiseta com os dizeres SAIAM DE ARCADIA escritos com caneta hidrográfica. Em seguida, ele atirou uma pequena lata verde no chão, perto da porta da escola. Em um instante, a lata explodiu e começou a soltar fumaça branca.

— Somos a favor dos vivos! — gritou novamente, a voz abafada pela máscara de gás.

— O que está acontecendo? — perguntou a sra. Stone.

— Venha por aqui — respondeu Harold, afastando-a do tumulto.

O jovem soldado com quem Harold falava já se lançara em direção à turba, com o rifle em prontidão, mandando todos retrocederem.

Dois soldados derrubaram Marvin Parker. Qualquer gentileza que tivessem normalmente demonstrado ao velho desaparecera. Parker soltou o braço em cima dos dois, e até acertou um soco em cheio em um deles, mas não passou disso. Eles o puxaram pelas pernas, e ele aterrissou com um baque forte, seguido de um grito abafado de dor.

Mas já era tarde demais para deter os acontecimentos. Todos estavam furiosos. A pressão sobre os Ressurgidos na escola havia se acumulado por tempo excessivo. Estavam cansados de viver detidos, afastados de seus entes queridos. Estavam cansados de ser tratados como Ressurgidos, e não como pessoas.

Pedras e garrafas de vidro começaram a voar. Harold viu uma das carteiras da sala de aula cair em cheio na cabeça de um dos soldados. Ele desmoronou, segurando o capacete.

— Meu Deus! — exclamou a sra. Stone.

Os três conseguiram se refugiar atrás de um dos caminhões, do outro lado do estacionamento. Enquanto corriam, Harold ouviu só gritaria e xingamentos atrás dele. Então, ficou atento aos estampidos de tiros e aos gritos dos feridos.

Harold levantou Jacob, segurando-o firme sob um dos braços. Com o outro, manteve a sra. Stone perto dele. Ela chorava baixinho, exclamando "Meu Deus" repetidamente.

— O que está acontecendo? — quis saber Jacob, o hálito quente arrepiando o pescoço de Harold, a voz cheia de terror.

— Está tudo bem — tentou apaziguar Harold. — Já vai acabar. As pessoas só estão com medo. Com medo e frustradas. — Os olhos dele começaram a arder, e ele sentiu uma coceirinha na garganta. — Fechem os olhos e tentem prender a respiração — mandou.

— Por quê? — perguntou Jacob.

— Faça o que estou mandando, meu filho — disse Harold, com a voz zangada apenas para encobrir o medo. Procurou em volta por qualquer lugar para onde pudesse levá-los em segurança. Ao mesmo tempo, temia que algum soldado os confundisse com os baderneiros do motim. Afinal, era isso que aquilo era, um verdadeiro motim, que ele jamais imaginara que pudesse acontecer ali, pois só acontecia na TV, em cidades superlotadas, onde gente demais era vítima de injustiças.

O cheiro do gás lacrimogêneo se intensificou. Ardia muito. O nariz de Harold começou a escorrer, e ele não conseguia parar de tossir.

— Papai? — chamou Jacob, aterrorizado.

— Está tudo certo — respondeu Harold. — Não precisa ficar com medo. Vai dar tudo certo. — E olhou em torno da quina do caminhão atrás do qual se abrigavam. Uma coluna ampla e gorda de fumaça branca como neve emergia da escola, subindo em direção ao céu da manhã. O som da briga começara a ceder. Escutavam-se, sobretudo, dúzias de pessoas tossindo. De dentro da nuvem formada, volta e meia se ouvia o choro de alguém.

As pessoas que emergiam da fumaça caminhavam às cegas, com os braços estendidos, tossindo. Os soldados permaneceram além do alcance dela, aparentemente satisfeitos ao ver todos se acalmando.

— Está quase acabando — disse Harold. De relance, viu Marvin Parker de bruços no chão, sem a máscara de gás.

O homem não se parecia em nada com a imagem que Harold guardara dele na memória. Sim, continuava alto, pálido e magro, com rugas profundas ao redor dos olhos e aquele cabelo vermelho-fogo de sempre, mas parecia mais duro, mais frio. E até sorria enquanto algemavam seus pulsos atrás das costas.

— Isso aqui ainda não acabou — gritou, o rosto tenso e cruel, os olhos lacrimejando por causa do gás.

— Meu Deus — exclamou de novo a sra. Stone, agarrando-se ao braço de Harold. — O que está acontecendo com as pessoas? — perguntou.

— Vai ficar tudo bem — respondeu Harold. — Vou cuidar para que estejamos em segurança. — E vasculhou a memória em busca do que sabia, ou achava que sabia, a respeito de Marvin Parker. Nada do que lembrou, exceto o fato de que Marvin lutara boxe por um tempo, contribuiu para esclarecer aquele momento.

— Onde foi parar Fred Green? — perguntou-se Harold em voz alta, olhando para os lados. Mas não conseguiu encontrá-lo.

* * *

A mulher do pastor Peters dificilmente o interrompia depois que ele se fechava no escritório. A menos que ele a chamasse para ajudá-lo na escrita, ela não se intrometia e o deixava à vontade para criar seus sermões. Só que agora uma senhora muito alterada implorava para falar com ele.

A esposa do pastor acompanhou Lucille pela casa, devagar, segurando-a pela mão enquanto caminhavam. A velha apoiara seu peso na minúscula mulher.

— A senhora é muito gentil — disse Lucille, andando mais lentamente do que queria. Com a outra mão, agarrava sua Bíblia de couro, com a capa já gasta. Algumas páginas já começavam a rasgar, o dorso estava quebrado e a capa da frente, lacerada e suja. Parecia exausta, como a dona.

— Preciso de uma bênção, pastor — disse Lucille depois de se acomodar no escritório, quando a esposa do pastor já os deixara a sós. Então enxugou a fronte com um lenço e passou a mão na capa da Bíblia, como se isso fosse lhe trazer sorte. — Me sinto perdida. Perdida e vagando no deserto de uma alma que indaga.

O pastor sorriu.

— Muito eloquente — respondeu, torcendo para não ter soado tão condescendente como pensara.

— É a realidade, pastor, só isso. — Lucille secou os cantos dos olhos e fungou. As lágrimas viriam em breve.

— Qual é o problema, Lucille?

— Tudo — ela respondeu com a voz presa à garganta. Pigarreou. — O mundo inteiro enlouqueceu. Agora as pessoas podem arrancar os outros de suas casas como se fossem condenados. Até arrancaram a maldita porta da minha casa, pastor. Demorei meia hora para consertá-la. Quem é que faz uma coisa assim? É o fim dos tempos, pastor! Que Deus nos ajude.

— Sra. Lucille, eu nunca achei que fosse do tipo que acredita no fim do mundo.

— Nem eu, mas olhe em volta. Veja como as coisas mudaram. É simplesmente horrível. Acho que nem mesmo Lúcifer tem culpa por nossa condição atual, pelo menos não da forma que dizem. Talvez ele nem tenha entrado no jardim. Talvez Adão e Eva tenham comido a fruta sem incentivo de ninguém e depois resolveram culpar Lúcifer. Eu nunca teria pensado numa coisa dessas antes. Mas agora, depois de ver como as coisas estão...

Ela deixou a frase desvanecer.

— Quer beber alguma coisa, senhora?

— Quem é que pode tomar alguma coisa numa hora dessas? — respondeu ela. Mas logo se retratou: — A bem da verdade, um chá cairia bem.

— Ah, é isso que eu queria ouvir — disse o pastor, batendo palmas com suas enormes mãos.

Quando ele voltou com a xícara de chá, Lucille estava bem mais tranquila. Finalmente, havia largado a Bíblia e a colocado na mesinha ao lado. Apoiara as mãos no colo. Os olhos estavam menos inchados e vermelhos do que quando chegara.

— Aqui está — afirmou o pastor.

— Obrigada. — Tomou um gole. — Como vai sua esposa? Ela parece um pouco perturbada.

— Ela está um pouco preocupada com as coisas, só isso.

— Bem, há muito com que se preocupar.

— Como o fim dos tempos? — O pastor sorriu.

Ela soltou um suspiro.

— Já faz várias semanas que eles estão trancados naquele lugar.

O pastor assentiu.

— Você está autorizada a visitá-los, não é?

— No início, eu podia visitá-los todos os dias. Eu levava comida, lavava as roupas, e a toda hora lembrava ao meu filho que a mãe dele o amava e não havia se esquecido dele. Foi difícil, mas na época deu para aguentar. Mas agora... as coisas se tornaram insuportáveis.

— Ouvi dizer que não permitem mais visitas — disse o pastor Peters.

— É isso mesmo. E desde antes de ocuparem a cidade inteira. Nunca pensei que eles poderiam isolar uma cidade inteira desse jeito. Nunca imaginaria isso em toda minha vida. Mas claro que uma coisa não vai deixar de acontecer só porque eu não consigo imaginá-la. É a falha do solipsista. A verdade das coisas está bem ali fora. Só é preciso abrir a porta e ali está. Tudo ali. Tudo o que eu não consigo imaginar, bem ali, para você estender a mão e cumprimentar. — A voz dela se quebrou.

O pastor se inclinou para frente na cadeira.

— A senhora faz parecer que é culpada pela situação.

— Mas como poderia ser minha culpa? — retrucou ela. — O que eu poderia ter feito para desencadear qualquer uma dessas coisas? Fui eu quem fez o mundo do jeito que é? Fui eu quem fez as pessoas mesquinhas e covardes? Fui eu quem fez as pessoas ciumentas, violentas e invejosas? Fui eu quem fez qualquer uma dessas coisas? — Novamente, suas mãos tremiam. — Fui eu?

O pastor Peters deu uns tapinhas de consolo no dorso da mão de Lucille.

— Claro que não foi a senhora. Mas, agora, diga-me: quando foi a última vez que falou com Harold e Jacob? Como eles estão?

— Como eles estão? Eles são prisioneiros. Como é que deveriam estar? — Lucille enxugou os olhos e atirou a Bíblia no chão. Levantou-se e começou a caminhar de um lado a outro diante do pastor. — Tem de haver um sentido em tudo isso. Tem de haver algum tipo de plano. Não é mesmo, pastor?

— Espero que sim — disse o pastor, com cautela.

Lucille bufou.

— Vocês, jovens pastores... Ninguém lhes ensinou a transmitir ao rebanho a ilusão de que possuem todas as respostas?

O pastor riu.

— Faz um tempo que eu desisti de todas as ilusões — respondeu.

— E eu não sei o que fazer a respeito de nada — disse Lucille.

— As coisas vão mudar — afirmou ele. — Essa é a única coisa de que tenho certeza absoluta. Mas como essa mudança vai acontecer, e em que vai consistir, aí já não sei mais.

— Então o que vamos fazer? — perguntou Lucille, pegando a Bíblia de volta.

— A gente faz o que pode.

* * *

Lucille permaneceu sentada, sem dizer nada por muito tempo. Apenas fitava a Bíblia e pensava no que o pastor dissera e no que "fazer o que se pode" significava para ela. Sempre fora o tipo de pessoa de fazer o que mandavam, e sempre buscara a Bíblia como a melhor fonte de orientações sobre como agir em momentos decisivos da vida. Ela lhe dissera como se comportar quando criança. Ela lhe dissera como se comportar quando deixou de ser criança e entrou na adolescência. É verdade que, em certos momentos, tivera dificuldade em seguir os conselhos da Bíblia, comportando-se de modo, se não proibido pelo livro sagrado, sem dúvida malvisto. Mas aqueles tinham sido bons tempos, e, no fim das contas, Lucille não causara dano a ninguém, nem sequer a si mesma.

Depois que se casou, continuou com a Bíblia ao seu lado, cheia de respostas. Respostas sobre como ser uma boa esposa, embora algumas partes ela simplesmente ignorasse. Nos dias de hoje, algumas regras sobre ser esposa não faziam sentido nenhum. Sinceramente, pensara Lucille, talvez também não fizessem sentido nos tempos bíblicos. E se tivesse agido do mesmo modo que aquelas mulheres na Bíblia... Bem, vamos dizer apenas que o mundo seria um lugar muito diferente, e Harold muito provavelmente teria se matado de tanto beber, fumar e comer, e não presenciaria o milagre do ressurgimento de seu filho.

Jacob. Esse era o cerne da questão. Esse era o motivo de todas as suas lágrimas. Estavam matando os Ressurgidos. E faziam isso para se livrar deles.

Não era em todo lugar, mas estavam, sim, ocorrendo assassinatos.

Havia mais de uma semana que a TV noticiava. Em alguns países, lugares conhecidos pela brutalidade, os Ressurgidos eram mortos assim que identificados. E depois queimavam seus corpos como se fossem doentes contagiosos. A cada noite, mais e mais notícias eram transmitidas pela televisão, mais vídeos, mais fotos e transmissões pela internet.

Justo naquela manhã, Lucille encontrara a TV ligada ao descer do quarto para tomar o café da manhã. Não conseguia entender como o aparelho podia estar ligado. Tinha certeza de tê-lo desligado antes de dormir. Mas, no fim das contas, não achou ser totalmente impossível que, aos setenta e três anos de idade, ela pudesse pensar que fez uma coisa que de fato não fez.

Era cedo ainda, e um homem negro, careca, com um bigode fininho e perfeito, falava algo em voz muito baixa. Atrás do sujeito, no estúdio, Lucille notou uma porção de gente perambulando. Todos pareciam jovens e usavam camisas brancas e gravatas discretas. Todos ambiciosos, pensou Lucille. Todos querendo sair logo das sombras para um dia se sentar na cadeira do careca em primeiro plano.

Ela aumentou o volume e sentou no sofá para escutar o homem, mesmo sabendo que não iria gostar das notícias.

— *Bom dia* — disse o homem na TV, claramente retomando o início do ciclo de notícias em que se encontrava naquele momento. — O *governo da Romênia determina que os Ressurgidos não têm direitos civis inerentes e os declara "seres únicos". Portanto, eles não estão sujeitos à mesma proteção que os outros.*

Lucille respirou fundo. Não imaginava o que mais poderia fazer.

O jornalista sumira da tela, aparecendo, então, uma paisagem urbana que Lucille deduziu ser na Romênia. Um sujeito, obviamente um Ressurgido, pálido e de feições cavadas, era escoltado para fora de casa por dois soldados imberbes e magros. Estes caminhavam com passos constrangidos, como se fossem jovens demais para compreender como funcionava a dinâmica locomotora de seus corpos.

— O destino das crianças... — disse Lucille para uma casa vazia. Sentiu o peito se comprimir ao pensar nos Wilson, em Jacob e em Harold. Suas mãos tremeram, e a TV pareceu se diluir por trás das lágrimas que lhe brotaram sem mais. Sentia-se confusa. E as lágrimas correram pela face para se acumular nos cantos da boca.

Em algum momento dessa história toda, embora não soubesse dizer exatamente quando, ela prometera a si mesma não chorar por causa dos acontecimentos. Achava-se velha demais para chorar. Para ela, havia um momento na vida em que tudo que pudesse fazer a pessoa chorar já deveria estar no passado. E, embora ainda fosse uma mulher sensível, o fato era que não gostava de chorar, ou talvez tivesse vivido tempo demais com Harold, a quem nunca vira chorar. Nem uma única vez.

Mas era tarde demais agora. Estava chorando, e não havia nada que pudesse fazer, e, pela primeira vez em muitos e muitos anos, sentiu-se viva.

O noticiário mostrou as imagens do Ressurgido sendo algemado e colocado na parte de trás de um caminhão militar, ao lado de outro Ressurgido.

— *Até agora não tivemos nenhum pronunciamento por parte da* OTAN, *da* ONU *ou da Agência para os Ressurgidos sobre a iniciativa romena. Assim, embora tenham sido poucos os governos a emitir algum comentário, estes se dividem igualmente entre os que são a favor da iniciativa romena e os que acreditam que as ações do governo violam os direitos humanos básicos.*

Lucille sacudiu a cabeça, o rosto ainda molhado de lágrimas.

— O destino das crianças... — repetiu.

E ele não estava unicamente determinado por esses "outros países". De jeito nenhum.

Ali mesmo, nos Estados Unidos, isso estava acontecendo. O Movimento dos Vivos Autênticos, daqueles malditos idiotas, continuava crescendo. Emergia, em todas as variações possíveis, de um lado a outro do país. Na maioria das vezes, eles se limitavam a falar bobagens. Mas, de vez em quando, alguém aparecia morto, e um grupo qualquer que se dizia a favor dos vivos assumia a responsabilidade.

Já acontecera em Arcadia, apesar de ninguém tocar no assunto. Um Ressurgido estrangeiro fora encontrado morto numa vala paralela à rodovia. Assassinado por um tiro de rifle calibre .30-06.

Tudo parecia desmoronar mais a cada dia. E Lucille não conseguia fazer outra coisa senão pensar em Jacob.

Pobre Jacob. Pobre Jacob.

* * *

Depois de Lucille ter ido embora e de a mulher do pastor finalmente se retirar para dormir, ele se viu sozinho no escritório, relendo a carta que recebera da Agência para os Ressurgidos.

Por motivos de segurança pública, Elizabeth Pinch e todos os Ressurgidos naquela região específica do Mississippi estavam detidos em Meridian. A carta fornecia pouquíssimos detalhes. Apenas acrescentava que os Ressurgidos eram tratados de forma condizente com a situação, sendo expressamente observados todos seus direitos humanos. Tudo parecia muito formal e apropriado, puramente burocrático.

Além do escritório, a casa estava quieta. Ouvia-se apenas o pesado e rítmico tique-taque do relógio carrilhão antigo, de pé no fim do corredor, o qual pertencia à mulher. Fora presente do pai dela, dado por ele alguns meses antes de morrer de câncer. Ela crescera embalada pelo som daquele enorme relógio antigo batendo ritmicamente nas noites de sua infância. No início do seu casamento, ela ficara tão perturbada pela ausência do tique-taque do relógio que tiveram de lhe comprar um metrônomo para que conseguisse dormir.

O pastor caminhou até o corredor e se postou diante do relógio. O aparelho tinha mais de um metro e oitenta de altura, e entalhes sofisticados decoravam o pedestal de madeira. O pêndulo, do diâmetro de um punho, funcionava tão bem e com tanta suavidade que não parecia ter mais de cem anos.

O relógio fora praticamente a única herança que a esposa recebera do pai. Quando ele morreu, ela brigou ferozmente com as irmãs e o irmão não pelo custo do enterro ou pelo que fazer com a casa do pai, com suas terras ou sua escassa poupança, mas pelo relógio carrilhão. E até então o relacionamento entre eles continuava tenso.

O pastor Peters se perguntava onde estaria o pai deles agora. Ele percebera quanto sua mulher passara a cuidar mais do relógio — que cheirava a óleo e a limpeza — desde que os Ressurgidos começaram a aparecer.

O pastor deixou o relógio para trás e continuou seu passeio pela casa. Foi até a sala, onde permaneceu por um tempo olhando as coisas, catalogando-as na memória. A mesa de centro, eles a haviam encontrado quando se mudaram do Mississippi. Já o sofá, eles o tinham comprado numa visita da igreja a Wilmington, bem mais perto que o Tennessee, e fora uma das poucas compras com a qual os dois haviam concordado. O estofamento era em padrão azul e branco — "Azul Carolina", declarara o vendedor com orgulho —, com bordas alternadamente azuis e brancas em torno dos assentos. Os braços giravam para fora, e havia grandes almofadas macias.

Era o exato oposto da mesa que ela comprara no Tennessee. Ele a detestara desde que batera os olhos nela. Era frágil demais, escura demais, com a borda plana. Na sua opinião, simplesmente não valia a pena.

O pastor Peters andou pela sala, catando os livros que deixara fora do lugar. Pegava-os lentamente, com cuidado, tirando a poeira de cada um. Então os colocava de volta na estante. Volta e meia, abria um e passava um dedo entre as páginas para sentir a textura e o cheiro do papel, como se nunca mais fosse ver outro livro, como se a inevitável marcha do tempo tivesse finalmente vencido.

A limpeza demorou para acabar, e ele perdeu a noção do tempo. Então, os grilos começaram a se calar e, em algum lugar distante do mundo, um cachorro dedicou uns latidos ao sol nascente.

Sentiu que havia esperado tempo demais.

Mas, apesar do erro, apesar do medo, ele seguiu se movendo devagar e em silêncio pela casa.

Primeiro, foi ao escritório e pegou a carta que recebera da Agência para os Ressurgidos e, em seguida, o caderno de anotações e a Bíblia. Guardou tudo na pasta que sua mulher lhe dera no Natal passado.

Então, tirou a mala de trás da mesa do computador. Deixara para arrumá-la no dia anterior, pois, como sua mulher botava a roupa para lavar a toda hora, ela teria reparado que faltavam roupas no armário dele se tivesse feito a mala com muita antecedência. E ele queria ir embora com o mínimo de problemas possível, por mais covarde que isso fosse.

O pastor saiu pela porta da frente e colocou a mala e a pasta no banco de trás do automóvel. O sol já nascera. Ainda estava atrás das árvores, mas subia a cada minuto.

Ele voltou e foi lentamente até seu quarto. A mulher dormia, parecendo uma pequena bola no meio da cama.

Isso vai magoá-la muitíssimo, pensou.

Logo iria acordar. Ela sempre acordava cedo. Ele colocou um bilhete na mesa de cabeceira e pensou brevemente em beijá-la.

Resolveu que não e saiu.

* * *

Ela se levantou numa casa vazia. No corredor, o relógio carrilhão marcava a hora. A luz do sol transpassava as persianas. A manhã já começara a esquentar. *Vai ser um dia quente*, pensou.

Chamou o marido, mas ele não respondeu. *Deve ter adormecido no escritório de novo*, pensou. Ele adormecia no escritório com muita frequência ultimamente, o que a deixava preocupada. Já ia chamá-lo mais uma vez quando viu o bilhete na mesa de cabeceira. Seu nome estava escrito com simplicidade na letra caótica do marido.

Ele não era do tipo que deixava bilhetes.

Ela não chorou quando o leu. Apenas pigarreou como se tivesse uma resposta para dar àquelas palavras. Permaneceu ali, apenas escutando a própria respiração e o bater mecânico do relógio no corredor. Pensou no pai. Os olhos se marejaram de lágrimas, mas nem assim ela chorou.

As palavras, de aspecto borrado e distante, pareciam emergir de uma névoa pesada. De qualquer modo, ela tornou a ler o bilhete: "Amo você", dizia. E, logo abaixo: "Mas eu preciso saber".

Jim Wilson

Jim não estava entendendo nada. Nem os soldados, nem o papel que Fred Green desempenhara naquilo tudo. Jim sempre se lembrara de Fred Green como uma pessoa agradável. Não haviam sido amigos, estritamente falando, mas só porque nunca haviam trabalhado juntos e passavam o tempo livre em círculos diferentes. Eles simplesmente nunca tiveram tempo de ficar amigos, pensou Jim. Mas como isso podia levar ao atual estado de coisas?, perguntou-se.

Estava preso agora. Fora levado por soldados armados, ele e sua família, e, por algum motivo, Fred Green estivera presente, observando. Chegara logo atrás do caminhão dos soldados e, sem sair do carro, ficara olhando enquanto Jim e Connie, e também as crianças, eram retirados da casa com as mãos algemadas.

O que mudara em Fred? Essa era uma pergunta que tirava o sono de Jim. Se ele tivesse pensado nisso antes, com antecedência bastante para poder responder mais cedo, talvez agora não estivessem todos presos.

Jim e sua família, juntos na escola superlotada, faziam fila para o almoço, que, como sempre, seria insuficiente para lhes saciar a fome.

— O que aconteceu com ele? — perguntou Jim à sua mulher. Ele já lhe fizera a mesma pergunta antes, mas até agora nenhuma das respostas que a mulher lhe dera contribuíra muito para resolver o enigma. E Jim descobriu que um enigma, mesmo sombrio como Fred Green, era uma boa maneira de distraí-lo do que estava acontecendo com sua família. — Ele nem sempre foi assim.

— *Quem?* — *perguntou Connie. Ela limpou a boca de Hannah, que agora vivia mastigando coisas, desde que eles haviam sido presos... detidos... pouco importava a palavra. Connie sabia que o medo se manifestava de maneiras estranhas.* — *Você não tem mais idade de se portar como um bebê* — *repreendeu-a.*

Já Tommy não andava dando tanto trabalho, felizmente. Ainda assustado com a maneira como haviam sido levados da casa dos Hargrave, ele não tinha energia para se portar mal. Apenas ficava sentado a maior parte do tempo, sem falar muito, parecendo muito longe dali.

— *Ele não era assim* — *disse Jim.* — *O que foi que mudou? Foi ele que mudou? Fomos nós? Ele me parece perigoso.*

— *De quem você está falando?* — *quis saber Connie, frustrada.*

— *De Fred. Fred Green.*

— *Ouvi dizer que a mulher dele faleceu* — *comentou Connie sem alterar o tom de voz.* — *Ouvi dizer que depois disso ele nunca mais foi o mesmo.*

Jim fez uma pausa. Quando tentava, conseguia recuperar algumas lembranças da mulher de Fred. Ela cantava, e muito bem. Ele se lembrava dela alta e esbelta, como uma ave nobre e garbosa.

Jim observou sua família. Olhou-os repentinamente consciente de tudo o que eram, repentinamente consciente de tudo o que significavam, de tudo quanto qualquer um pode significar para alguém.

— *É, imagino que isso possa acontecer* — *disse ele. Então se inclinou e beijou a mulher, prendendo a respiração como se isso fosse prolongar o momento, como se esse único beijo pudesse proteger do mal sua mulher, sua família e tudo o que ele amava; como se pudesse protegê-lo do abandono.*

— *E a que devo esse beijo?* — *perguntou Connie depois que os lábios de ambos finalmente se separaram. Ela havia corado e se sentia um pouco zonza, como costumava se sentir quando era jovem e beijos ainda eram novidade para os dois.*

— *A tudo que eu não sei dizer com palavras.*

15

HAROLD NÃO CHEGAVA A PONTO de admitir que havia gostado do jovem soldado, mas podia muito bem dizer que via algum mérito no rapaz. Ou, se não mérito, algo de familiar. E, num mundo em que os mortos não permaneciam mortos, a familiaridade, sob qualquer aspecto, era uma bênção.

Era aquele mesmo rapaz que conhecera na manhã do motim, havia pouco mais de uma semana. Um elo se estabelecera entre os dois naquela ocasião. De algum modo, ninguém ficara gravemente ferido depois de a poeira abaixar naquele dia. Apenas uma quantidade razoável de arranhões, esfoladuras e hematomas em consequência da intervenção dos soldados para acalmar os ânimos. Uma pessoa, segundo Harold ouvira dizer, fora levada para o hospital, mas por causa de uma reação alérgica ao gás lacrimogêneo. E mesmo ela se recuperou rapidamente.

Tudo parecia distante agora, como se estivessem há anos do ocorrido. Mas, do mesmo modo que muitas outras coisas no Sul, Harold sabia que os ferimentos não estavam realmente cicatrizados. Haviam somente sido encobertos pelo calor e pelas infindáveis demonstrações de cortesia por parte do pessoal da região.

As tensões continuavam à flor da pele.

* * *

Harold estava sentado num banco de madeira, ao lado da cerca conhecida como "a Barricada".

Enfeitada com arame farpado, a Barricada crescera num ritmo horrível e assustador. Começando no extremo sul da cidade, onde estava o Long's Gasolina, Armas e Equipamento, serpenteava em meio aos quintais e às ruas, fazendo fronteira com algumas casas que não eram mais residências, mas guaritas para os soldados. Rapidamente a cerca passou a cingir toda a cidade, inclusive a escola, agora malcheirosa e arruinada, rodeando inúmeras residências e lojas, assim como o prédio dos bombeiros, onde também se encontrava o escritório do xerife. Com o apoio dos militares e de suas armas, a Barricada abrangia tudo.

Somente as casas além dos limites da cidade ficavam de fora do perímetro da cerca. Ali moravam fazendeiros ou aqueles que não gostavam de viver no meio urbano, como Harold e Lucille, o pastor e alguns outros. Na cidade, as casas tinham virado dormitórios. A escola ficara abarrotada, portanto os moradores das casas foram transferidos para hotéis em Whiteville. Então, soldados adaptaram as antigas residências com as inevitáveis camas, e elas passaram a ser ocupadas pelos Ressurgidos. Quando a população foi obrigada a se mudar, houve protestos gerais. No entanto, Arcadia não era a única cidade nem os Estados Unidos o único país onde o fato estava acontecendo.

Simplesmente, de súbito, havia gente demais no mundo. Era preciso fazer concessões em prol da vida.

Desse modo, Arcadia, com suas casas e prédios, estava completamente tomada pelo acontecimento, pela cerca e pelos soldados, pelos Ressurgidos e por todas as complicações e tensões que os acompanhavam.

Mas Arcadia não fora projetada para muita gente. Assim, o alívio que veio com a expansão além da escola se dissipou tão rapidamente quanto surgiu. Mesmo com a cidade inteira envolvida, não havia paz.

De sua parte, Harold se sentiu contente porque ele e Lucille há muito tinham escolhido morar fora da cidade. Ele não conseguia imaginar sua casa ocupada e entregue a estranhos, mesmo que essa fosse a decisão certa.

Além da Barricada, havia uma faixa de terra de seis metros de largura, limitada por outra cerca. Ali, os soldados eram dispostos em intervalos de cem metros para, além de patrulhar a cerca, patrulhar a cidade ocasionalmente. Nessas ocasiões, formavam pequenos pelotões armados percorrendo as mesmas ruas onde crianças um dia costumavam brincar. As pessoas os paravam, querendo saber sobre o estado geral das coisas em Arcadia e no mundo e quando tudo aquilo ia acabar. Os soldados, entretanto, dificilmente se aventuravam a responder àquelas perguntas.

Em geral, faziam pouco mais do que ficar em pé ou sentados perto da cerca, parecendo ou muito pensativos, ou muito entediados, dependendo do tipo de luz que incidisse neles em determinado momento.

O jovem soldado que havia despertado o interesse de Harold se chamava Junior, nome de origem um tanto misteriosa, pois, pelo que Harold entendera da história contada por ele, o rapaz jamais conhecera o pai e, além do mais, ambos tinham nomes diferentes. Seu nome verdadeiro era Quinton, dissera o rapaz, mas, desde suas mais remotas lembranças, chamavam-no de Junior, um nome que, para ele, era tão bom quanto qualquer outro.

Junior era bem-apessoado e ansioso para agradar. O recruta ideal. Passara da vida de adolescente para a de soldado sem nunca ter feito piercing ou tatuagem, ou qualquer outra coisa de particularmente rebelde. Alistara-se no exército por insistência da mãe, que o convencera de que todo homem de verdade acabava indo parar no exército. Assim, quando tinha dezessete anos e meio, tendo passado voando pelo ensino médio, sua mãe o levou para a agência de recrutamento e fez com que se alistasse.

As notas que Junior tirou nos testes não impressionaram ninguém. No entanto, ele era capaz de permanecer parado segurando uma arma e de obedecer a ordens, exatamente o que fazia agora como guarda em uma cidade abarrotada de Ressurgidos. E, mais recentemente, ele era visto cada vez mais na companhia de um velho sulista amargurado e de seu filho ressurgido. O sulista, Junior conseguia suportar; era do menino, sempre grudado no pai, que ele não gostava.

— Por quanto tempo ainda eles vão segurar você aqui? — perguntou Harold, aboletado no banquinho de madeira atrás da Barricada. Junior estava de costas para ele, e era assim que mantinham a maior parte de suas conversas. Jacob, a distância e atrás do pai, observava-o conversar com o soldado.

— Difícil dizer — respondeu Junior. — Imagino que pelo mesmo tempo que vão segurar vocês aqui.

— Bem — disse Harold no sotaque carregado típico do Sul, mas deixando transparecer certo cansaço —, acho que não vai durar mais do que o tempo que já estamos aqui. Condições como essas não podem durar muito. Alguém vai descobrir um plano, nem que seja pela graça dos galos.

Já fazia vários dias que Harold vinha inventando expressões desse tipo para provocar Junior. Quanto mais estranhas, melhor. Era fácil demais; bastava incluir alguma referência aos animais da roça, ao tempo ou à paisagem. E, quando o soldado perguntava o significado da expressão, Harold inventava na hora. Para Harold, o mais divertido era lembrar quais expressões ele já inventara e seus respectivos significados, e daí tentar não repeti-las.

— E que diabos isso quer dizer, senhor?

— Meu bom Deus! Você nunca tinha ouvido a expressão "pela graça dos galos"?

— Não, senhor, não tinha — disse Junior, virando-se para ele.

— Não acredito! Somente no dia em que raízes de batata me brotarem dos pés vou acreditar nisso, meu filho!

— Pois é — afirmou Junior.

Harold apagou o cigarro no salto do sapato e começou a extrair outro do maço já quase vazio. Junior observava.

— Você fuma, meu filho?

— Não em serviço.

— Eu guardo um para você — sussurrou Harold. Acendeu o cigarro com um gesto dramático e tragou longa e lentamente. Apesar da dor, ele dava a impressão de ser coisa fácil.

Junior olhou para o sol. Ali onde estava era mais quente do que pensara quando recebera suas ordens. Tinha escutado histórias sobre o Sul, e, sem dúvida, o calor de Topeka não era de desprezar. Mas naquela cidade o calor se incorporava ao dia a dia. Era quente sempre.

— Posso lhe fazer uma pergunta? — quis saber Harold.

Ele detestava o lugar. Disso Junior tinha certeza. Mas, pelo menos, o velho era divertido.

— À vontade.

— Como está lá fora?

— Quente, que nem aqui.

Harold sorriu.

— Não é isso que quero dizer. Levaram todos os computadores e televisões daqui. O que está acontecendo lá fora?

— A gente não tem culpa disso — falou Junior, antes mesmo de se ver acusado de alguma coisa. — São apenas ordens.

Uma pequena patrulha se aproximava. Dois soldados da Califórnia que, por algum motivo misterioso, acabavam sempre de serviço ao mesmo tempo. Vinham marchando pelo caminho, como de costume, e cumprimentaram Junior e o velho, sem lhes dar maior atenção.

— Estão estranhas — disse Junior.

— O que está estranho?

— As coisas.

Harold sorriu.

— A gente precisa trabalhar esse seu vocabulário, meu filho.

— É só que... estão todos confusos.

Harold assentiu, e o soldado completou:

— Confusos e com medo.

— Pois imagine você como é aqui dentro.

— É diferente — disse Junior. — Aí dentro as coisas estão mais sob controle. As pessoas têm o que comer. Vocês têm água limpa.

— Até que enfim — retrucou Harold.

— Certo — concordou Junior. — Admito que demoramos, mas o fato é que conseguimos resolver a questão da logística. Ainda assim, é melhor aí dentro do que aqui fora. Afinal de contas, todos que estão aí dentro então por escolha própria.

— Eu não escolhi.

— Você escolheu ficar com aquilo — disse Junior, apontando para Jacob com a cabeça.

O menino continuava sentado, quieto, no mesmo lugar, como Harold lhe dissera, sem poder ouvir a conversa. Usava uma camisa listrada de algodão e jeans que Lucille havia comprado para ele algumas semanas atrás. Limitava-se a observar o pai, volta e meia dirigindo o olhar para a cerca de aço a reverberar o calor do dia. Ele a acompanhava com o olhar, como se não pudesse compreender plenamente a razão de ela estar ali, cercando a cidade, nem o que isso significava.

Junior examinou Jacob com o olhar.

— Eles se ofereceram para se livrar dele — murmurou. — Mas você quis ficar com essa coisa, assim como todos os outros Vivos Autênticos que estão morando aí dentro. Vocês tomaram essa decisão. Portanto, não têm motivo para sentir medo ou nervosismo. A situação é boa para vocês.

— Você ainda não deve ter visto os banheiros daqui.

— Tem uma cidade inteira aí dentro. — Ele se virou para Harold. — Muita comida, água, tudo de que vocês podem precisar. Tem até um campo de beisebol.

— O campo de beisebol está ocupado. Cheio de tendas de acampar. Virou favela.

— E também há sanitários portáteis. — Junior apontou para além de Harold, onde se via uma fileira de caixas retangulares azuis e brancas.

Harold suspirou.

— Você acha aqui ruim — disse o soldado. — Isto aqui não é nada, comparado ao que está acontecendo em outros lugares. Tem um colega meu trabalhando na Coreia. Os países pequenos estão na pior. Os grandes têm lugar para botar as pessoas. Mas a Coreia, e o Japão também, esses estão comendo o pão que o diabo amassou. Simplesmente não tem lugar pra botar todo mundo. Existem uns navios-tanques — disse Junior, falando baixo. Estendeu os braços de ponta a ponta, descrevendo algo muito grande. — São quase tão grandes como os petroleiros, e estão simplesmente abarrotados deles — explicou Junior, desviando o olhar. — Tem muitos, mas muitos mesmo.

Harold observava seu cigarro queimar, enquanto Junior continuava:

— São Ressurgidos demais, e todos estão se dando mal com isso. Ninguém consegue dar conta. Ninguém os quer de volta. Muitas vezes, ninguém nem mesmo se dá o trabalho de avisar que encontrou mais um. As pessoas os deixam vagando pelas ruas. — Junior falava através da cerca. Apesar da seriedade do assunto, ele parecia indiferente a tudo. — Nós os chamamos de cargueiros da morte. Os jornais dão outro nome pra eles. Mas, realmente, são cargueiros da morte mesmo. Porões de carga cheios de mortos.

Junior continuou falando, mas Harold já não escutava. Imaginava um navio grande e escuro vagando sem direção sobre um mar calmo e opaco. Chapas de aço erguendo-se do oceano, com seus arrebites e soldas. Aquele barco atravessando o mar amaldiçoado parecia vir de um filme de terror. A bordo estavam contêineres empilhados, cada um mais pesado que o outro, todos pressionando para o fundo, semelhantes a bigornas. Abarrotados de Ressurgidos. Volta e meia o navio se erguia, como que levantado por uma onda invisível. Ainda assim, os Ressurgidos permaneciam impassíveis e despreocupados. Harold via milhares deles. Dezenas de milhares. Todos amontoados naqueles contêineres escuros e áridos, dispersos pelo mundo.

Harold se imaginou olhando para eles a uma longa distância, mas ainda capaz de absorver a visão de cada um com o senso de totalidade e completude só presente no mundo dos sonhos. Naquela Esquadra dos Mortos, o velho homem identificou cada uma das pessoas que já conhecera, inclusive o filho.

Sentiu um calafrio.

— Você devia ver — disse Junior.

Antes de responder, Harold começou a tossir. Depois, perdeu quase toda a noção das coisas. Sabia apenas que sentia muita dor e que, repentinamente, como o que lhe acontecera antes, o sol lhe abrasava o rosto e a terra subia ao seu encontro.

* * *

Harold acordou com a mesma sensação de distância e desconforto que tivera da outra vez. Sentia dor no peito. Havia algo úmido e pesado dentro dos seus pulmões. Tentou respirar, mas os órgãos não funcionavam direito. Tanto Jacob como Junior estavam ao seu lado.

— Senhor? — disse Junior, ajoelhando-se.

— Tudo bem — afirmou Harold. — Só preciso de uns minutos, mais nada. — E se perguntou por quanto tempo estivera desmaiado. Tempo suficiente para que Junior passasse por um dos portões e desse a volta na cerca para ajudar. O rifle do soldado continuava pendurado no ombro.

— Papai? — chamou Jacob, o rosto tenso.

— Sim? — disse Harold, com um tom de exaustão.

— Não morra, papai.

* * *

Naqueles dias, havia sonhos ruins de sobra para todos. Lucille praticamente desistira de dormir. Fazia tanto tempo que tivera uma noite normal, que ela nem sentia mais falta do sono. Dormir, para Lucille, se tornara uma lembrança distante, semelhante à do barulho do carro em que andava na infância, o qual, às vezes, revivia na forma de um ronco distante de automóvel na estrada.

Quando conseguia dormir, era por acaso. Acordava de repente em alguma posição incômoda. Com frequência deparava com um livro aberto no colo, diligentemente à espera de ser terminado. Às vezes, encontrava os óculos retorcidos entre as páginas de um livro.

Havia algumas noites em que ia para a cozinha só para escutar o vazio que a cercava. Memórias lhe brotavam na mente como fumaça na escuridão. Lembrava-se de Jacob e Harold na casa toda. Mais frequentemente, lembrava-se de uma noite de outubro, quando Jacob ainda era pequeno, uma noite que nada tinha de especial, mas que por isso mesmo se tornara muito especial para ela.

Com o mundo atual cheio de magia, Lucille entendia que justamente os momentos mais comuns eram os mais importantes na vida.

Lembrou-se de Harold na sala, tentando tocar violão. Apesar de ser um músico terrível, tinha muita energia e paixão pela arte. Pelo menos quando era pai. Assim, ele aproveitava para praticar sempre que não estava trabalhando, consertando alguma coisa na casa ou brincando com Jacob.

Lucille se lembrou de Jacob no quarto dele, tirando os brinquedos da caixa e atirando-os no chão para brincar. Lembrou-se do filho arrastando os móveis do quarto, mesmo depois de ter sido repetidamente advertido. Quando ela e Harold chamavam a atenção dele, o garoto simplesmente dizia: "Às vezes a brincadeira pede".

Nessa lembrança, enquanto Harold mutilava a música com seu violão e Jacob se ocupava de seus brinquedos, Lucille estava na cozinha, imersa na preparação de algum jantar comemorativo. Havia presunto no forno, frango na panela. Molho, purê de batatas, couve, arroz branco com ervas, milho, pimentão vermelho, vagem-manteiga, bolo de chocolate, bolo de laranja, biscoito de gengibre, peru assado.

— Não faça bagunça no seu quarto, Jacob — advertiu Lucille. — Daqui a pouco o jantar vai estar na mesa.

— Sim, senhora — respondeu o garoto. E em seguida: — Quero construir uma coisa — gritou do quarto.

— O que você quer construir? — gritou Lucille de volta.

Harold continuava na sala, pinçando as cordas do violão, arruinando a música de Hank Williams, que ele tentava aprender sozinho havia já algumas semanas.

— Não sei — respondeu Jacob.

— Bem, essa é a primeira coisa que você vai ter que descobrir.

Lucille olhou pela janela e viu as nuvens deslizando sobre uma lua pálida e perfeita.

— Será que você pode construir uma casa?

— Uma casa? — perguntou o menino, sonhador.

— Uma casa grande e bonita, com teto alto e uma dúzia de quartos.

— Mas nós somos só três. E você e o papai dormem na mesma cama. Então a gente só precisa de dois quartos.

— E quando tiver visita?

— Ela pode usar minha cama. — Algo no quarto de Jacob caiu e fez um estardalhaço.

— O que foi isso?

— Não foi nada, não.

Os arpejos de Harold torturando o violão preencheram o silêncio

— Pareceu ser um bocado de coisa.

— Está tudo bem — disse Jacob.

Lucille conferiu a comida. Estava tudo como tinha de ser. O aroma invadia a casa toda. Vazava pelas frestas e saía mundo afora.

Satisfeita, Lucille deixou a cozinha e foi ver Jacob.

Encontrou o quarto exatamente como esperava. O estrado da cama, virado de lado, fora empurrado contra a parede do fundo. Jacob posicionara o colchão na frente dele, como um muro de proteção sustentado pela peseira e pela cabeceira. Espalhada no chão, uma confusão de Blocos Lincoln.

Parada na soleira, Lucille enxugava as mãos no pano de pratos. Volta e meia Jacob esticava o braço por trás do forte para pegar um bloco específico para a construção de algum edifício ainda oculto.

Lucille suspirou, mas não de frustração.

— Ele vai ser arquiteto — disse ela, ao entrar na sala para desabar na poltrona. Limpou a testa com o pano de prato.

Harold continuava maltratando o violão.

— Pode ser — disse ele, com muito esforço, porque a perda de concentração atrapalhou a disposição dos dedos ainda mais do que já estava atrapalhada. Mas, não querendo se dar por vencido, flexionou os dedos e recomeçou.

Lucille se espreguiçou, recolheu as pernas, pôs as mãos sob o queixo e, sonolenta, ficou olhando para o marido que se digladiava contra sua inaptidão musical.

Ele era lindo, pensou Lucille. Ainda mais quando estava fracassando.

As mãos de Harold eram grossas e ágeis; os dedos, lisos e gorduchos. Usava a camisa de flanela que Lucille lhe dera assim que o frio se anunciara naquele ano, azul e vermelha. Ele reclamara que a camisa estava apertada, mas no dia seguinte a usara para ir trabalhar e chegara de volta dizendo que a tinha adorado.

— Ela não me incomodou em nada. — Era pouca coisa, mas mesmo as poucas coisas eram importantes.

Harold costumava usar jeans desbotados, mas limpos. E ela gostava disso. Lucille crescera com um pai que passara a vida pregando sermões para pessoas que não lhe davam a mínima. Usava ternos extravagantes, caros demais para ele e sua família, mas a mãe de

Lucille dava suma importância a que o marido parecesse o salvacionista por excelência, não importavam os custos.

Assim, quando Harold surgiu na sua vida tantos anos atrás, usando jeans e camisa manchada e com aquele sorriso desconfiado, Lucille se apaixonou por seu vestuário e logo pelo homem que o usava.

— Você está me tirando a concentração — disse Harold, tentando afinar a sexta corda do violão.

Ela bocejou, o sono chegando como uma cortina pesada.

— Não foi minha intenção.

— Estou melhorando — disse ele.

Lucille sorriu.

— Continue praticando. Seus dedos são grossos. O desafio é maior.

— Será esse o problema? Meus dedos grossos?

— Sim — disse ela, caindo de sono. — Mas eu gosto deles.

Harold ergueu as sobrancelhas.

— Papai — gritou Jacob do quarto. — Do que as pontes são feitas?

— Ele vai ser arquiteto — sussurrou Lucille.

— São feitas de trecos — gritou Harold de volta.

— Que trecos?

— Depende dos trecos que você tem.

— Ah, Harold — disse Lucille.

Ambos ficaram à espera da próxima pergunta, que não veio. Escutou-se apenas o estardalhaço de uma porção de Blocos Lincoln caindo no piso de tábua corrida. Era algum projeto de construção que desmoronava e outro que começava.

— Um dia ele vai construir casas — afirmou Lucille.

— Ele pode mudar de ideia daqui a uma semana.

— Não vai mudar.

— Como é que você sabe?

— Porque uma mãe sabe dessas coisas.

Harold colocou o violão no chão, ao lado da perna. Lucille estava quase dormindo. Ele se levantou, pegou um cobertor no armário da entrada e o colocou sobre a mulher.

— Vou precisar fazer alguma coisa para terminar o jantar? — perguntou Harold.

— Ele vai construir coisas — limitou-se a responder Lucille. A seguir adormeceu, tanto na lembrança quanto na casa vazia e solitária.

* * *

Lucille acordou no sofá da sala, deitada de lado, com as mãos sob a cabeça e as pernas encolhidas. Na poltrona onde Harold deveria estar sentado tocando violão, apenas o vazio. Procurou escutar o barulho de Jacob brincando com seus Blocos Lincoln.

Nada.

Lucille se sentou no sofá, ainda tonta de sono e com os olhos ardendo de cansaço. Não se lembrava de ter se deitado no sofá nem de ter adormecido. Sua última lembrança era de estar de pé próxima à pia da cozinha, olhando pela janela e preparando-se para lavar a louça.

Ou era muito tarde, ou era muito cedo. Fazia um frio como o do início de outono. Grilos cantavam do lado de fora da casa. No andar de cima, algum grilo perdido cantava num canto empoeirado qualquer.

O corpo de Lucille doía, mas, pior que isso, ela sentia muito medo.

O realismo do sonho não a assustara. Tampouco o fato de aquele ser seu primeiro sonho em várias semanas, e sua mente lhe dizia que aquilo era muito prejudicial. Ficara mesmo assustada com o modo tão repentino como se vira reencarnada em seu velho e cansado corpo.

No sonho, tinha força nas pernas; agora os joelhos doíam e os tornozelos estavam inchados. No sonho, ela fora uma pessoa firme, capaz de superar qualquer obstáculo. Mesmo que fosse um pesadelo, ela poderia dar conta dele, desde que se mantivesse jovem, o que no sonho era garantido.

Agora ela novamente era velha. E, pior ainda, uma velha sozinha. A solidão a aterrorizava. Sempre fora assim, e muito provavelmente continuaria.

— Ele ia ser um construtor — disse ela para ninguém. E então começou a chorar.

* * *

Lucille só parou de chorar um tempo depois. Sentiu-se melhor, como se uma válvula, em algum lugar, se abrisse e parte de uma pressão intangível tivesse escapado. Ao se levantar, sentiu a artrite castigando-lhe os ossos. Respirou fundo e se deixou cair de volta no sofá.

— Meu Deus — disse ela.

Quando tentou novamente, foi mais fácil. Ainda sentia dor, porém com menos intensidade porque já a esperava. Caminhando com dificuldade, num arrastar de pés, chegou à cozinha.

Com algum esforço, preparou um café e, com a caneca fumegante na mão, parou na porta da varanda, escutando os grilos. Então os insetos começaram a se aquietar, resolvendo a dúvida de Lucille sobre ser muito tarde ou muito cedo. No horizonte, o céu clareava

— O Senhor seja louvado — exclamou Lucille.

Ela tinha muito o que fazer caso fosse levar adiante o que estava pensando, a começar pelo planejamento. E, se precisava planejar, então deixaria de lado as lamentações sobre sua solidão e a casa vazia. Desse modo, a TV, mesmo com todo seu blá-blá-blá, passou a ser uma companhia bem-vinda.

— Vai ficar tudo bem — disse a si mesma, enquanto tomava notas em um caderninho.

No começo, anotou apenas pensamentos simples sobre as coisas que sabia, coisas de que não duvidava. "O mundo é um lugar estranho", escreveu, como a primeira observação de sua lista. Achou um pouco de graça naquilo.

— Faz tempo demais que estou casada com você — disse para o marido ausente. A TV balbuciou alguma baboseira quanto ao perigo das ereções que se prolongavam por mais de quatro horas.

Então escreveu: "Eles foram presos injustamente".

E logo: "Meu marido e meu filho são prisioneiros".

Olhou demoradamente para aquelas linhas. Pareciam tão simples quanto impressionantes. Era sempre bom ter os fatos, mas eles quase nunca mostravam o caminho da salvação, pensou. Os fatos não realizavam nada, exceto estarem ali, sinalizando a escuridão da possibilidade, questionando o espírito, atentos ao que este iria fazer uma vez que os confrontasse.

"Será que eu devo fazer o que estou pensando?", escreveu. "Será que alguém neste mundo realmente tenta salvar as pessoas? É assim mesmo que as coisas acontecem? Ir lá vai acarretar alguma consequência que não seja a de me chamarem de velha louca e me prenderem, ou coisa pior? Será que vão me matar? E Harold? E Jacob também?"

— Oh, Senhor — ela disse.

A TV riu dela. Ainda assim, Lucille prosseguiu.

Escreveu que a cidade estava um absurdo, violando toda e qualquer civilidade. Escreveu que a Agência era a tirania do mal. Mas então resolveu apagar essa última frase e a substituiu apenas por "O governo está equivocado". A rebelião era uma novidade para ela, tão nova quanto candente, a ponto de queimá-la se não tomasse cuidado. Precisava se familiarizar com aquilo.

Pensou em Davi e Golias e em todas as outras histórias da Bíblia de que já ouvira falar, nas quais os escolhidos de Deus lutavam contra um poderoso opressor. Lembrou-se dos judeus no Egito dos faraós.

— Deixe meu povo ir — disse ela, e riu quando a TV, numa voz de criança, respondeu:

— *Tudo bem.*

— É um sinal — retrucou Lucille —, não é?

Continuou escrevendo durante muito tempo, até preencher toda uma folha de papel, então começou a sentir cãibras na mão. O sol estava bem acima do horizonte, e a TV passara a falar das notícias do dia.

Ela as ouvia sem prestar muita atenção, sempre escrevendo. Não havia nada de novo acontecendo em lugar algum. Mais Ressurgidos estavam aparecendo. Ninguém sabia como ou por quê. Os centros de detenção ficavam cada vez maiores. Cidades inteiras eram ocupadas, não mais apenas regiões rurais como a de Arcadia, mas também os grandes centros urbanos. Os Vivos Autênticos estavam sendo usurpados, nas palavras de um dos âncoras.

Lucille achou que os telejornais exageravam.

Em uma entrevista, uma mulher em Los Angeles disse que os noticiários não reagiam à altura dos fatos.

Quando Lucille terminou sua lista, olhou para ela. Resolveu, ao relê-la, que a maior parte daquilo não tinha importância. No entanto, as primeiras anotações ainda eram importantes. Era preciso fazer algo a respeito daquilo e, por mais que rezasse, teve de admitir que, de fato, nada fora feito.

— Meu Deus — ela disse.

Então se levantou e foi para o quarto. Não arrastava mais os pés; marchava. No fundo dos fundos do armário, debaixo de uma pilha de caixas e sapatos velhos que nem ela nem Harold usavam mais, sob quilos de papelada de impostos e livros que ninguém lera, e debaixo de muita poeira e mofo e teias de aranha, estava a pistola de Harold.

Lembrava-se de ter visto a arma pela última vez há cinquenta anos, na noite em que Harold atropelara um cão na estrada. Trouxeram o pobre animal para casa, mas no fim tiveram de sacrificá-lo. A lembrança lhe surgira como um súbito clarão e logo se desvaneceu, como se alguma parte dela, naquele momento, não quisesse estar associada aos detalhes daquele fato.

A pistola era mais pesada do que Lucille lembrava. Ela a havia segurado uma vez só na vida, quando Harold a comprara. Por algum motivo, ele sentira muito orgulho da pistola. Na época, Lucille não entendera bem como alguém podia se orgulhar de uma arma.

O cano era liso, um retângulo preto-azul profundo que combinava perfeitamente com a empunhadura de aço e madeira. Pelo seu volume e peso, Lucille adivinhou que a estrutura do cabo era de aço maciço. Mas as placas laterais de madeira superpostas, trabalhadas ergonomicamente, permitiam que a empunhadura coubesse confortavelmente em sua mão. Parecia uma arma tirada de um filme.

Lucille pensou em todos aqueles filmes que vira, e no que as armas faziam neles: matar, causar explosões, ameaçar, matar, salvar, imprimir confiança e segurança, matar.

Sensação de morte, pensou. Fria. Dura. Imutável.

— Então foi a isso que chegamos? — ponderou.

* * *

O Movimento dos Vivos Autênticos era tudo que restara a Fred Green.

Ele largara seus campos abandonados, cheios de mato, e sua casa sem limpar. E há várias semanas não ia até a serraria procurar trabalho.

Marvin Parker estava na cadeia, acusado de delito grave, inafiançável, depois do tumulto em frente à escola. Saíra da confusão com um ombro deslocado e uma costela quebrada, e, mesmo que ambos soubessem dos riscos, Fred se sentia mal pelo ocorrido. *Desde o início, foi uma ideia idiota*, pensou, olhando para o passado. Na hora, dissera a Marvin: "Isso vai ensinar uma lição a eles. Vai obrigá-los a pensar em botar todos esses Ressurgidos em outro lugar. Eles vão ter que pensar em invadir outra cidade". E Marvin concordara de todo coração. Mas agora ele estava todo estropiado e atrás das grades, e isso pesava na consciência de Fred.

Não havia nada que ele pudesse fazer no momento. Fred, no fundo, achava que, mesmo com todas as consequências, o que acontecera provavelmente não fora o bastante.

Talvez suas ideias fossem pequenas demais. Ainda havia muito a fazer.

Outras pessoas tinham ido ver Fred naquela noite. Era gente da região, que compreendia as atitudes dele e de Marvin e se dispunha a fazer o que pudesse para ajudá-los. Não eram muitos, e a maioria só serviu para falar, mas dois ou três fizeram Fred acreditar neles quando se disseram prontos para agir na hora certa.

E esse momento estava rapidamente chegando. A cidade toda fora ocupada. Todos tinham sido obrigados ou a se mudar de suas casas ou a ir morar com os Ressurgidos. E, inferno, até a casa de Marvin Parker fora incluída nisso! Tomada pela Agência e pelos malditos Ressurgidos.

Fred sabia que a mesma coisa estava acontecendo em outras localidades: gente sendo provocada além dos limites pela Agência e pelos Ressurgidos. Alguém tinha de pôr fim àquilo. Alguém tinha de tomar uma atitude pelo bem de Arcadia e dos vivos. Se o povo da cidade tivesse armado um rebuliço, se todos tivessem se unido contra os Ressurgidos, como deveriam ter feito desde o início, a situação não teria chegado àquele ponto. Era como a história de Marvin sobre a mulher e o vulcão. Gente demais tinha se acomodado e assistido àquilo acontecer. E Fred não podia deixar chegar a esse ponto. Agora o negócio era com ele.

* * *

Mais tarde naquela noite, depois de ter concluído seus planos para ações futuras, Fred Green foi dormir e, pela primeira vez em meses, sonhou. Quando acordou, ainda de madrugada, estava rouco e com dor de garganta, sem saber por quê. Não se lembrava de quase nada do sonho, só que estava sozinho numa casa escura. Lembrava-se também da música e da voz de uma mulher cantando.

Fred passou a mão no espaço vazio ao seu lado, na cama, onde não havia ninguém dormindo.

— Mary? — chamou.

A casa não respondeu.

Ele se levantou e foi ao banheiro. Acendeu a luz e se demorou fitando o piso de lajotas sobre o qual Mary havia chorado um dia pela perda do filho, imaginando o que ela pensaria dele se estivesse ali naquele momento.

Depois de um tempo, apagou a luz e saiu. Foi para sua "sala de projetos", conforme se habituara a dizer ao longos dos anos. Era um espaço grande cheirando a mofo e a poeira, entulhado de ferramentas, projetos de marcenaria abandonados, um sem-número de propósitos frustrados. Fred parou na porta da sala, olhando para todas as coisas que começara, mas jamais terminara: um conjunto de peças de xadrez de madeira de pinho (nunca aprendera a jogar, mas respeitava a complexidade das peças), um palanque ultraornamentado de carvalho (jamais fizera um discurso, mas admirava a figura de um palestrante em um palanque bem feito), um pequeno cavalo de balanço semiacabado.

Não conseguia lembrar, naquele instante, por que tinha começado a esculpi-lo nem por que havia parado. Mas ali estava, no canto da sala de projetos, enterrado sob caixas e colchas guardadas à espera do inverno.

Por que é que havia começado algo tão insensato?

Abriu caminho por entre os entulhos e a poeira até onde estava a coisa. Passou a mão sobre a madeira áspera. Estava sem polimento, no entanto, de algum modo, foi agradável tocá-la. Os anos de abandono haviam aparado as arestas.

Embora não fosse a melhor coisa em que houvesse começado a trabalhar, Fred não a achou horrorosa. Amadorística, talvez. A boca estava malfeita — algo a ver com o tamanho dos dentes do cavalo, que não estavam certos —, mas gostou das orelhas. Lembrou-se de como ele se empenhara em trabalhá-las. Eram a única parte da criatura que ele achou ter ainda chance de acertar. Fora tão difícil executá-las, as mãos doloridas de cãibras por dias seguidos. Mas, olhando para elas naquele momento, lhe pareceu que o esforço valera a pena.

Foi exatamente atrás das orelhas, onde a crina começava, onde apenas o cavaleiro — por menor que fosse para conseguir montar o animal — poderia ver, que Fred notou as letras gravadas na madeira.

H-E-A-T-H-E-R

Não era esse o nome que ele e Mary haviam escolhido para a criança deles?

— Mary — chamou Fred uma última vez.

Quando ninguém respondeu, foi como se o universo confirmasse definitivamente tudo o que ele estava planejando, tudo aquilo que ele sabia que teria de fazer. Ele dera ao universo a oportunidade de fazê-lo mudar de ideia, e, como resposta, este lhe dera apenas silêncio e uma casa vazia.

Nathaniel Schumacher

Fazia dois meses que ele voltara, e sua família não o amava menos do que durante os muitos e cintilantes dias de sua vida. Embora mais velha agora, sua mulher lhe dera as boas-vindas abraçando-o, chorando e segurando-o com força. O filho e a filha, mesmo não sendo mais crianças, se reuniram em torno dele como costumavam fazer todos os dias de sua vida. Como irmãos, ambos brigavam pela atenção dos pais, e isso não havia mudado nos vinte anos transcorridos entre a morte do pai e o dia em que ele se tornara um Ressurgido.

Ainda que Bill, o mais velho, tivesse sua própria família, ele ainda grudava no pai e chamava a irmã, Hellen, de "boba" e de "impossível", do mesmo modo como a tratara durante toda a infância.

Ambos voltaram a morar na casa dos pais, como se intuíssem que o tempo seria frágil e efêmero. Passavam os dias gravitando em torno dele e de tudo o que ele representava para os filhos. Às vezes, varavam a noite mostrando-lhe como a vida se fragilizara desde que ele partira. Ele sorria com as novidades que os filhos lhe contavam, e ocasionalmente ocorriam algumas discussões quando ele não aprovava algo, mas mesmo estas eram acolhidas com um senso de propriedade, uma forma de garantia de que ele era mesmo quem parecia ser.

Ele era o pai deles, e era um Ressurgido.

E, um dia, ele se foi novamente.

Ninguém sabia dizer ao certo quando ele desaparecera, somente que não estava mais lá. Procuraram por ele, mas sem confiança, pois tiveram de admitir para si mesmos que, se seu retorno do túmulo fora inesperado e incerto, então por que seu desaparecimento haveria de ser diferente?

Por um tempo eles se lamentaram. Choraram e fizeram um grande alvoroço, e Bill e Helen discutiram, culpando-se mutuamente por alguma coisa que tinha levado o pai a ir embora, e a mãe teve de intervir para evitar escândalos. Então pediam desculpas apenas formalmente e resmungavam um com o outro sobre que atitude tomar. Deram parte do desaparecimento na polícia e até procuraram os soldados da Agência para lhes dizer que o pai deles sumira.

— Ele simplesmente desapareceu — disseram.

Os soldados se limitaram a tomar notas, sem parecer surpresos.

No fim, não havia nada a fazer. Ele simplesmente não estava mais lá. Pensaram visitar o seu túmulo e desenterrar o caixão do seu repouso sagrado, só para ter certeza de que tudo havia sido devolvido do jeito que tinha de ser e de que o pai não estava simplesmente em algum lugar do mundo sem eles.

Mas a mãe não aprovou, dizendo somente: "Tivemos o nosso momento".

16

ELA EMAGRECERA. FORA ISSO, NÃO mudara nada.

— Como você está? — disse ele. Ela lhe acariciou a mão e aninhou o rosto no ombro dele.

— Estou bem.

— Você tem comido? Quer dizer, eles estão alimentando você?

Ela assentiu com a cabeça e passou as unhas carinhosamente pelo braço dele.

— Senti sua falta.

O Centro de Detenção de Meridian, Mississippi, permitia uma certa interação entre os Vivos Autênticos e os Ressurgidos. As coisas iam mal ali, mas em Arcadia iam pior ainda. Vivos e Ressurgidos se encontravam em uma área externa cercada, entre o prédio principal de detenção e a zona de segurança, onde os vivos eram revistados em busca de armas e questionados quanto ao motivo de sua visita.

— Eu também senti sua falta — disse ele finalmente.

— Tentei encontrar você — falou ela.

— Eles me mandaram uma carta.

— Que tipo de carta?

— Só dizia que você estava me procurando. — Ela assentiu, e ele continuou: — Foi antes de eles começarem a trancafiar todo mundo.

— Como está sua mãe?

— Morta — respondeu ele, mais friamente do que planejara.
— Ou talvez não. Difícil saber, hoje em dia.

Ela ainda acariciava a mão dele, daquele jeito lento e hipnótico que às vezes fazem as pessoas que se amam. Sentado assim, perto dela, sentindo seu cheiro, tocando sua mão, escutando o som da vida entrando e saindo de seus pulmões, o pastor Robert Peters esqueceu todos os anos, todos os erros, todos os fracassos, toda a infelicidade, toda a solidão.

Ela se inclinou por cima da mesa.

— Podemos partir — disse baixinho.

— Não, não podemos.

— Podemos sim. Vamos juntos, como da última vez.

Ele deu uns tapinhas na mão dela, com um carinho quase paternal.

— Aquilo foi um erro — afirmou ele. — Devíamos ter esperado.

— Esperado o quê?

— Não sei. Devíamos ter simplesmente esperado. O tempo tem um jeito de acertar as coisas, eu aprendi. Hoje sou velho. — Ele pensou um pouco e se corrigiu: — Bem, talvez não seja velho, mas sem dúvida não sou jovem. E uma coisa que aprendi é que, com o tempo, nada é insuportável.

Mas não era essa a maior de suas mentiras? Não fora, afinal, procurá-la porque não estar com ela todos os dias lhe era insuportável? Nunca deixara de amá-la, nunca se perdoara pelo que fizera com ela. Casara-se e vivera e entregara sua vida a Deus e tinha feito tudo que se supõe que uma pessoa faça, e mesmo assim não a esquecera. Ele a amara mais do que amara seu pai, mais do que amara sua mãe, mais do que amara a Deus. Mas ainda assim a abandonara. E então ela partira, cumprindo sua promessa. Foi sozinha e arrumou um jeito de morrer.

E todos os dias ele se lembrava disso.

O casamento com sua esposa não passara de uma concessão da alma. Parecera-lhe a atitude mais lógica. Então seguira a vida com todo o entusiasmo e a racionalidade que se tem ao comprar uma casa ou investir em um fundo de pensão. E quando, mais tarde, sua mulher e ele descobriram que não teriam filhos com quem compartilhar a vida, até isso lhe pareceu razoável.

A verdade era que ele nunca imaginara ter filhos com ela. A verdade era que, por mais que acreditasse na instituição do casamento, por mais que houvesse pronunciado sermões por anos seguidos, por mais que houvesse ajudado a consertar casamentos, por mais que tivesse recebido em seu escritório casais deprimidos e aconselhado que "Deus e o divórcio não se dão bem", por mais que tivesse feito tudo isso, ele ainda assim sempre estivera em busca de uma saída.

Apenas fora preciso que os mortos começassem a voltar dos túmulos para que ele encontrasse a motivação de que precisava.

Naquele momento se encontrava com ela, e, mesmo que nem tudo fosse perfeito, sentia-se melhor do que em muitos anos. A mão dela estava na dele. Podia senti-la. Podia sentir o cheiro familiar dela, que não mudara em todos aqueles anos. Sim, era desse jeito que as coisas tinham de ser.

Os guardas começaram a separar os mortos dos vivos. A hora de visita terminara.

— Eles não podem manter você aqui desse jeito. É desumano. — Ele segurou a mão dela.

— Eu estou bem — ela afirmou.

— Não está.

Ele a abraçou e respirou fundo. O cheiro dela o encheu por dentro.

— Eles vêm visitá-la? — ele quis saber.

— Não.

— Sinto muito.

— Não precisa.

— Eles amam você.

— Eu sei.

— Você ainda é filha deles. Eles sabem disso. Eles têm que saber disso.

Ela assentiu com a cabeça.

Os guardas continuavam sua tarefa. Quando necessário, puxavam as pessoas.

— Terminou a hora — limitavam-se a dizer.

— Eu vou tirar você daqui — disse ele.

— Certo — ela respondeu. — Mas, se não tirar, tudo bem. Eu entendo.

Então os guardas chegaram para separá-los.

* * *

O pastor dormiu mal naquela noite. Sonhou a mesma coisa repetidamente.

Tinha dezesseis anos, sentado a sós em seu quarto. Em algum lugar da casa, os pais dele dormiam. O silêncio estava impregnado de pesar. O constrangimento da discussão ainda permeava o ambiente.

Tão silenciosamente quanto pôde, ele se levantou e se vestiu num fechar de olhos. Foi até a porta da casa descalço, na ponta dos pés. Era verão, e a noite úmida estalava com o som dos grilos.

Imaginara uma partida dramática. Achou que seu pai ou sua mãe acordaria quando ele estivesse saindo e que haveria um confronto qualquer, mas nenhum dos dois apareceu. Talvez tivesse lido romances ruins demais, ou visto filmes demais. Nos filmes, a partida era sempre espetacular. Alguém estava sempre gritando. Às vezes, havia violência. Havia sempre uma declaração final expressando um pressentimento: "Espero nunca mais ver você!", o que determinava o destino de todas as personagens envolvidas.

Mas, em sua própria vida, partiu enquanto todos dormiam, e, quando acordaram, ele já não estava mais lá. Só isso. Sabiam por que ele tinha ido embora e para onde. O pai não foi procurá-lo, porque não era do feitio dele. O amor do pai se assemelhava a uma porta aberta que nunca se fechava, nem para mantê-lo fora, nem para mantê-lo dentro.

Caminhou por quase uma hora antes de chegar até ela. O luar tornava o rosto dela pálido e descarnado. Ela sempre fora magrinha, mas naquela luz parecia esquálida.

— Espero que ele morra — disse ela.

O pastor — que ainda não era pastor, mas apenas um rapaz — olhou-a fixamente no rosto. Um dos olhos dela estava inchado, e uma mancha escura de sangue lhe acentuava o sulco entre o nariz e o lábio. Era difícil saber qual dos dois estava sangrando.

Ela tivera a partida dramática que Robert imaginara para si.

— Não fale uma coisa dessas — disse ele.

— Que se foda! Espero que ele seja atropelado pela merda de um ônibus! Que um cachorro arranque um pedaço do pescoço dele! Espero que ele tenha uma doença que demore semanas pra matar e que cada dia seja mais fodido que o anterior. — Ela falava com os dentes semicerrados e agitava os braços com os punhos fechados.

— Lizzy — disse ele.

Ela gritou. De fúria, dor e medo.

— Liz, por favor!

Mais gritos.

Mais de todas aquelas coisas que Robert Peters havia esquecido, durante os anos de lembranças que se instalaram entre a pessoa que Elizabeth Pinch realmente era e quem ele lembrava que ela fosse.

* * *

O pastor Peters acordou com o ronco de um caminhão acelerando na estrada ao lado. O motel tinha paredes finas e constantemente passavam caminhões indo para o centro de detenções, veículos grandes e escuros que mais se pareciam com gigantescos besouros pré-

-históricos. Às vezes vinham tão lotados que os soldados se penduravam nas laterais. Modo perigoso de viajar. Mas, com a morte tendo adquirido certa ambivalência nos últimos tempos, quem sabe viajar daquele jeito deixara de ser tão perigoso quanto costumava.

Voltando do centro de detenção, ele escutara no rádio que um grupo de Ressurgidos fora morto perto de Atlanta. Eles se escondiam numa casinha de uma pequena cidade (tudo de ruim parecia acontecer primeiro nas pequenas cidades) quando um grupo do Movimento pelos Vivos Autênticos os descobriu e exigiu que os Ressurgidos se rendessem e o acompanhassem pacificamente.

Havia simpatizantes envolvidos, abrigando os Ressurgidos. O incidente em Rochester parecia muito distante agora. E, quando os fanáticos do MOVA apareceram na porta da casa, a situação se deteriorou rapidamente. No fim, a casa foi incendiada e todos lá dentro, vivos e Ressurgidos, morreram.

O rádio disse que haviam efetuado prisões, mas nenhuma acusação formal tinha sido feita até aquele momento.

O pastor Peters ficou muito tempo de pé em frente à janela do motel, observando o que acontecia ao seu redor e pensando em Elizabeth — era assim que a chamava em pensamentos.

Liz era o nome pelo qual em algum momento do passado a chamara.

No dia seguinte ele voltaria para vê-la novamente, desde que os soldados não lhe causassem dificuldades. Peters falaria com quem fosse preciso para que a libertassem sob a custódia dele, pois sabia bem como usar sua posição de pastor. Afinal, aprendera a apelar a uma certa dose de culpa emocional, como todos os pastores eram treinados para fazer. Ainda assim seria complicado, embora confiasse que tudo daria certo. Finalmente ele a teria de volta.

Pela graça de Deus, tudo daria certo. Tudo o que o pastor Robert Peters tinha a fazer era se comprometer com aquilo.

* * *

— Pela graça de Deus — disse Robert —, tudo vai dar certo. A gente só precisa se comprometer.

— Quando foi que você ficou tão religioso, Bertie? — perguntou ela, rindo.

Ele lhe apertou a mão. Fazia anos que ninguém o chamava por aquele nome. Ninguém, exceto ela, o chamava de Bertie.

Novamente apoiara a cabeça no ombro dele, como se estivessem debaixo daquele velho carvalho na fazenda do pai dela todos aqueles anos atrás, e não sentados na sala de visita do Centro de Detenção de Meridian. Ele lhe afagou os cabelos. Havia esquecido como eles eram da cor do mel e como deslizavam entre seus dedos, feito água. A cada novo dia, uma redescoberta.

— Eles só precisam de um pouco mais de persuasão — disse ele.

— Sei que você vai dar o melhor de si.

— Vou mesmo.

— Tudo vai dar certo — disse ela.

Ele lhe deu um beijo no rosto, o que causou alguns olhares de recriminação dos que estavam ao redor. Afinal, ela tinha só dezesseis anos. Dezesseis, e era pequena para a idade. E ele tão grande, e com muito mais que dezesseis anos. Mesmo ressurgida, ela ainda era uma criança.

— Quando foi que você ficou tão paciente? — perguntou ele.

— Como assim?

— Seu gênio ruim se foi.

Ela encolheu os ombros.

— Para quê? Você se enfurece contra o mundo, mas o mundo não muda.

Ele escancarou os olhos.

— Isso é muito profundo — disse.

Ela riu.

— O que é tão engraçado?

— Você! Você é tão sério!

— Acho que sou. Eu envelheci.

Ela voltou a apoiar a cabeça no ombro dele.

— Para onde vamos? — quis saber. — Digo, quando formos embora daqui.

— Eu envelheci — repetiu ele.

— A gente podia ir para Nova York — ela sugeriu. — Broadway. Eu sempre quis ver a Broadway.

Ele concordou com a cabeça e olhou para a mão tão jovem e pequena que ele segurava na dele. O tempo a poupara: continuava tão pequena e suave como sempre fora. Esse fato não deveria ter pegado Robert Peters de surpresa. Afinal, os Ressurgidos sempre foram uma refutação das leis da natureza. Então, por que aquela mão, limpa e lisa, o incomodava tanto?

— Você acha que estou velho? — ele perguntou.

— Ou quem sabe a gente não vai para New Orleans — disse ela. Entusiasmada, endireitou-se no assento. — É isso! New Orleans!

— Talvez — ele falou.

Ela se levantou e baixou o olhar para ele, os cantos dos olhos felizes arqueados para cima.

— Imagina? — disse ela. — Você e eu na Bourbon Street, jazz em tudo que é canto. E a comida! É bom nem pensar na comida!

— Parece bom — ele concordou.

Ela o tomou pelas mãos e puxou o corpanzil dele para si.

— Dance comigo.

Ele consentiu, apesar dos olhares e sussurros de reprovação que causariam.

Então eles giraram lentamente. A cabeça dela mal lhe batia no peito, de tão baixa que era. Quase tão pequena quanto sua esposa.

— Vai dar tudo certo — ela disse, a cabeça repousada no largo tórax dele.

— Mas e se eles não deixarem você ir?

— Vai dar certo — repetiu ela.

Eles balançavam em silêncio. Os soldados olhavam. *É assim que vai ser de agora em diante*, pensou o pastor Peters.

— Você se lembra que eu te deixei? — perguntou ele.

— Posso escutar seu coração batendo — afirmou ela.

— Tudo bem — disse ele. Então, depois de um tempo: — Tudo bem.

Não era essa a conversa que ele se imaginara tendo com ela. A Elizabeth Pinch de suas lembranças, aquela que pairara sobre seu casamento por todos aqueles anos, não costumava fugir de uma discussão. Não. Ela era de briga, mesmo nos lugares e nas horas menos convenientes. Ela amaldiçoava, xingava, atirava coisas. Na verdade, era como o pai: uma criatura da ira. E por isso ele a amara tanto.

— De algum modo eu vou tirar você daqui — disse o pastor Peters, mesmo que em sua mente ele já a tivesse deixado dançando sozinha naquela prisão.

* * *

Robert Peters soube o que iria fazer: sairia e não voltaria mais. Aquela não era a sua Elizabeth. E saber disso facilitaria as coisas dessa vez.

No entanto, mesmo que ela fosse sua Liz, não faria nenhuma diferença, porque ele sempre soubera que ela o deixaria. Ela se cansaria dele, de sua religião, de seu corpo enorme e vagaroso, da pessoa totalmente normal que ele era.

Liz era do tipo que dançava sem música, e ele, do tipo que precisava ser obrigado a dançar. Se naqueles anos já remotos ele não a tivesse deixado e voltado para casa, ela o teria largado e ido para New Orleans, exatamente como essa sombra de Liz queria fazer.

Esse traço ainda persistia naquela jovem moça ressurgida — o traço de Lizzy que lembrava a Robert tudo o que era magnífico e terrível a respeito dele. O suficiente para obrigá-lo a enxergar a verdade: que, independentemente de quanto ele a amara, de quanto ele a desejara, o amor entre eles não teria dado certo. E, apesar do que acontecera com ela, mesmo que ele tivesse escolhido permanecer ao lado de Lizzy aqueles anos atrás, se tivesse fugido com ela e, possivelmente, evitado que ela morresse, isso não teria mudado nada. Aquilo que Peters amava nela definharia quanto mais ela permanecesse ao lado dele, até que, em determinado momento, ela iria embora. Talvez não fisicamente, mas tudo que ele amava nela desapareceria.

E ambos lamentariam.

Assim, o pastor Peters se levantou para dançar no Centro de Detenção de Meridian com uma moça de dezesseis anos que ele uma vez amara. E mentiu para ela, dizendo que a tiraria dali. E ela mentiu de volta, dizendo que esperaria por ele e que nunca o deixaria.

Eles dançaram juntos uma última vez e disseram essas coisas um ao outro.

E assim acontecia em todas as partes.

Connie Wilson

Ela sentiu que tudo se encaminhava para o terror. Já era inevitável. Assim como quando a terra está seca e estéril, as árvores cinzentas e quebradiças, a relva amarela e ressecada — algo tinha de mudar. Todos em Arcadia sentiam o mesmo, achava ela, embora ninguém soubesse ao certo que sentimento era esse. Tentou descartar seus medos, enterrá-los na rotina de cuidados que dispensava ao marido e aos filhos, mantendo-os alimentados e asseados. Mas preocupava-se com Lucille. Desde a chegada deles ali, haviam topado uma só vez com o marido dela, Harold. Mesmo assim, tomara a decisão de ficar de olho no velho homem e em Jacob, tomando conta deles, como um favor a Lucille.

Mas aí a situação saiu de controle, e agora ela não sabia sequer onde eles estavam.

— Tudo vai ficar bem — dizia com frequência.

Os Ressurgidos continuavam prisioneiros da cidadezinha. Continuavam prisioneiros da Agência e de um mundo inseguro. E os Vivos Autênticos de Arcadia, eles também eram vítimas, pois a cidade inteira lhes fora roubada, sua identidade sequestrada.

— Nada disso vai ficar bem — disse Connie, ao perceber o que estava por vir.

Então abraçou os filhos, mas ainda assim o medo não a abandonou.

17

SOB O CALOR OPRESSIVO DE Arcadia, Harold e Bellamy se encontraram para a entrevista final, evento que de modo algum perturbava Harold. O nova-iorquino estava ficando bom em jogar ferradura. Bom demais.

Bellamy finalmente seria transferido, apesar de seus múltiplos protestos. Fora o coronel quem decidira pela transferência, alegando como causas a superlotação e a falta de tempo no Centro de Detenção de Arcadia para a condução das entrevistas de Bellamy. Havia outras tarefas, muito mais urgentes, que os funcionários da Agência precisavam realizar, mas não eram coisas que Bellamy concordaria em fazer. Por isso, o coronel o estava despachando.

Bellamy tentou não pensar nisso. Tentou não pensar no que a transferência significaria para a sua mãe. Então atirou a ferradura, esperando pelo melhor. Aterrissou na mosca.

Clinq.

— Acho que você já sabe que estou indo embora — disse Bellamy do seu jeito direto e suave.

— Ouvi dizer — comentou Harold. — Ou melhor, pude deduzir. — Atirou a ferradura.

Clinq.

Nenhum dos dois marcava mais os pontos.

Ainda jogavam na mesma faixa de gramado no meio da escola, como se não tivessem nenhum outro lugar para usar. Havia algo naquele lugar específico a que se haviam habituado: era levemente mais privado agora que a cidade toda fora disponibilizada para o resto dos prisioneiros. A população do centro de detenção se espalhara, migrando para fora da escola e dos poucos prédios onde a Agencia improvisara áreas de detenção. Agora Arcadia estava lotada. Todos os prédios abandonados na vida de fracassos e emigrações da cidade foram transformados em lugares habitáveis. Até as poucas ruas da cidade haviam sido transformadas em áreas de acampamento ou de distribuição de artigos de primeira necessidade. A destruição de Arcadia estava completa.

Mas, mesmo sem isso tudo, fora naquela minúscula faixa de espaço urbano que os dois haviam passado as últimas semanas atazanando um ao outro.

— Claro que sim — disse Bellamy, sorrindo. Ele olhou em volta. Acima, o céu estava de um azul profundo e frio, pontuado aqui e ali por nuvens brancas. O vento soprava a distância, farfalhando as árvores das florestas, retornando, em calor e umidade, de encontro aos prédios da cidade.

Quando a brisa chegava até Harold e Bellamy, era apenas um bafo que trazia consigo o cheiro de suor e urina de gente abrigada tempo demais em condições de miséria. Quase toda a cidade cheirava assim ultimamente. Tudo impregnado. Tanto que as pessoas ali, inclusive o agente Bellamy, já mal se davam conta dele.

— Você vai ou não me perguntar? — indagou Harold. Debaixo daquele calor e daquele mau cheiro, ele e Bellamy atravessaram o gramado para recuperar as ferraduras. Jacob estava na entrada do prédio da escola, não longe dali, fazendo companhia à sra. Stone, que ocupava os pensamentos de Harold ultimamente. — Por que não paramos de brincar e vamos direto ao assunto, se não se importar? Nós dois sabemos muito bem quem ela é.

— Quando foi que você soube?

— Pouco depois que ela chegou aqui. Não achei coincidência ela ter ido parar no nosso dormitório.

— Acho que eu não sou tão esperto quanto pensava, não é?

— Não é nada disso. Você só não estava conseguindo enxergar claramente. Vou tentar não culpá-lo por isso.

Ambos jogaram. *Clinq. Clinq.* Por um instante, o vento aumentou novamente, renovando o ar, como se alguma mudança, aos poucos, estivesse chegando. Então parou de ventar e o ar voltou a ficar quente, enquanto o sol continuava sua trajetória pelo céu.

— Como ela está? — perguntou o agente Bellamy.

Clinq.

— Ela está bem. Você sabe disso.

— Ela pergunta por mim?

— O tempo todo.

Clinq.

Bellamy quis falar, mas Harold não havia terminado.

— Mesmo que você ficasse diante dela e a beijasse, ela não te reconheceria. Metade das vezes, ela acha que eu sou você. Na outra metade, acha que sou o seu pai.

— Sinto muito — disse Bellamy.

— Por quê?

— Por ter envolvido você nisso tudo.

Harold se endireitou, firmou os pés e apontou. Jogou a ferradura com sólida convicção e errou o alvo completamente. Sorriu.

— Eu teria feito o mesmo. Para dizer a verdade — prosseguiu ele —, é o que planejo fazer.

— Uma mão lava a outra, suponho.

— Olho por olho; é isso mesmo.

— Como quiser.

— Como vai Lucille?

Bellamy suspirou e coçou a cabeça.

— Vai bem, pelo que ouvi falar. Ela quase não sai de casa, mas, sinceramente, não há muito na cidade que justifique ela sair.

— Eles nos passaram a perna — disse Harold.

Bellamy jogou. Acertou em cheio.

— Ela agora anda armada — afirmou o agente.

— O quê?

Por um instante, Harold mentalizou a imagem da arma, seguida da lembrança da noite anterior à morte de Jacob e do cão que fora obrigado a matar.

— Pelo menos, é o que ouvi falar. Ela parou numa das barreiras militares na estrada. A arma estava no banco da picape. Quando a interrogaram a respeito, ela fez um discurso sobre o "direito à segurança" ou algo assim. Então ameaçou dar um tiro. Mas não acho que estava falando sério.

Bellamy se dirigiu ao lado oposto do campo, levantando poeira a cada passada. Harold, parado, olhava para o céu. Secou o suor do rosto.

— Nem parece a mulher com quem me casei — disse. — A mulher com quem me casei atiraria primeiro e depois faria o discurso.

— Sempre achei que ela fosse mais do tipo "deixa que Deus cuida" — retrucou Bellamy.

— Isso veio mais tarde — disse Harold. — No início, ela era infernal. Se eu lhe contasse, você não iria acreditar nas confusões em que nós dois nos metemos quando éramos mais novos.

— Nada que constasse em nenhum registro, e olha que eu investiguei vocês dois.

— Só porque você não foi pego, não quer dizer que não aprontou.

Bellamy sorriu.

Clinq.

— Você me perguntou sobre a minha mãe... — começou Bellamy.

— É verdade.

— Ela acabou morrendo de pneumonia. Mas isso foi no fim. O que realmente a levou foi a demência, pouco a pouco.

— E ela voltou do mesmo jeito.

Bellamy assentiu com a cabeça. Harold completou:

— E agora você vai deixá-la.

— Aquela não é ela — disse Bellamy, sacudindo a cabeça. — É apenas a fotocópia de alguém. Você sabe disso tão bem quanto eu.

— Ah — respondeu Harold, friamente. — Você está falando do garoto.

— Você e eu — continuou Bellamy — somos parecidos nisso. Nós dois sabemos que os mortos estão mortos e ponto-final.

— Então por que você a deixou comigo? Por que se dar a todo esse trabalho?

— Pela mesma razão que você fica com seu filho.

O ar continuou quente, e o céu, de um azul duro, impenetrável, pelo resto do dia. Os dois mantiveram o mesmo ritmo o dia inteiro, jogando e falando, indiferentes à contagem dos pontos e sem noção do sentido de tudo aquilo, em um mundo que já não era mais como antes. Assim, deixaram-no girar, com todas as palavras ecoando pelo espaço em torno deles.

* * *

O cair da noite encontrou Lucille curvada sobre a escrivaninha, e a casa dos Hargrave toda recendia a óleo de armas. O ruído da escova de arame esfregada contra o aço ressoava pela casa inteira.

Quando encontrara a arma, Lucille também achara o estojo de limpeza que a acompanhava, pouquíssimo usado em todos aqueles anos. Havia também o manual de instruções. A única parte realmente difícil fora desmontar a arma.

Era perturbador ter de apontar o cano para si mesma enquanto usava a escova, prestando atenção às molas grandes e às pequenas também. Sem falar de todas as pecinhas que podiam se perder na hora de montar a pistola novamente. Desse modo, ela se debatia enquanto se lembrava, a cada segundo, de que a arma não estava carregada e, portanto, não corria o risco de dar um tiro em si mesma, como uma idiota.

Tinha retirado as balas, que agora estavam todas alinhadas do outro lado da mesa. Ela as limpara também, usando só a escova de arame e evitando o solvente, com medo de causar alguma reação química misteriosa, caso a terebintina no produto se misturasse à pólvora do cartucho.

Era bem possível que estivesse sendo cautelosa demais, mas, para ela, tudo bem.

Ao descarregar a munição, achou harmonioso o barulho que as balas faziam, uma após a outra, à medida que pipocavam do esguio carregador.

Cliq.

Cliq.

Cliq.

Cliq.

Cliq.

Cliq.

Cliq.

Tinha sete vidas em suas mãos. Então, imaginou Harold, Jacob, a família Wilson e ela mesma, todos mortos. Sete mortes.

Lucille revirou os sete pequenos e pesados projéteis na palma da mão. Em seguida, os empunhou e se concentrou na sensação que eles lhe imprimiam na mão, as pontas redondas e suaves querendo se enterrar na carne. Apertou-os com tanta força que, por um momento, chegou a pensar que iria se machucar.

Então, enfileirou-os na mesa com todo o cuidado e carinho, como pequenos mistérios. Colocou a arma no colo e começou a ler as instruções.

A folha mostrava a reprodução da parte de cima da arma, ou ferrolho, deslizando para trás, revelando assim o interior do cano. Pegou a arma e a examinou. Colocou a mão na extremidade traseira do ferrolho e o puxou, como mandava a figura. Não aconteceu nada. Puxou-o com mais força. Ainda nada. Estudou a foto mais uma vez. Parecia agir conforme as instruções.

Tentou uma última vez, puxando-o com tanta força que sentiu as veias do corpo se dilatarem. Cerrou os dentes e deu um pequeno gemido, e, de repente, o ferrolho voou para trás e uma bala pulou da arma e retiniu no chão.

— Santo Deus! — exclamou, as mãos começando a tremer. Fitou a bala no chão por um longo período, pensando no que poderia ter acontecido. — Eu devia ter previsto isso — concluiu.

A seguir, pegou a bala e a colocou na mesa, prosseguindo então o trabalho de limpar a arma, enquanto tentava imaginar o que mais aquela noite lhe traria.

* * *

Quando chegou a hora de sair de casa, Lucille saiu pela porta da frente, parando em frente à velha picape de Harold. Olhou para trás e ficou em silêncio por muito tempo. Imaginou que, a uma distância suficiente, poderia ser vista orbitando aquela casa vivida e velha, quando fora casada e amada, quando criara um filho e lidara com um marido naquele momento distante, o que a levava a ter certeza de que ele nunca fora tão intratável e desprezível como ela frequentemente pensara; ele a amou em cada um dos dias dos cinquenta e tantos anos de união. Ele a amou. Mas, naquele instante, envolvida pela escuridão da noite, chegara o momento de partir.

Pensando na sua parte em toda a história, Lucille inspirou e prendeu a respiração. Em seguida, registrou no universo de seus pulmões a imagem da casa e de tudo aquilo que ela significava, até pensar que ia desmaiar. Então reteve a imagem por mais um tempo, agarrando-se a ela, àquela vida, àquele único suspiro, embora soubesse que teria de deixar tudo aquilo para trás.

* * *

O soldado de guarda naquela noite era um rapaz assustadiço do Kansas. Chamava-se Junior e passara quase que a gostar de guardar a cidade por causa do velho excêntrico e engraçado com quem fizera amizade.

E Junior, como todos os participantes de uma tragédia, pressentia que algo de ruim estava para acontecer. Passara o fim de tarde compulsivamente checando se recebera novas mensagens no telefone, preocupado com a sensação de que ele estava destinado a dizer para alguém algo de muito importante.

Dentro da guarita, Junior pigarreou ao escutar o ronco de um velho Ford se aproximando. Por vezes estranhava como a cerca em volta da cidade acabava tão repentinamente e como a estrada de duas pistas ia dar tão de súbito no campo. Era como se tudo o que acontecia no lado de dentro da cerca, dentro da Barricada, dentro da cidade já totalmente contida, estivesse destinado a terminar abruptamente.

O motor engasgou e os faróis deslizaram de um lado para o outro da estrada, como se o motorista estivesse com algum problema. O soldado achou que talvez algum garoto roubara o carro dos pais para sair dirigindo por aí. Lembrava-se de ter saído dirigindo o caminhão do pai, numa noite de outono, quando era jovem o bastante para esse tipo de coisa.

Não havia muita diferença entre o Kansas e a Carolina do Norte, pensou Junior. Pelo menos naquela parte da Carolina do Norte. Planícies. Fazendas. Gente normal, trabalhadora. Se não fosse pela maldita umidade pairando como um fantasma, então talvez, mas só talvez, ele pudesse pensar em se estabelecer ali. Dificilmente havia tornados, e as pessoas, hospitaleiras como só a gente do Sul sabia ser, eram bastante amigáveis.

O guinchar dos freios da picape trouxe Junior de volta onde devia estar. A caminhonete azul engasgou por um momento e logo o motor se calou. Os faróis, ainda ligados, o ofuscaram. Ele se lembrou do treinamento que tivera sobre essas coisas. Os faróis podiam ser utilizados para ofuscar todos, de tal modo que o ocupante do veículo saísse e se posicionasse para atirar em quem bem entendesse sem ser visto.

Junior jamais gostara de armas, e isso era bom, porque ele era um péssimo atirador. Então, naquele momento, o farol alto se tornou baixo e ele pôde discernir, finalmente, a mulher de setenta e poucos anos no banco do motorista, o rosto tenso e raivoso. De súbito, Junior pensou que, se algo tinha de ser proibido naquela área, eram armas. Mas ele, como guarda, tinha a sua. E, quando Lucille finalmente desceu da picape, ele viu que ela também estava armada.

— Senhora! — Junior gritou, saindo rapidamente da guarita improvisada. — A senhora vai ter que largar essa arma! — disse com a voz que sempre tremia.

— Isso não tem nada a ver com você, garoto — retrucou Lucille, que deu a volta e parou na frente da picape, os faróis ainda acesos ofuscando atrás dela. A mulher usava um velho vestido azul de algodão, reto, sem floreios, que lhe batia nos tornozelos. Era a roupa que ela vestia para ir ao médico, quando queria lhe dizer de imediato que não estava disposta a ouvir nenhuma notícia de que pudesse não gostar.

Um grupo de Ressurgidos desceu da caçamba e da cabine da caminhonete. Eram tantos que Junior se lembrou do circo a que ia todos os outonos. Então eles se agruparam atrás de Lucille, formando uma turba silenciosa.

— É uma questão de decência e de bom comportamento — continuou Lucille, não necessariamente se dirigindo ao jovem soldado. — Apenas o básico: decência humana.

— Senhor! — chamou Junior, sem saber direito a quem chamava, mas certo de que, independentemente do que estivesse acontecendo, era algo de que ele não queria participar. — Senhor! Temos um problema aqui, senhor!

Ouviu-se o *toc, toc, toc* de coturnos se aproximando.

— Teu bastão e teu cajado me consolam — proclamou Lucille, certificando-se de que sua pistola continuasse apontando para baixo.

— Sim, senhora — disse ele. — Mas a senhora vai ter que largar sua arma para a gente conversar sobre o motivo que a trouxe até aqui. — Os outros guardas do turno da noite estavam todos lá agora, mas algo no íntimo deles, talvez algum antigo preceito de educação, prevenia-os contra apontar os rifles diretamente para Lucille.

— Que diabos está acontecendo, Junior? — sussurrou um dos soldados.

— Não tenho a mais puta ideia — sussurrou ele de volta. — A mulher simplesmente apareceu com eles, um grupo inteiro de Ressurgidos, e com essa maldita pistola. No começo era só ela e um grupo que desceu da caminhonete, mas agora...

Como todos podiam ver claramente, havia outros. Muitos outros. Mesmo sem conseguirem determinar exatamente quantos eram, os soldados perceberam que estavam em minoria. Disso, ao menos, eles tinham certeza.

— Vim aqui para libertar todos os que estão presos aí — gritou Lucille. — Não tenho nada em particular contra vocês, rapazes. Suponho que estejam só obedecendo a ordens, pois foram treinados para isso. Então, não sinto nada de especial por vocês. No entanto, vocês devem lembrar que têm o dever moral de fazer o que é certo, de ser justos e corretos, mesmo que obedeçam a ordens.

Lucille sentiu vontade de andar de um lado para o outro, como o pastor às vezes fazia quando precisava coordenar as ideias. No carro, a caminho do centro de detenção, ela planejara tudo, mas naquele momento, ali de pé, agindo daquele jeito, com todas aquelas armas à vista, sentiu medo.

Mas não era hora de sentir medo.

— Não é com vocês que eu devia estar falando — gritou. — Vocês não são a causa dessa situação; nenhum de vocês. São simplesmente o sintoma. Tenho que chegar à causa. Quero ver o coronel Willis.

— Senhora — disse Junior —, por favor, largue a arma. Se a senhora quer ver o coronel, poderá vê-lo. Mas primeiro vai ter que largar essa arma. — O soldado ao lado de Junior sussurrou alguma coisa. — Por favor, largue a arma e entregue esses Ressurgidos para cadastramento.

— De jeito nenhum — ela gritou, apertando o cabo da arma com mais força. — Cadastramento — rosnou.

Os soldados ainda hesitavam em apontar as armas para Lucille e, em vez disso, as apontavam para os que a acompanhavam. Nenhum dos Ressurgidos atrás e ao lado de Lucille fez qualquer gesto repentino. Apenas se mantiveram parados e deixaram Lucille e sua pistola agirem por eles.

— Quero ver o coronel — repetiu ela.

Apesar do sentimento repentino de culpa que a invadiu pelo que estava fazendo, ela não estava disposta a se deixar persuadir por nada. Satã era um sutil tentador. Ela sabia disso. E ele realizava o mal convencendo as pessoas a fazer pequenas concessões, as quais, por sua vez, levavam a grandes pecados. E ela se cansara de não fazer nada.

— Coronel Willis! — gritou Lucille, como se estivesse chamando um fiscal da receita. — Quero ver o coronel Willis!

Junior não era talhado para esse nível de tensão.

— Chame alguém — disse ele em voz baixa para o soldado ao seu lado.

— O quê? Ela não passa de uma velha. Ela não vai fazer nada.

Lucille escutou o que os dois disseram e, para provar que eles não estavam entendendo nada da situação, disparou um tiro para cima. Todos pularam.

— Eu vou ver o coronel agora — disse ela, com os ouvidos retinindo um pouco.

— Chame alguém! — disse Junior.

— Chame alguém — disse o soldado ao lado dele.

— Chame alguém — disse um terceiro soldado.

E assim foi, de soldado em soldado.

* * *

Finalmente apareceu alguém e, como Lucille já esperava, não era o coronel Willis, mas o agente Bellamy. Ele passou pelo portão meio caminhando, meio correndo. Estava de terno, como de costume, mas sem a gravata. Sinal certeiro, pensou Lucille, de que a situação toda estava fadada ao desastre.

— Noite boa para andar de carro — disse Bellamy, emergindo da barreira de soldados. Em parte buscava manter a atenção de Lucille focada nele e, em parte, queria se posicionar entre a mulher e o maior número possível de rifles apontados para ela. — O que está acontecendo, sra. Lucille?

— Não foi o senhor que eu mandei chamar, agente Martin Bellamy.

— Não, senhora, decerto não mandou me chamar. Mas eles foram me buscar, e aqui estou. Agora me diga do que se trata.

— O senhor sabe muito bem do que se trata. Sabe tão bem quanto qualquer um. — A pistola tremia. — Estou furiosa — disse ela, sem rodeios. — E não vou mais tolerar que as coisas continuem desse jeito.

— Sim, senhora — disse Bellamy. — A senhora tem o direito de estar zangada. Se alguém tem esse direito, é a senhora.

— Pare com isso, agente Bellamy. Não queira me pôr no centro disso tudo, porque não é verdade. Só quero falar com o coronel Willis. Vá buscá-lo. Ou então mande alguém no seu lugar. Para mim tanto faz.

— Não tenho a mínima dúvida de que ele já está a caminho — retrucou Bellamy. — E, francamente, é isso que me assusta.

— Eu não estou com medo — disse Lucille.

— A arma só piora as coisas.

— Arma? O senhor pensa que eu não estou com medo porque estou armada? — Lucille respirou fundo. — Isso aqui não tem nada a ver com a arma. Eu não tenho medo porque tenho certeza do caminho que decidi tomar. — Ela se mantinha ereta, como uma flor dura plantada no solo duro. — Gente demais no mundo tem medo das coisas, inclusive eu, que ainda sinto medo de uma porção delas. Fico apavorada com o que vejo na TV. Mesmo antes de tudo isso começar, e mesmo após acabar, ainda sentirei medo. Mas eu não estou com medo disso aqui. Não temo o que está acontecendo, nem o que pode acontecer daqui a pouco. Eu me sinto em paz, porque é o certo. O cidadão honesto tem que perder o medo de fazer o que é certo.

— Mas haverá consequências — disse Bellamy, esforçando-se para não deixar parecer que a ameaçava. — É simplesmente o jeito como o mundo funciona. Para tudo há uma consequencia, e nem sempre é a consequência que a gente prevê. Às vezes, e algo que a gente nem imagina. Não importa como terminarem os acontecimentos de hoje, e quero, mais do que a senhora imagina, que tudo termine em paz, pode ter certeza de que vai haver consequências.

Ele deu um passo curto em direção a Lucille. Acima dele, como se nada houvesse de errado no mundo, as estrelas cintilavam e as nuvens desfilavam suas formas complexas e silenciosas.

Bellamy assentou os pés no chão e continuou:

— Eu sei o que a senhora está tentando fazer. A senhora quer provar um ponto, pois não gosta do desenrolar dos acontecimentos, e eu me identifico com isso. Eu também não gosto do atual estado de coisas. A senhora acha que eu teria ocupado toda uma cidade e abarrotado ela de pessoas, como se fossem coisas ou animais, se eu pudesse ter alguma influência na questão?

— É por isso que não quero falar com o senhor, agente Bellamy. O senhor não manda mais em nada. Isso não gira em torno do senhor, e sim do coronel Willis.

— Sim, senhora — disse Bellamy. — Mas tampouco o coronel Willis é responsável por isso aqui. Ele só obedece a ordens. Afinal, ele é subordinado a outra pessoa, assim como esses jovens soldados aqui.

— Não quero saber — disse Lucille.

- A senhora precisa ir acima dele se quiser alguma explicação. Precisa galgar a hierarquia de comando.

— Não me trate como idiota, agente Martin Bellamy.

— Depois do coronel, vem um general, ou algo parecido, que está acima dele. Nunca fiz serviço militar, o que significa que muito do que eu sei vem do que assisto na TV. Mas de uma coisa estou certo: soldado nenhum faz qualquer coisa sem ordens ou sem que alguém seja responsável. É uma longa hierarquia de comando, que chega até o presidente. E tenho certeza de que a senhora sabe muito bem que o presidente não manda em nada. São os eleitores, os grupos de interesse das indústrias privadas, e assim por diante. É uma cadeia sem fim.

Ele deu mais um passo adiante. Estava quase perto o suficiente para tocá-la. Só a alguns metros.

— Pare bem aí! — exclamou Lucille.

—Agora, se a senhora me perguntar se eu teria posto o coronel Willis no comando de tudo isso — prosseguiu Bellamy, girando o corpo ao dizer "tudo isso", para que suas palavras se dirigissem à adormecida cidade no escuro, a cidade que não era mais cidade, mas um enorme e inchado *gulag* —, então lhe respondo que não; eu jamais o teria destacado para comandar algo tão delicado, tão importante assim. Porque esta, definitivamente, é uma situação delicada.

Mais um passo adiante.

— Martin Bellamy.

— Mas aqui estamos, a senhora, eu, o coronel Willis, Harold, Jacob.

Um disparo ecoou.

E logo outro, para o alto, vindo da escura e pesada pistola na mão de Lucille. Então, ela abaixou o cano e o apontou para Bellamy.

— Não tenho nada contra o senhor, agente Martin Bellamy — disse ela. — O senhor sabe disso. Mas não serei desviada de meu objetivo. Eu quero meu filho.

— Não, senhora — pronunciou uma voz atrás do agente Bellamy, que retrocedeu passo a passo. Era o coronel. Com ele estavam Harold e Jacob. — A senhora não será desviada de seu objetivo — prosseguiu o coronel Willis. — Vamos providenciar para que tudo volte ao normal, eu diria.

A presença de Harold e Jacob ao lado do coronel deixou Lucille sem ação, embora entendesse, no instante em que os viu, que era isso que deveria ter previsto. Imediatamente, ela apontou a arma para o coronel. Os soldados se puseram em prontidão, mas o coronel acenou para que se acalmassem.

Jacob estava de olhos arregalados. Nunca tinha visto sua mãe com uma arma.

— Lucille — chamou Harold.

— Não fale nesse tom comigo, Harold Hargrave.

— Que diabos você está fazendo, mulher?

— O que precisa ser feito, só isso.

— Lucille!

— Cale essa boca! Estou fazendo o que você faria se os papéis estivessem trocados. Diga que não é verdade.

Harold olhou para a arma de Lucille.

— Talvez — disse ele —, mas isso só quer dizer que agora eu tenho que fazer o que você teria feito, se os papéis estivessem trocados, como você falou. Olhe você aí, com uma maldita pistola!

— Não blasfeme!

— Escute seu marido, sra. Hargrave — pediu o coronel Willis, parecendo muito distinto e tranquilo, mesmo com a pistola de Lucille apontada para ele. — Isso não vai acabar bem, a menos que a senhora e essas criaturas se rendam pacificamente.

— Cale-se — ordenou Lucille.

— Escute o homem, Lucille — disse Harold. — Veja todos esses rapazes armados.

Eram pelo menos vinte, número paradoxalmente superior e inferior ao que esperara. Todos pareciam nervosos, tanto as armas como os soldados, com a chance de a situação acabar terrivelmente mal. E ali estava ela: apenas uma velha num vestido velho, no meio da rua, tentando não sentir medo.

Então se lembrou de que não estava sozinha. Virou a cabeça para olhar para trás. E viu a massa viva de Ressurgidos, todos lado a lado, observando-a, esperando que ela decidisse o destino deles.

Aquilo não estava em seus planos. Nada daquilo estava. Apenas queria chegar até o portão, explicar seu caso ao coronel, que, de algum modo, libertaria todos.

Mas, então, ela vinha dirigindo e os viu espalhados na periferia da cidade. Alguns estavam meio escondidos, deprimidos e temerosos. Outros se agrupavam, apenas a observando. Talvez não temessem mais a Agência. Talvez estivessem resignados com a prisão. Ou talvez tivessem sido enviados por Deus.

Ela parou e lhes pediu que viessem para ajudá-la. E, um por um, eles subiram na caminhonete. Ainda assim, o grupo não era grande; apenas os que couberam na picape. Mas, naquele momento, havia dúzias deles, como se um forte chamado tivesse passado de um para outro, de algum modo secreto e silencioso, e todos lhe atenderam.

Deviam estar escondidos, pensou ela. Ou talvez realmente fosse um milagre.

— Lucille.

Era Harold.

Ela abandonou seus devaneios sobre milagres para encarar o marido.

— Você se lembra daquela vez, há muito tempo, em 66, no dia anterior ao aniversário do Jacob, no dia antes de ele partir, quando estávamos na estrada, voltando de Charlotte? Era noite e chovia tanto que pensamos em parar e esperar a chuva passar. Você se lembra disso?

— É — disse Lucille. — Lembro, sim.

— Então aquele maldito cachorro veio disparado na frente da picape — prosseguiu Harold. — Você se lembra? Nem tive tempo de desviar. Quando vi, *baaam!* Lembra o estardalhaço de metais batendo quando eu atingi o cachorro?

— Isso não tem nada a ver com o que está acontecendo aqui — disse Lucille.

— Você já estava chorando no instante da batida. E eu não sabia nem o que estava acontecendo. E você ali, chorando como se eu tivesse atropelado uma criança, dizendo "Senhor, Senhor, Senhor", sem parar. Você me deu um susto daqueles. Pensei que tinha atropelado uma criança, apesar de não fazer nenhum sentido uma criança ali, naquele temporal, tarde da noite. Mas eu só conseguia pensar no Jacob estendido lá, morto e atropelado.

— Shhh — disse Lucille, com a voz insegura.

— Mas ali estava aquele maldito cachorro. O cão farejador de alguém. Provavelmente atrás de alguma coisa e confuso com a chuva. Desci do carro naquela maldita tempestade e o encontrei todo estropiado. Eu o coloquei na caçamba e o trouxemos pra casa.

— Harold.

— Nós o levamos para casa e, bem, ali estava ele e não havia nada a fazer. Já estava morto. Só que a gente ainda não tinha percebido. Então, fui até o quarto e peguei a arma, a mesma arma que você está segurando agora. Eu disse pra você ficar em casa, mas você não quis, só Deus sabe por quê. — Harold fez uma pausa e pigarreou para livrar a garganta de algo que a obstruía. — A última vez que usei essa arma — prosseguiu —, você lembra do efeito dela quando a disparei, Lucille, eu sei que você lembra. — Harold olhou em torno, para os soldados, para eles e suas armas.

Então ele ergueu Jacob do chão e lá ficou, segurando-o. A arma começou a pesar na mão de Lucille. Ela sentiu um estremecimento no ombro, que desceu ao cotovelo, até o pulso e a mão, e, sem ter escolha, baixou a arma.

— Muito bem — disse o coronel Willis. — Muito, muito bem.

— Precisamos falar do atual estado das coisas — disse Lucille, sentindo-se muito cansada.

— Podemos falar de muitas coisas.

— As coisas precisam mudar — disse ela. — Elas não podem continuar como estão. Simplesmente não podem. — Mesmo com a arma abaixada, ela ainda a empunhava.

— É possível que a senhora esteja certa — afirmou o coronel Willis. Ele olhou para um grupo de soldados, entre eles o rapaz de Topeka, e gesticulou com a cabeça em direção a Lucille. Então se virou para ela. — Eu não vou ficar aqui fazendo de conta que tudo está como deveria ser. No mínimo, as coisas estão em desarmonia.

— Em desarmonia — ecoou Lucille. Ela sempre gostara da palavra *harmonia*. Olhou por cima do ombro. Continuavam todos lá, a ampla e poderosa massa de Ressurgidos. Eles ainda depositavam suas esperanças nela: a única coisa que se interpunha entre os soldados e eles.

— O que vai acontecer com eles? — perguntou Lucille, virando-se a tempo de ver Junior perto o suficiente para lhe tirar a arma. O rapaz congelou, a pistola ainda no coldre. Ele detestava violência. Só queria voltar para casa em segurança, como todos os demais.

— O que a senhora disse? — perguntou o coronel Willis, com o clarão dos refletores do portão sul brilhando atrás dele.

— Perguntei o que vai acontecer com eles, se o senhor renunciar.

— Ai, inferno — disse Harold, pondo Jacob de volta no chão e segurando a mão do garoto.

A voz de Lucille estava rígida e sob controle.

— O que vai acontecer com eles? — repetiu ela, acenando para os Ressurgidos.

Junior teve o pressentimento de que algo de não muito bom estava para acontecer e, por isso, retrocedeu um passo.

— Não se mexa! — ordenou o coronel Willis.

Junior obedeceu.

— O senhor ainda não me respondeu — disse Lucille, cuidando para enunciar cada palavra com perfeição. Ela deu um passo curto à esquerda, para conseguir enxergar além do soldado enviado para lhe tirar a arma da mão.

— Eles serão cadastrados — respondeu o coronel Willis. Então se endireitou e cruzou as mãos atrás das costas, ao estilo puramente militar.

— Inaceitável — disse Lucille, com a voz ainda mais áspera do que antes.

— Que inferno — amaldiçoou Harold, cerrando os dentes. Jacob levantou o olhar para ele, com o medo estampado nos olhos. Ele compreendeu o mesmo que o pai. Harold olhou para Bellamy, tentando algum tipo de contato visual. Bellamy tinha de saber que Lucille passara do ponto de ser acalmada.

Mas o agente Bellamy se concentrava na situação, como todos os outros.

— Abominável — disse Lucille. — Irresolúvel.

Harold estremeceu. A pior discussão dele com Lucille acontecera logo depois da palavra *irresolúvel*. Era seu grito de guerra. Ele retrocedeu em direção ao portão aberto, tomando distância do lugar por onde as balas iam voar no caso de fracasso total, o que parecia cada vez mais certo.

— Estamos indo embora — disse Lucille com uma voz fatal e segura. — Minha família e os Wilson vêm conosco.

O rosto do coronel Willis permanecia impassível, a expressão severa e dura.

— Isso não vai acontecer — disse ele.

— Vou levar os Wilson — afirmou Lucille. — Vou levá-los de volta.

— Sra. Hargrave.

— Entendo que precise manter as aparências. Seus homens devem respeitá-lo como líder. E quando aparece uma velha de setenta e três anos com uma pequena pistola e seu bando, e fica fazendo exigências sobre todos esses prisioneiros atrás dos muros de toda uma cidade... Bem, não é preciso ser estrategista militar para saber que isso pode ser desmoralizante para o senhor.

— Sra. Hargrave — repetiu o coronel Willis.

— Não vou exigir mais do que me é devido, nada mais do que me pertence, minha família e aqueles sob minha proteção. Faço a obra de Deus.

— Obra de Deus?

Harold puxou Jacob ainda mais para si. Teve a impressão de que todos os prisioneiros da cidade de Arcadia haviam se juntado na cerca. Olhou para a multidão em busca dos Wilson. Teria de cuidar deles quando os eventos se precipitassem.

— Obra de Deus — repetiu Lucille. — Não do Deus do Antigo Testamento, que repartiu as águas para Moisés e afogou as tropas do faraó. Não, não mais esse Deus. Acho que acabamos por despachar esse Deus.

Junior deu mais um passo para trás.

— Fique onde está, soldado! — gritou o coronel Willis.

— Harold, leve o Jacob para um lugar seguro — ordenou Lucille. Então se dirigiu ao coronel Willis: — Isso tem que parar. Não podemos ficar esperando por alguém, mesmo que seja Deus, para fazer o que nós mesmos podemos fazer.

— Não dê nem mais um passo, soldado! — vociferou o coronel Willis. — Tire a arma da sra. Hargrave para que possamos todos terminar a noite em paz.

Junior tremia. Fitou Lucille nos olhos, perguntando-se o que fazer.

— Corra, garoto — disse ela na voz que reservava para Jacob.

— Soldado!

Ele esticou a mão em direção à arma.

Então Lucille atirou nele.

* * *

O nem tão pequeno exército de Lucille não se assustou com o tiro, como os soldados pensavam que ocorreria. Talvez porque todos eles já haviam morrido uma vez, provando que, naqueles tempos, a morte não era capaz de contê-los para sempre.

Essa era uma possibilidade. Mas não muito provável.

Afinal de contas, eles ainda eram gente.

Quando Junior caiu no chão, segurando a perna e gritando de dor, Lucille não parou para cuidar dele, como teria feito no passado. Em vez disso, passou por cima do rapaz e se dirigiu diretamente ao coronel Willis, que ordenou aos soldados em seus postos que abrissem fogo. Ele mesmo levou a mão à pistola na cintura, mas, assim como Junior, relutou em sacar contra a senhora. Ela não era como os Ressurgidos. Ela estava viva.

Os soldados atiraram. Algumas balas acertaram as pessoas, mas a maioria se perdeu no ar e na terra cálida de verão. Lucille marchou até o coronel Willis, com a pistola apontada.

* * *

Antes de Junior levar o tiro, Harold pegara Jacob nos braços e o levara para longe do tiroteio que previra. Bellamy não ficou muito atrás. Rapidamente alcançou Harold e o menino e, sem pedir licença, tirou Jacob dos braços do pai.

— Vamos lá pegar sua mãe — disse Harold.

— Sim, senhor — Jacob respondeu.

— Eu não estava falando com você, filho.

— Sim, senhor — disse Bellamy.

E os três correram para dentro da cidade cercada.

* * *

O que faltava aos Ressurgidos em termos de armas, sobrava na quantidade ali reunida. Descontando os que haviam chegado com Lucille, havia ainda milhares do outro lado da cerca sul, presos em

Arcadia. Ressurgidos demais acompanhando os acontecimentos que depois seriam narrados.

Os soldados pareciam tão poucos.

Os Ressurgidos atacaram, em silêncio, como se aquilo não fosse o objetivo final deles, mas apenas um ato encenado. Os soldados sabiam que, em última instância, suas armas não conseguiriam conter aquela multidão. Por isso, o tiroteio não durou muito. Os Ressurgidos convergiram sobre o grupo de soldados, engolindo-o como a maré.

* * *

O exército de Lucille se expandiu, distanciando-se dela, que apontava sua pistola para o coronel.

Ouvia-se a gritaria, o som das pessoas lutando entre si. Era uma orquestra do caos, da paixão pela vida nos dois lados em conflito.

Janelas foram quebradas. Brigas se deflagravam nos gramados, nas soleiras das portas, enquanto os soldados retrocediam em pequenos grupos. Às vezes ganhavam terreno porque os Ressurgidos não eram soldados, apenas gente comum, com o medo normal que qualquer um talvez sinta quando confrontado com uma arma.

A vida, porém, os motivava. Assim, eles avançavam.

— A senhora podia ter matado o rapaz — disse o coronel Willis, olhando para Junior, atrás de Lucille. O soldado parara de berrar, consolado por, apesar do tiro, ainda estar vivo. Limitava-se a gemer e a segurar a perna com as duas mãos.

— Ele vai ficar bem — disse Lucille. — Meu pai me ensinou a atirar quase que antes mesmo de me ensinar a andar. Eu sei como acertar no que miro.

— Isso não vai dar certo.

— Pelo que estou vendo, já deu.

— Eles vão enviar mais soldados.

— O que não vai mudar o fato de que hoje se fez o certo. — Lucille por fim abaixou a arma. — Eles virão atrás do senhor — disse ela. — Eles são pessoas. E sabem o que o senhor fez. Eles vão vir pegá-lo.

O coronel Willis limpou as mãos. Então, virou-se de costas e se afastou sem dizer nada, caminhando em direção à cidade, onde os soldados se espalhavam, alguns ainda atirando aqui e acolá, ainda tentando, com muito esforço, recuperar o controle da situação, mesmo que estivessem fracassando. Nada deteria os Ressurgidos por muito mais tempo.

O coronel Willis silenciou.

Pouco depois chegaram os Wilson. Vieram do jeito que uma família deve fazê-lo: em fileira, com Jim e Connie nas pontas e as lindas crianças no meio, protegidas do mundo. Jim acenou para ela.

— Espero que tudo isso não seja por nossa causa — disse ele.

Lucille o abraçou com força. Ele cheirava a mofo, e Lucille achou que era o cheiro apropriado naquela situação, validando tudo o que fizera. Realmente, ele e sua família haviam sido maltratados.

— Fiz a coisa certa — disse para si mesma.

Jim Wilson ia lhe perguntar o que ela queria dizer. E ela teria desconversado, brincando sobre a louça toda que precisava ser lavada quando chegassem em casa. Talvez lhe fizesse um sermão bem-humorado sobre como educar seus filhos, só para começar uma piada.

Mas se ouviu um estampido a distância, e Jim Wilson estremeceu repentinamente.

Então caiu, morto.

Chris Davis

Encontraram-no em seu escritório, fitando uma parede de monitores. Ele não falou. Não correu, como Chris pensou que faria. Ele apenas endireitou a coluna na cadeira quando entraram na sala, olhou-os fixamente e disse:

— Eu fiz a minha parte e nada mais.

Chris não conseguia distinguir se ele estava lhes pedindo perdão ou inventando alguma desculpa. O coronel não parecia o tipo de homem que inventa desculpas.

— Não sei o que vocês são mais do que vocês mesmos sabem — disse o coronel. — Talvez sejam como os de Rochester, prontos para lutar até morrer pela segunda vez. Mas eu não acredito nisso. — Ele balançou a cabeça. — Vocês são outra coisa. Isso não pode durar. Nada disso pode. — E logo: — Eu fiz a minha parte, só isso.

Por um momento, Chris achou que o coronel ia se matar. Pelo menos, parecia o curso dramático mais compatível com a situação. Mas, ao prendê-lo, encontraram a arma descarregada em cima da mesa, inofensiva. Nos monitores da parede, nos quais passara semanas observando a vida e, por vezes, a morte dos Ressurgidos, havia somente a imagem de uma senhora negra sentada sozinha em sua cama.

O coronel respirou fundo quando o levantaram e começaram a carregá-lo pelos corredores da escola. Chris se perguntou o que a imaginação daquele homem estava fazendo com ele.

Ao abrirem a porta, o menino lá dentro, com as roupas imundas, cobriu os olhos contra a luz com a mão trêmula.

— Estou com fome — disse sem forças.

Dois deles entraram na sala e ajudaram o garoto a sair. Ergueram--no nos braços e o tiraram da prisão onde ficara por dias, acomodando ali o coronel. Antes de fecharem e trancarem a porta, Chris notou o homem olhando para os Ressurgidos, de olhos arregalados e espantados, como se eles fossem se espalhar pelo mundo inteiro, recheando todos os espaços vazios, enraizando-se em todo lugar, mesmo depois de mortos.

— Tudo bem — Chris ouviu o coronel dizer, embora não estivesse claro com quem ele falava.

Então eles fecharam e trancaram a porta.

18

— TEMOS QUE PARAR — bufou Harold, sentindo uma queimação nos pulmões.

Bellamy não protestou, ainda que todos os seus instintos lhe dissessem para continuar, pois sua mãe estava perdida no meio daquela loucura toda. Bastava olhar para o estado de Harold para ver que não tinha escolha. Bellamy pôs Jacob de volta no chão e o menino correu até o pai.

— Você está bem? — perguntou.

Entre tossidas, Harold lutava para respirar.

— Sente-se — disse Bellamy, passando o braço ao redor do velho. Estavam perto de uma pequena casa na Third Street, distantes o suficiente do portão para terem paz. Aquela área da cidade permanecia tranquila, pois todos haviam se dirigido ao portão onde ocorria o tumulto. Bellamy concluiu ser muito provável que quem pudesse fugir de Arcadia estaria fazendo justamente isso naquele momento. *A cidade toda pode acabar vazia*, pensou.

Se a memória não o traía, a casa era da família Daniels. Ele se dedicara a registrar na memória o máximo possível de tudo o que tivesse relação com Arcadia, não porque esperasse que uma situação daquela acontecesse, mas porque sua mãe sempre lhe ensinara a ser detalhista.

Mais um estampido ecoou pelos lados do portão.

— Obrigado por me ajudar a escapar de lá — disse Harold, baixando o olhar. — Eu estava lerdo demais.

— A gente não devia ter abandonado a Lucille — respondeu Bellamy.

— Qual era a alternativa? Ficar e deixar que o Jacob levasse um tiro? — Harold gemeu e pigarreou.

Bellamy concordou.

— Acho que parece lógico. Isso logo vai acabar. — Pôs a mão no ombro de Harold.

— Ele vai ficar bem? — perguntou Jacob, enxugando a testa do pai enquanto Harold tossia e ofegava.

— Não se preocupe com ele — disse Bellamy. — Ele é um dos homens mais rabugentos que já conheci na vida. Você não sabe que os rabugentos vivem para sempre?

Bellamy e Jacob levaram Harold até os degraus da varanda da casa dos Daniels. A casa tinha um ar solitário, agachada sob um poste queimado, ao lado de um terreno baldio.

Harold tossiu até ficar vermelho, enquanto Jacob lhe massageava as costas.

Bellamy permanecia de pé, olhando para o centro da cidade, onde se situava a escola.

— Você devia ir procurá-la — disse Harold. — Ninguém vai nos incomodar aqui. Os únicos que carregam armas são os soldados, e eles estão em desvantagem — continuou, pigarreando. Bellamy ainda olhava na direção da escola. — Ninguém vai se preocupar com um velho e um garoto agora. A gente não precisa de você como sentinela. — Harold pôs o braço em torno de Jacob. — Não é verdade, filho? Você vai cuidar de mim, não vai?

— Sim, senhor — disse Jacob com toda seriedade.

— Você sabe onde nós moramos — comentou Harold. — Acho que a gente vai voltar para buscar a Lucille, afinal parece que a confusão se acalmou por lá e já está distante do portão, mas a Lucille vai permanecer naquele lugar, imagino. Ela vai esperar por nós.

Bellamy virou a cabeça bruscamente. Perscrutou a noite em direção ao portão sul.

— Não se preocupe com a Lucille. Não vai acontecer nada com aquela mulher. — Harold riu, mas um riso pesado e tenso.

— A gente simplesmente a largou lá — disse Bellamy.

— Ninguém a largou. Nós trouxemos o Jacob para um lugar seguro. E, se não tivéssemos feito isso, ela mesma atiraria em nós. Isso eu garanto — Harold disse, puxando Jacob para si.

A distância, ouviram-se tiros e, então, silêncio.

Bellamy passou a mão na testa. Harold reparou que, pela primeira vez desde que o conhecera, o sujeito suava.

— Ela vai ficar bem — disse Harold.

— Eu sei — respondeu o agente.

— Ela está viva — Harold afirmou.

Bellamy riu.

— Essa ainda é a questão, não é?

Harold pegou a mão de Bellamy para cumprimentá-lo.

— Obrigado — disse, tossindo levemente.

Bellamy sorriu.

— Você está ficando sentimental pra cima de mim agora?

— Só precisa dizer "de nada", senhor agente.

— Ah, não — disse Bellamy. — Se você vai ficar todo molenga e sentimental, eu preciso tirar uma foto. Onde está meu celular?

— Você é um idiota — afirmou Harold, reprimindo uma risada.

— De nada — retrucou Bellamy, bem-humorado.

Assim, cada um seguiu seu caminho.

* * *

Harold permaneceu sentado com os olhos fechados, procurando um meio de se ver livre daquela tosse maldita e interminável. Precisava pensar no que iria fazer a seguir. Sentia que alguma coisa precisava ser feita antes que tudo terminasse, algo terrível.

As palavras de Harold sobre conhecer Lucille não passavam de conversa fiada. Na verdade, ninguém queria mais do que ele voltar lá para ver, por si mesmo, se ela estava bem. Sentia-se mais culpado que Bellamy por haver abandonado Lucille. Afinal de contas, ele era seu marido. No entanto, lembrou-se de que agira pensando na segurança de Jacob. Lucille em pessoa lhe dissera para se afastar. O que fazia sentido. Com todas aquelas armas, aquela multidão e todo aquele medo, era impossível saber o que poderia acontecer. Não era lugar para se ficar com um filho.

Se a situação estivesse invertida, se ele enfrentasse os soldados, com Lucille e Jacob do outro lado da cerca, ele também teria exigido que a mulher pegasse a criança e saísse correndo.

— Papai?

— Sim, Jacob, o que é? — Harold ansiava desesperadamente por um cigarro, mas os bolsos estavam vazios. Pôs as mãos entre os joelhos e fitou a cidade de Arcadia, agora quieta como um cemitério.

— Você me ama, não é?

Harold se contraiu.

— Que pergunta boba é essa, meu filho?

Jacob recolheu os joelhos junto ao peito e passou os braços em volta das pernas sem dizer nada.

* * *

Eles atravessaram a cidade de volta ao portão, devagar e com muito cuidado. Esporadicamente, passavam por outros Ressurgidos. Ainda havia muita gente dentro dos limites da cerca, embora muitos houvessem fugido para o campo.

Harold tentava se mover com segurança, para não levar os pulmões novamente ao pânico. Volta e meia, falava qualquer coisa que lhe viesse à mente. Mas, sobretudo, falava de Arcadia. De como era "naquela época", quando Jacob estava vivo. Naquele momento, parecia-lhe muito importante ter ciência de como as coisas haviam mudado ao longo dos anos.

O terreno baldio adjacente à casa dos Daniels nem sempre fora baldio. Naquela época, quando Jacob estava vivo, era nele que se localizava a antiga sorveteria, até que, nos anos 70, fora à falência por causa da crise do petróleo.

— Conte uma piada — disse Harold, apertando a mão de Jacob.

— Você já escutou todas — respondeu o menino.

— Como é que você sabe?

— Porque foi você que me contou todas elas.

Harold já não sentia falta de ar, e sentia-se melhor.

— Mas, sem dúvida, você conhece algumas novas. — Jacob sacudiu a cabeça, então o pai continuou: — Que tal alguma que você viu na TV? Ou talvez alguma que escutou alguém contar? — Novamente Jacob sacudiu a cabeça. — E aqueles garotos, quando a gente ficou no ateliê com a sra. Stone? A garotada sempre conhece alguma piada. Eles devem ter contado algumas pra você antes de o lugar ficar superlotado, e antes de você ser obrigado a bater neles — disse Harold com um sorriso tolo.

— Ninguém me contou nenhuma piada nova — explicou Jacob, sem rodeios. — Nem você.

Então, Harold soltou a mão do filho e os dois continuaram a caminhar balançando os braços.

— Tudo bem. Então, vamos tentar inventar uma.

Jacob sorriu.

— Sobre o que vai ser·a nossa piada? — o pai perguntou.

— Animais. Eu gosto de piadas de animais.

— Está pensando em algum animal em particular?

— Uma galinha — disse Jacob, depois de pensar um pouco.

Harold consentiu.

— Muito bom, muito bom. Tem muito campo para piada de galinha. E de galo ainda mais, mas não conte nada a sua mãe, viu?

Jacob riu.

— O que que a peteca disse pra galinha?

— O quê?

— Tenho pena de você.

* * *

Quando se aproximavam do portão sul de Arcadia, pai e filho tinham acertado numa piada — e numa filosofia a respeito do como contar piadas.

— Então qual é o segredo? — Jacob perguntou.

— O segredo está no modo de contar.

— Como assim?

— Conte a piada do jeito que você sabe.

— Por quê?

— Porque, se parecer que está inventando a piada, ninguém vai lhe dar atenção. Porque as pessoas acham que a piada é sempre mais engraçada se já tiver sido contada. E isso porque as pessoas querem fazer parte de alguma coisa; quando escutam uma piada, querem se sentir como se estivessem participando de algo maior do que elas. Querem levá-la para casa e contá-la aos amigos, para que todos ao seu redor participem também.

— Sim, senhor — disse Jacob, contente da vida.

— E se a piada for boa de verdade?

— Se for boa de verdade, vai ser contada toda a vida.

— Isso mesmo — disse Harold. — O que é bom nunca morre. — E, subitamente, sem ter tempo nem de contar a piada de novo, como se andassem sem rumo, apenas pai e filho compartilhando o tempo sozinhos, como se não fosse para ali mesmo que rumassem, os dois se viram diante do portão sul, de volta para onde Lucille estava e para onde Jim Wilson jazia estendido no chão.

* * *

Harold, com Jacob a reboque, abriu caminho por entre a multidão de Ressurgidos que cercava Jim Wilson.

Morto, Jim parecia em paz.

Ajoelhada ao lado dele, Lucille chorava e chorava e chorava. Alguém dobrara um paletó ou coisa parecida e o enfiara sob a cabeça de Jim, usando outro para lhe cobrir o tórax. Lucille segurava uma das mãos do morto. A mulher dele, Connie, segurava a outra. Alguém fizera a bondade de levar as crianças para outro lugar.

Grupos dispersos de soldados permaneciam sentados, sem armas, rodeados de Ressurgidos. Alguns estavam com as mãos amarradas. Outros, sabendo reconhecer uma causa perdida, continuavam com as mãos livres e apenas olhavam em silêncio, sem oferecer resistência.

— Lucille? — chamou Harold, acocorando-se ao lado da mulher com um gemido.

— Ele era da família, e eu sou a responsável.

Harold não viu o sangue até que se ajoelhou nele.

— Harold Hargrave — disse Lucille com gravidade —, onde está meu filho?

— Está aqui.

Jacob se aproximou de Lucille por trás e passou os braços em torno dela.

— Estou aqui, mamãe.

— Que bom — disse ela, mas Harold não tinha certeza se Lucille tinha realmente registrado a presença do menino. Ela então pegou Jacob e o puxou para si. — Eu fiz algo terrível — falou, segurando-o com força. — Que Deus me perdoe.

— O que aconteceu? — perguntou Harold.

— Tinha alguém atrás da gente — disse Connie Wilson, parando para enxugar as lágrimas do rosto.

Harold se levantou lentamente. As pernas lhe pesavam de tanta dor.

— Foi um dos soldados? Foi aquele maldito coronel?

— Não, ele já tinha saído — disse Connie calmamente. — Não foi ele.

— Para que direção o Jim estava virado? Para a cidade ou para aquele lado de lá? — perguntou Harold, apontando para a estrada que se afastava de Arcadia. Ele podia ver onde a cidade terminava e os campos e árvores começavam.

— Para a cidade — respondeu Connie.

Harold se virou na direção oposta. Seu olhar se perdeu no campo. Viu apenas a longa e escura estrada serpenteando para fora de Arcadia. Ao longo dos limites dos milharais, pinheiros majestosos e escuros apontavam para a noite estrelada.

— Maldito seja — disse ele.

— O que foi? — perguntou Connie, percebendo um tom de reconhecimento na voz dele.

— Maldito filho da puta — disse Harold, as mãos fechadas em punhos.

— O que foi? — repetiu Connie, subitamente esperando ela mesma levar um tiro. Então olhou para o bosque, mas viu apenas árvores e escuridão.

— Vá pegar as crianças — disse Harold, e olhou para sua velha picape. — Ponha o Jim na caçamba. Você também, Connie. Entre lá e se agache. Não se levante até eu mandar.

— O que está acontecendo, papai? — quis saber Jacob.

— Agora não, Jacob — disse Harold. E, para Lucille: — Onde está a pistola?

— Aqui — afirmou Lucille, passando-a para ele, com nojo. — Jogue fora.

Harold enfiou a arma na cintura e deu a volta em direção ao banco do motorista.

— Papai, o que está acontecendo? — perguntou Jacob, ainda se segurando à mãe. Ela acariciou a mão do filho, como se finalmente admitisse que ele estava ali.

— Jacob, fique quieto — disse Harold, severo. — Venha aqui e entre no carro. Entre e se abaixe atrás do banco.

— Mas e a mamãe?

— Jacob, meu filho, faça o que estou lhe dizendo! — ordenou Harold. — A gente tem que sair daqui e chegar em casa, onde Connie e as crianças vão estar em segurança.

Jacob se abaixou atrás do assento, e Harold, sinalizando que o garoto se portara bem, fez um carinho na cabeça dele. Não se desculpou porque sabia que estivera certo ao gritar com o menino naquele momento, e Harold sempre acreditara que não se deve pedir desculpas quando não se fez nada de errado. Nada, porém, lhe impedia de demonstrar afeto com um afago na cabeça de uma criança.

Com o menino já instalado, Harold voltou para ajudar com o corpo de Jim Wilson. Lucille ficou ali, vendo-os carregar o morto, e de repente se lembrou de uma passagem da Bíblia.

— O meu Deus mandou o seu anjo, e este fechou a boca dos leões. Eles não me fizeram mal, porque fui considerado inocente aos olhos do Senhor.

Harold não contradisse a mulher, cujas palavras lhe pareceram acertadas.

— Cuidado — disse Harold enquanto levantavam o corpo, sem se dirigir a ninguém em particular.

— Penitentemente — disse Lucille. — Penitentemente — repetiu. — A culpa é toda minha.

* * *

Uma vez seguro o corpo na caçamba da caminhonete, Harold mandou Connie subir também.

— Ponha seus filhos na frente, se necessário. — Então se desculpou, sem saber por quê.

— O que está acontecendo? — Connie perguntou. — Não estou entendendo nada. Para onde vamos?

— Eu prefiro que as crianças venham na frente — respondeu Harold.

Connie seguiu as instruções do homem. As crianças se apertaram na frente, com Lucille, Jacob e Harold, que as mandou abaixarem a cabeça. Choramingando, elas obedeceram. Harold deu partida e acelerou para sair da cidade.

Lucille olhava ao longe, com a mente em outro lugar.

Na caçamba, Connie se deitou ao lado do corpo do marido, como devia ter feito por todos aqueles anos de vida e de casamento. Segurou a mão dele. Não parecia ter medo nem estar perturbada tão perto de um morto. Ou talvez simplesmente se recusasse a deixar o marido.

* * *

A caminho, Harold perscrutava a escuridão além da luz dos faróis, procurando enxergar o cano de um rifle se projetar e disparar, enviando-o para o túmulo. Já chegando em casa, com a cidade sumindo no retrovisor, ele pôs a mão sobre a de Lucille.

— Por que a gente está indo para casa? — perguntou Jacob.

— Quando você estava na China, sozinho e com medo, o que queria fazer?

— Eu queria vir pra casa — o menino respondeu.

— Então, é o que a gente faz — disse Harold. — Mesmo sabendo que pode estar um inferno lá.

* * *

Quando virou para entrar na estrada de terra batida que levava até a casa, Harold disse para sua mulher:

— A primeira coisa que vamos fazer é colocar Connie e as crianças dentro de casa. Sem perguntas. Não se preocupe com Jim. Apenas empurre as crianças para casa, certo?

— Certo — respondeu Lucille.

— Assim que entrarem, vão lá para cima. Não parem para nada.

Harold parou a picape, acendeu o farol alto e deixou que a luz banhasse a casa escura e vazia, como nunca antes a vira.

Acelerou e entrou. Ganhou velocidade, guinou para cima do quintal e deu marcha à ré, até encostar nos degraus da varanda, como se fosse descarregar uma árvore de Natal ou uma carga de lenha, e não o corpo de Jim Wilson.

Harold cismara que o seguiam. Envolvido por uma sensação de incerteza, fazia tudo com pressa. Parou para prestar atenção e ouviu o ronco surdo de motores de caminhonete no ar, provavelmente no começo da estrada de terra, pensou, por causa do som.

Abriu a porta da picape e desceu.

— Entrem — disse. Tirou as crianças de dentro da caminhonete e apontou para a varanda. — Vamos lá, andem logo e entrem em casa.

— Foi divertido — afirmou Jacob.

— Entre você também — mandou Harold.

Repentinamente, luzes de faróis balançaram na entrada para a garagem. Harold protegeu a vista e tirou a pistola da cintura.

Jacob, Lucille e os Wilson correram pela porta quando a primeira picape freou no quintal, sob o antigo carvalho. As três caminhonetes que se seguiram pararam uma ao lado da outra, todas com o farol alto ligado.

Mas Harold já sabia quem eles eram.

Ele se virou e subiu para a varanda enquanto as portas das picapes se abriam e os motoristas desciam.

— Harold! — chamou uma voz em meio à inundação de luzes. — Venha, agora! — disse a voz.

— Apague esses malditos faróis, Fred! — gritou Harold de volta. — E diga para os seus amigos fazerem o mesmo. — Ele se posicionou em frente à porta e destravou a pistola. Ouviu todos dentro da casa correndo escada acima, como dissera. — Dá para ouvir que o Clarence ainda não mandou ajustar a correia da picape dele.

— Não esquente com isso — respondeu Fred Green. Os faróis da caminhonete do homem se apagaram e, logo a seguir, os das outras também.

— Imagino que você ainda carrega aquele rifle — disse Harold.

Enquanto os olhos de Harold se ajustavam, Fred deu a volta para se posicionar em frente à picape. Aninhava o rifle nos braços.

— Eu não quis fazer aquilo — justificou-se Fred. — Você tem que saber disso, Harold.

— Ora, Fred — disse Harold —, você viu a oportunidade e fez o que sempre quis. A vida inteira você foi esquentadinho e, com o mundo do jeito que está, encontrou a oportunidade perfeita para viver sua vocação na plenitude, não é?

Harold deu mais um passo para trás, em direção à porta, e levantou a pistola. Os velhos que acompanhavam Fred também levantaram seus rifles e espingardas, mas Fred não movimentou o dele.

— Harold — disse Fred, sacudindo a cabeça —, traga eles aqui e vamos botar um ponto-final em tudo isso.

— Matando todos?

— Harold!

— Por que é tão importante que eles permaneçam mortos? — Harold retrocedeu mais um pouco. Detestava deixar o corpo de Jim na caçamba da caminhonete, mas não tinha muita escolha. — Como foi que você chegou a esse ponto? — perguntou. — Eu achava que você tinha mais juízo. — Ele estava quase dentro da casa.

— Simplesmente não é certo — disse Fred. — Nada disso.

Harold entrou na casa e bateu a porta. Silêncio total por alguns instantes. O carvalho em frente à residência farfalhou impelido por uma súbita rajada de vento sul, como uma promessa de mau agouro.

— Peguem as latas de gasolina — ordenou Fred Green.

Patricia Bellamy

Ele encontrou sua mãe a sós na sala da escola, sentada na ponta da cama, esperando e esperando e esperando, com as mãos no colo e o olhar fixo em algo à frente, alheia a tudo ali. Ao vê-lo na entrada, a luz do reconhecimento se acendeu nos olhos da mulher.

— Charles! — disse ela.

— Sim — ele respondeu. — Cá estou.

Patricia abriu o sorriso mais vibrante e claro que Bellamy jamais se lembrava de ter visto nela.

— Fiquei tão preocupada. Pensei que você tinha se esquecido de mim. A gente precisa chegar à festa na hora. Eu não admito nenhum atraso. É falta de educação. É pura crueldade.

— Está certo — concordou Bellamy, sentando-se na cama ao lado dela. Pegou na mão da mãe, que abriu o sorriso ainda mais e descansou a cabeça no ombro dele.

— Senti sua falta — disse ela.

— Eu também senti a sua.

— Pensei que você tinha se esquecido de mim. Que bobagem, não é?

— É.

— Mas eu sabia que você voltaria.

— Claro que sabia — afirmou Bellamy, os olhos marejados de lá

— Eu sei

— É por isso que não podemos chegar atrasados — disse a anciã. — Hoje é o grande dia. É hoje que ele se torna um homem do governo... nosso filho! E ele precisa saber que estamos orgulhosos dele. Precisa saber que o amamos e que ele sempre vai poder contar conosco.

— Tenho certeza de que ele sabe — retrucou Bellamy, as palavras travando-lhe a garganta.

Ficaram sentados daquele jeito por muito tempo. Volta e meia se ouvia o barulho de algum tumulto do lado de fora, pequenas batalhas disputadas aqui e acolá. Como era de esperar, alguns soldados continuavam leais ao coronel Willis, ou pelo menos ao que ele representava. Não conseguiam aceitar que tudo o que ele dissera e fizera, que todas as suas opiniões sobre os Ressurgidos pudessem estar erradas. Portanto lutavam um pouco mais que os outros, mas isso gradualmente se extinguia, e logo tudo estaria acabado. Em breve haveria apenas Martin Bellamy e sua mãe tentando sobreviver mais uma vez, até que a morte — ou seja lá o que for que levasse os Ressurgidos embora como sussurros na noite — viesse buscá-la, ou a ele.

Ele não iria repetir seus erros.

— Ah, Marty — disse sua mãe. — Eu amo tanto você, meu filho. — E começou a procurar algo nos bolsos, como fazia ao querer lhe dar uma bala quando ele era criança.

Martin apertou a mão de sua mãe.

— Eu também amo você. Não vou mais me esquecer disso.

19

—VOCÊ NÃO ACHA QUE eu sou idiota de entrar aí, acha? — gritou Fred, a voz projetando-se através do fino revestimento da porta e das finas paredes da casa como o som de uma campainha.

— Eu esperava que sim — disse Harold, terminando de encostar o sofá na porta para travá-la.

— Vai, Harold, deixa disso. Eu e a rapaziada vamos botar fogo na sua casa se for preciso.

— Vocês podem até tentar — disse Harold, apagando as luzes —, mas para isso terão que chegar perto da casa. E eu acho que vocês não vão querer fazer isso se considerarem que tenho uma pistola aqui comigo.

Com todas as luzes apagadas e as portas todas trancadas, Harold se posicionou atrás do sofá que bloqueava a porta. Pôde ouvi-los nos fundos, jogando gasolina nas paredes. Pensou em se deslocar para lá e talvez dar uns tiros, mas, se as coisas ficassem ainda piores, detestaria perder a chance de atirar em um deles.

— Eu não quero fazer isso, Harold.

Ele não pôde deixar de discernir um tom de sinceridade na voz de Fred, embora não tivesse certeza de que podia confiar nela.

— Só é algo que precisa ser feito.

— Todos nós temos coisas que precisamos fazer, não é verdade?

— Fiquem longe das malditas janelas! — gritou. Lucille veio até a escada e desceu desajeitada, meio se arrastando por causa da artrite. — Volte já para cima — disparou Harold.

— Eu tenho que fazer alguma coisa — retrucou Lucille. — Isso é tudo culpa minha. Eu sou a responsável!

— Credo, mulher! — bufou Harold. — Será que aquele seu livro não diz que ganância é pecado? Pare de ser mesquinha e divida sua culpa. Imagine só como teria sido nossa vida de casados se você assumisse a culpa o tempo todo, como agora? Você me mataria de tédio! — Harold estufou o peito para Lucille. — Agora, volte lá pra cima.

— Por quê? Porque sou mulher?

— Não. Porque estou mandando!

Mesmo não querendo, Lucille riu daquilo.

— Isso vale pra mim também — disse Connie, descendo a escada.

— Ah, que inferno — Harold gemeu.

— O que você está fazendo aqui, Connie? — perguntou-lhe Lucille. — Volte lá para cima!

— Está vendo como me sinto? — Harold disse a Lucille.

— O que vamos fazer? — quis saber Lucille.

— É o que estou tentando descobrir — explicou Harold. — Não se preocupe.

Connie foi agachada para a cozinha, evitando as janelas do melhor modo possível, e pegou o maior facão que encontrou.

— O que há com as mulheres e as facas? — perguntou Harold. — Lembra daquela Bobbitt? — Ele sacudiu a cabeça. E então: — Vamos parar com tudo isso, Fred.

— Isso não vai acabar bem — disse Lucille.

— É exatamente o que eu ia dizer — gritou Fred. Pelo som de sua voz, ele estava quase na varanda. — Harold — chamou. — Harold, venha até a janela.

Harold se levantou com um gemido.

— Por favor, Harold — pediu Lucille, procurando tocá-lo com a mão.

— Está tudo bem.

— Vamos conversar — disse Fred Green. Estava já na varanda, perto da janela. Harold, se quisesse, poderia ter disparado direto na barriga dele. E, só de pensar em Jim Wilson estendido, morto, na caçamba da caminhonete, teve de resistir à vontade. Mas Fred estava desarmado. Além do mais, parecia realmente perturbado. — Harold, sinto muito mesmo.

— Gostaria de acreditar nisso, Fred.

— Fala sério?

— Falo.

— Então você precisa entender que eu não quero mais derramamento de sangue.

— Não sangue dos Vivos Autênticos. É isso?

— É isso mesmo — disse Fred.

— Você só quer que eu lhe entregue essa família, inclusive as crianças.

— É, mas você tem que entender que a gente não quer uma carnificina. Não é nada disso.

— Então, o que você acha que é?

— É um ajuste de contas, uma reparação.

— Reparação?

— A gente só está botando as coisas de volta no lugar.

— De volta no lugar? Desde quando matar significa colocar as coisas no lugar? Já não é ruim o bastante que eles tenham sido assassinados uma vez? Agora eles têm que morrer de novo?

— Não fomos nós que os matamos! — gritou Fred.

— Nós quem?

— Não sei quem foi — continuou Fred. — Algum estranho. Um idiota maluco passando pela cidade. Aconteceu que foram eles que tiveram azar naquele dia. É só. Não fomos nós. Não foi Arcadia. A gente não mata pessoas aqui!

— Eu não disse que matavam — respondeu Harold.

— Mas aconteceu — disse Fred. — E nunca mais esta cidade foi a mesma. — Fez uma pausa. — Aqui não é o lugar deles — completou. — E, se tivermos que arrancar daqui uma família de cada vez, é isso o que vamos fazer.

Nem Harold nem Fred precisavam olhar para o corpo de Jim Wilson. Simplesmente por estar lá, e morto, Jim Wilson dizia tudo sobre o estado de Arcadia, tudo a respeito da vida de Harold e de Fred.

— Você se lembra de como as coisas eram antes de tudo acontecer? — perguntou Harold finalmente. — Lembra da festa de aniversário do Jacob? O dia de sol. Todo mundo zanzando por aí, sorrindo e tudo mais. A Mary ia cantar naquela tarde. Então, bem... então tudo tomou outro rumo, não é? Todos nós tomamos.

— É disso que eu estou falando — disse Fred. — Certas coisas devem acontecer em certos lugares. Assaltos, estupros, gente levando tiro e morrendo, gente morrendo antes da hora. Essas coisas não acontecem aqui.

— Mas aconteceram — disse Harold. — Aconteceu com os Wilson, com Mary. E, a julgar pelo nosso estado agora, acho que aconteceu conosco. O mundo nos encontrou, Fred. Encontrou Arcadia. Ver o Jim e a Connie mortos pela segunda vez não vai mudar isso.

Então, houve silêncio. Um silêncio cheio de potencial e possibilidades. Fred Green sacudiu a cabeça, como se rejeitasse algum argumento em sua mente.

— A gente precisa parar com isso — continuou Harold depois de um momento. — Eles não fizeram nada de errado — acrescentou. — Jim nasceu e foi criado aqui. Connie também. Os pais dela eram lá de Bladen, perto de onde morava a família da Lucille. Não é como se ela fosse uma maldita ianque nem nada. Deus sabe que, se ela fosse de Nova York, eu mesmo lhe daria um tiro!

De algum modo, os dois homens riram.

Fred olhou por cima do ombro para o corpo de Jim.

— Eu até posso queimar no inferno por isso — disse. — Eu sei. Mas precisava ser feito. Da primeira vez, tentei fazer o que era certo, tentei seguir as regras. Eu disse para os soldados que a família estava aqui, e eles os levaram sem tumulto. Pronto, acabou. Eu estava disposto a botar o ponto-final. Mas...

— Ele só estava tentando viver. Viver e proteger a família dele, como qualquer outra pessoa desse planeta. — Fred assentiu com a cabeça. Harold, então, disse: — Agora, Lucille, Jacob e eu estamos protegendo-os.

— Não permita que isso vá adiante, Harold. Eu imploro.

— Eu não acho que realmente dependa de mim — respondeu Harold, olhando para o corpo de Jim. — Você já imaginou as explicações que eu teria que dar ao Jim se ele de repente se levantasse e quisesse saber por que diabos eu o entreguei a vocês? E se fosse a Lucille que estivesse no lugar dele... — E olhou para sua mulher. — Não — disse, sacudindo a cabeça. Então virou a arma para o lado, indicando a Fred que saísse da varanda. — Seja lá o que for que você acha que tem a ver com isso, Fred — prosseguiu Harold —, prefiro terminar tudo agora.

Fred ergueu as mãos e, lentamente, foi deixando a varanda.

— Você tem um extintor? — perguntou.

— Tenho.

— Eu não vou atirar se você não atirar em mim ou nos meus homens — disse Fred. — Basta trazê-los até aqui e colocar um ponto-final em tudo isso. Depende só de você. Juro que faremos o possível para poupar a casa. Você manda eles saírem que a gente para tudo.

Fred se retirou da varanda. Harold chamou as crianças no andar de cima. Ao mesmo tempo, ouvia-se Fred dizendo alguma coisa aos gritos. Então houve um barulho surdo de combustão nos fundos da casa, seguido de um crepitar baixo.

* * *

— Como foi que chegamos a este ponto? — disse Harold, sem dirigir a pergunta a ninguém em particular. Parecia que a sala girava. Nada fazia sentido. Ele procurou Connie com o olhar. — Connie? — chamou.

— Sim? — ela respondeu, com as crianças nos braços.

Harold parou. Tinha a cabeça cheia de perguntas.

— Harold... — interrompeu Lucille. Duas pessoas não podem conviver a vida inteira sem saber o que o outro está pensando. Ela sabia o que ele estava prestes a perguntar. Ainda que achasse errada a pergunta, não conseguiu se forçar a detê-lo. Ela também queria saber, como qualquer outra pessoa.

— O que aconteceu? — perguntou Harold.

— Como assim? — respondeu Connie, a confusão estampada no rosto.

— Todos aqueles anos atrás — Harold olhava para o chão enquanto falava. — Esta cidade nunca mais foi a mesma depois daquilo. E veja onde estamos agora. Todos esses anos querendo saber, com medo de que alguém da nossa cidade, um de nossos vizinhos, tivesse feito aquilo. E eu não consigo deixar de sentir que, se as pessoas ao menos pudessem ir para a cama sabendo o que realmente aconteceu naquela noite, talvez as coisas não tivessem ficado tão ruins como estão. — Finalmente ele olhou Connie nos olhos. — Quem foi?

Por muito tempo Connie não respondeu. Olhou suas crianças, com medo e inseguras, e então as levou ao peito e lhes cobriu os ouvidos.

— Eu... Eu não sei quem foi — respondeu, engolindo em seco, como se algo lhe travasse a garganta.

Harold, Lucille e Jacob não disseram nada.

Connie prosseguiu, a voz cada vez mais distante:

— Eu não consigo lembrar direito. Era tarde. Acordei de repente, achando que tinha ouvido alguma coisa. Você sabe como é, quando às vezes se escuta algo, sem saber se foi sonho ou realidade.

Lucille assentiu com a cabeça, mas não se aventurou a falar.

— Eu estava quase dormindo de novo quando ouvi passos na cozinha. — Ela olhou para Harold e Lucille. Sorriu. — Uma mãe conhece o som dos passos de seus filhos. — O sorriso se desfez. — Eu sabia que não era nenhum deles. Foi aí que senti medo. Acordei o Jim. No início ele estava zonzo, mas depois também ouviu. Ele procurou algo para usar, mas só encontrou meu velho violão perto da cama. Mas acho que ele pensou que ia acabar quebrando e resolveu não levá-lo. Meu pai tinha dado para mim antes de Jim e eu nos casarmos. Foi tolice da parte de Jim pensar uma coisa dessas, mas ele era mesmo desse tipo.

Connie enxugou uma lágrima no canto do olho e prosseguiu:

— Eu corri para o quarto das crianças, e Jim correu para a cozinha. Ele gritou com quem quer que fosse para ir embora da nossa casa. Houve uma luta. Parecia que estavam demolindo a cozinha. Aí veio o disparo. E, depois, o silêncio. O silêncio mais longo da minha vida. Fiquei esperando o Jim falar alguma coisa. Gritar, berrar, sei lá. Mas nada. Eu podia ouvir o intruso revistando a casa, como se estivesse procurando algo. Provavelmente, pegando qualquer coisa de valor. Então ouvi passos vindo para o quarto das crianças. Mandei que elas se escondessem debaixo da cama. E só consegui chegar até a porta. Tudo que consegui ver foi um par de botas de trabalho, já velhas. Manchadas de tinta. — Connie parou para pensar, fungando em seguida. — Eu lembro que havia uns pintores na cidade naquela época. Eles estavam trabalhando na fazenda dos Johnson. Eu os vi pouquíssimas vezes, mas o Jim tinha ajudado no trabalho de pintura, pois estávamos sempre precisando de um dinheiro a mais. Um dia levei o Jim para almoçar e acho que me lembro de ter visto um sujeito com botas parecidas com as que vi no quarto das crianças naquela noite. Não lembro de quase nada do sujeito que as usava. Apenas que era ruivo e de pele muito branca. Um completo estranho. Alguém que pensei que nunca mais ia ver. — Ela parou um momento para pensar. Então, prosseguiu: — Ele tinha cara de mau — disse. E, sacudindo a cabeça: — Ou quem sabe estou imaginando isso porque é no que quero acreditar. Mas a verdade é que eu não sei quem foi. A gente não fez nada para merecer o que aconteceu. Mas, por outro lado, não consigo imaginar nenhuma família que mereça tal tragédia. — Finalmente, tirou as mãos dos ouvidos das crianças. A voz dela já não tremia. — Às vezes o mundo é cruel — disse. — É só ver as notícias para saber disso. Mas a nossa família se amou até o último momento. E é isso o que realmente importa.

Lucille chorava. Estendeu os braços e pegou Jacob para abraçá-lo. Beijou o menino e sussurrou que o amava.

Harold abraçou os dois. E depois, dirigindo-se a Connie, disse:

— Eu vou tomar conta de vocês. Prometo

— O que vamos fazer? — perguntou Jacob.

— Vamos fazer o que precisa ser feito, filho.

— Você vai mandá-los para fora, papai?

— Não — disse Lucille.

— Vamos fazer o que precisa ser feito — reafirmou Harold.

* * *

O fogo agiu mais rapidamente do que Harold esperara.

Talvez porque fosse uma casa antiga e sempre fizera parte de sua vida, Harold achou que não poderia ser destruída, ou pelo menos que não seria fácil tirá-la deste mundo. Mas o fogo demonstrou que a casa era apenas uma estrutura de madeira e lembranças, ambas altamente destrutíveis.

Então, quando o fogo escalou a parede dos fundos, a fumaça avançou em estrias enormes e inesperadas, empurrando os Hargrave e os Wilson pela sala até a porta da frente, onde Fred Green se posicionara com sua arma.

— Eu devia ter enrolado mais — disse Harold, tossindo e rezando para que a tosse não o fizesse desmaiar. — Eu devia ter ganhado tempo e pegado mais munição.

— Meu Deus! — exclamou Lucille, contorcendo as mãos e enumerando mentalmente todas as maneiras pelas quais aquilo tudo era culpa dela. Viu Jim Wilson, altivo, orgulhoso e bonito, com a mulher, o filho e a filha em torno dele, abraçando-o, grudados nele. Então o viu levando um tiro nas ruas de Arcadia e caindo, rígido e sem vida.

— Papai? — chamou Jacob.

— Vai dar tudo certo — disse Harold.

— Isso é errado — afirmou Lucille.

Connie segurava as crianças junto ao peito, com a faca de cozinha ainda na mão direita.

— O que foi que fizemos? — perguntou ela.

— Isso é simplesmente errado — reiterou Lucille.

As crianças choravam.

Harold ejetou o carregador da pistola mais uma vez, para confirmar que ainda lhe restavam quatro balas. Recolocou-o na arma.

— Venha aqui, Jacob — chamou.

Tossindo por causa da fumaça, Jacob se aproximou. Harold pegou o menino pelo braço e começou a afastar o sofá da porta. Lucille olhou por um momento e então, sem questionar, começou a ajudar, confiando que aquilo fosse um plano. E confiou como confiava em todos os planos de Deus.

— O que vamos fazer? — perguntou Jacob a seu pai.

— Vamos sair daqui — respondeu Harold.

— Mas e eles?

— Filho, faça o que estou mandando. Não vou deixar você morrer.

— Mas e eles? — perguntou novamente o menino.

— Tenho balas suficientes — disse Harold.

* * *

Os disparos soaram limpa e nitidamente pela noite escura do campo. Três tiros. Então a porta da frente se abriu, a pistola voou pelo ar e caiu na caçamba da picape, ao lado do corpo de Jim.

— Tudo bem! — gritou Harold, saindo com as mãos erguidas pela porta da frente. Lucille o seguiu, com Jacob protegido atrás dela. — Você ganhou, merda — gritou Harold, a expressão do rosto fechada e sombria. — Pelo menos sei que você não vai ter a satisfação. Eu os sacrifiquei para que você não pudesse fazer isso, seu canalha.

Ele tossiu.

— Meu Deus, meu Deus, meu Deus — repetia Lucille para si mesma.

— Acho que vou ter que verificar — disse Fred Green. — Meus parceiros ainda estão nos fundos, só pra ter certeza que você não está fazendo um joguinho, Harold.

Harold desceu os degraus da varanda com dificuldade, apoiando-se na picape.

— E a minha casa?

— A gente vai chegar lá. Eu só preciso verificar pra ter certeza que você fez o que disse.

Harold tossiu novamente. Uma tosse longa, áspera, contínua, que o levou a se dobrar em dois e o derrubou no chão ao lado da caminhonete. Lucille segurou a mão do marido.

— O que você fez, Fred Green? — perguntou ela, o rosto iluminado pela luz do fogo propagando-se.

— Sinto muito, Lucille — disse ele.

— Está queimando — bufou Harold.

— A gente vai cuidar disso — disse Fred. Em seguida caminhou da sua caminhonete até Harold, o rifle na altura da cintura, para o caso de os mortos não estarem mortos.

Harold tossiu até enxergar pontos de luz brilhando diante dos olhos. Lucille enxugou o rosto dele.

— Maldito seja, Fred Green! Faça alguma coisa! — gritou ela.

— Pelo menos afaste minha maldita picape da casa — disse Harold, ofegante. — Se alguma coisa acontecer com o corpo de Jim Wilson, eu mato todos vocês! — Jacob se ajoelhou e pegou a mão do pai, em parte para ajudá-lo durante a crise de tosse, em parte para garantir que os pais permanecessem entre ele e o rifle de Fred Green.

Fred Green passou por Harold e Lucille, e até pelo próprio Jacob. Subiu os degraus em direção à porta aberta. A fumaça escapava em rolos enormes e brancos. De onde estava, Fred podia ver a luz das chamas avançando desde os fundos da casa. Hesitou em entrar quando não viu os corpos dos Wilson.

— Onde eles estão?

— No céu, espero — disse Harold. Então ele riu, mas só um pouco. A crise de tosse passara, embora ainda estivesse tonto e os pontos de luz insistissem em bailar diante de seus olhos, indiferentes a todos os tapas que ele lhes desse. Apertou a mão de Lucille. — Eu vou ficar bem — disse. — Cuide do Jacob.

— Não brinque comigo, Harold — gritou Fred, ainda na varanda. — Vou deixar tudo queimar, se for preciso. — E perscrutou o interior da casa, atento ao som de tosse ou a gemidos ou choros, mas só ouviu o crepitar das chamas. — Se você os enviou pelos fundos, é certo que os rapazes vão pegá-los. E, se saírem pela frente, eu os pegarei. E, claro, tem o fogo. — Ele retrocedeu, afastando-se do calor crescente. — Você tem seguro, Harold. Vai conseguir um belo cheque no fim das contas. Eu sinto muito.

— Nós dois sentimos — disse Harold, levantando-se.

Com uma agilidade que surpreendeu até a si mesmo, Harold estava em pé e subindo os degraus da frente enquanto Fred Green olhava fixo para a casa em chamas. Com a barulheira do incêndio, Fred mal conseguiu ouvir Harold pulando os degraus e, quando conseguiu, o facão de cozinha já lhe atravessava o rim direito.

* * *

O rosto de Harold estava na altura da cintura de Fred Green quando a faca penetrou o velho e, contorcendo-se de dor, ele puxou o gatilho. O cabo do rifle quicou para trás, quebrando o nariz de Harold em dois.

No mínimo, Fred já não estava mais em condições de matar os Wilson.

— Saiam! — Harold tossiu. — Rápido! — A arma estava no chão da varanda, ao seu lado, mas ele não teve a presença de espírito de pegá-la. — Lucille? — chamou. — Ajude eles! Ajude eles! — disse Harold, tentando respirar.

Mas ela não respondeu.

Mal podendo ouvir Harold por causa do fragor do incêndio, Connie e as crianças se desvencilharam da coberta molhada sob a qual haviam se escondido e saíram. Assim que se viram ao ar livre, as crianças começaram a tossir, mas Connie as levou para longe de Fred Green, que ainda se contorcia com o facão enfiado no rim.

— Entrem na picape! — gritou Harold. — Aqueles outros idiotas vão chegar a qualquer momento.

A família se precipitou pelos degraus da varanda e entrou na picape pelo lado do motorista. Connie viu se as chaves ainda estavam na ignição. Estavam.

Foi pura sorte que ela estivesse no veículo quando o primeiro tiro de espingarda foi disparado. A velha picape provou ser um excelente escudo contra chumbo grosso. Afinal de contas, era um Ford 1972, produzido na época em que ainda não consideravam a fibra de vidro digna de transportar um homem e sua família de um ponto a outro do universo. E era por isso que Harold nunca quisera descartar a velha picape em todos aqueles anos, afinal já não se faziam picapes que resistissem a tiros de chumbo grosso.

Mas, diferentemente de Connie e seus filhos, os Hargrave se encontravam no lado mortífero da caminhonete. Lucille estava no chão, o corpo sobre Jacob, à luz fremente da casa em chamas. O garoto tapava os ouvidos com as mãos.

— Parem de atirar, porra! — gritou Harold. Como estava de costas para os homens armados, sabia que provavelmente eles não o ouviriam. E, mesmo que ouvissem, era muito provável que não lhe obedecessem. Então se estendeu sobre a mulher e o filho e esperou.

— Deus nos ajude — disse ele, pela primeira vez em cinquenta anos.

Harold encontrou o rifle de Fred. Ele ainda não havia conseguido se levantar, o que não significava que não pudesse atrair atenção. Sentou-se com as pernas abertas diante dele, a cabeça latejando e o nariz sangrando, mas ainda assim conseguiu puxar o ferrolho do rifle, colocando a bala .30-06 na câmara. Disparou um tiro para o alto, levando tudo a um silêncio súbito.

Sob a luz do incêndio em sua casa, com Fred Green ali na varanda ao seu lado, comprimindo a camisa sobre a ferida, Harold tentou controlar a situação.

— Já chega — disse, quando os estampidos cessaram.

— Fred? Fred, você está bem? — gritou um dos homens. Pela voz, parecia ser Clarence Brown.

— Não, não estou bem! — gritou Fred. — Levei uma facada!

— Por culpa dele mesmo — retrucou Harold. O sangue do nariz lhe cobria a boca, mas ele não quis tirá-lo com as mãos porque precisava delas secas para manusear o rifle, e, além do mais, elas já tinham o sangue de Fred. — Por que vocês todos não vão para casa?

— Fred? — chamou Clarence. Era difícil ouvir qualquer coisa por cima do crepitar da casa queimando. A fumaça escapava por cada rachadura, subindo numa enorme nuvem escura em direção à lua. — Diga o que a gente tem que fazer, Fred.

— Connie? — chamou Harold.

— Sim? — A resposta veio da caçamba da picape, em uma voz abafada, como se estivesse falando pelos coxins dos assentos.

— Leve a caminhonete para longe daqui — ordenou Harold, sem despregar os olhos dos homens armados.

Depois de uns instantes, a picape deu partida.

-— E vocês? — perguntou Connie.

— Ficaremos bem.

Então, com suas crianças e seu marido morto, Connie Wilson acelerou noite adentro, sem mais uma palavra e, até onde Harold pôde ver, sem olhar para trás.

— Bom — Harold disse baixinho. — Bom. — Ele quis dizer que cuidassem bem de Jim, mas isso já estava implícito. Além do mais, seu nariz doía como o diabo e o calor da sua casa em chamas se tornava insuportável. Portanto, limitou-se a soltar um grunhido e a limpar o sangue na boca com o dorso da mão.

Clarence e os outros homens viram a picape partir, mas mantiveram suas armas apontadas para Harold. Se Fred lhes ordenasse que fizessem outra coisa, eles teriam obedecido, mas seu chefe permanecia calado enquanto tentava se reerguer.

Harold apontou o rifle para Fred quando este se levantou.

— Maldito seja, Harold — disse Fred, esboçando um movimento em direção a ele e ao rifle.

—Venha! — exclamou Harold, apontando o cano da arma para a garganta de Fred. — Lucille? — chamou. — Jacob? — Os dois permaneciam imóveis, um montículo redondo sobre a terra. Lucille ainda encobria o menino.

Harold tinha algo mais a dizer, algo que pudesse, quem sabe, trazer tudo de volta à sensatez, mesmo que fosse tarde demais para ser sensato, mas os pulmões dele se recusaram a cooperar. Estavam completamente tomados por aquela tosse cortante que tentava se apoderar do homem desde o momento da discussão com Fred. Sentia uma enorme bolha subindo por dentro dele.

— A casa vai desabar em vocês — disse Fred.

O calor das chamas se tornara insuportável. Harold sabia que teria de sair dali em breve, se quisesse continuar vivo. Mas havia aquela tosse infernal, esperando para sair tresloucada e derrubá-lo no chão, dobrado sobre si mesmo.

E, então, o que seria de Jacob?

— Lucille? — chamou Harold mais uma vez. E, novamente, ela não respondeu. Se apenas pudesse escutar a voz dela, pensou, poderia acreditar que tudo daria certo. — Saiam daqui — disse ele, espetando o cano do rifle em Fred.

Fred entendeu a indireta e retrocedeu lentamente.

Quando Harold tentou se levantar, tudo lhe doía.

— Meu Deus — gemeu.

— Eu te ajudo — disse Jacob, de repente ali, de repente de volta para o pai. Então o ajudou a se levantar.

— Onde está sua mãe? — sussurrou Harold. — Ela está bem?

— Não — respondeu Jacob.

Por segurança, Harold manteve o rifle apontado para Fred e passou Jacob para trás dele, caso Clarence e o resto dos rapazes começassem a ficar irrequietos com suas armas.

— Lucille? — chamou Harold.

Jacob, Harold, Fred Green e seu rifle desceram os degraus da varanda até o quintal. Fred caminhava com as mãos no abdômen. Harold andava de lado, feito um caranguejo, protegendo Jacob.

— Certo — disse Harold, quando já tinham se afastado o suficiente da casa. Então abaixou a arma. — Acho que agora já chega.

O rifle caiu, não porque Harold tivesse desistido de usá-lo, mas porque sua tosse, aquela maldita avalanche de pedras dentro dele, finalmente se precipitara. A dor de lâminas afiadas em seus pulmões foi tão forte quanto ele sabia que seria. Os pontos de luz reapareceram diante de seus olhos. A terra emergiu para lhe dar um tapa na cara. Raios de luz por todos os lados, raios e o ronco da tosse dilacerando o corpo de Harold a cada estremecimento. Não tinha força nem para amaldiçoar. E, de tudo o que poderia fazer, amaldiçoar provavelmente era o que o teria ajudado a se sentir melhor.

Fred pegou o rifle no chão. Puxou o ferrolho para ter certeza de que havia bala na agulha.

— Creio que o que vai acontecer agora é culpa sua — disse Fred.

— Deixe o garoto continuar um milagre — Harold conseguiu dizer.

A morte o encarava. E Harold Hargrave estava pronto para ela.

— Eu não sei por que ela não voltou — disse Jacob.

Harold e Fred piscaram, como se o menino tivesse repentinamente aparecido diante deles.

— Sua esposa — prosseguiu Jacob, dirigindo-se a Fred —, eu me lembro dela. Era bonita e sabia cantar. — O rosto do garoto corou por baixo da cabeleira castanha. — Eu gostava dela — acrescentou. — E gostava do senhor também, sr. Green. Vocês me deram uma espingardinha de chumbo, e ela prometeu cantar para mim antes da festa acabar, no dia do meu aniversário. — A luz da casa em chamas iluminou o rosto de Jacob. Seus olhos faiscavam. — Eu não sei por que ela não voltou como eu — continuou ele. — Às vezes as pessoas vão embora e não voltam.

Fred respirou fundo; prendeu o ar nos pulmões e todo seu corpo se comprimiu, como se fosse explodir, como se fosse seu último suspiro, que guardava tudo. Então baixou o rifle e engasgou. Chorou ali mesmo, na frente do menino que, por algum milagre, ressurgira da morte e não trouxera junto sua esposa.

Caiu de joelhos como um saco de batatas, um monte retorcido.

— Saia daqui. Só... vá embora — disse ele. — Me deixe em paz, Jacob.

Então, ouviu-se apenas o barulho da casa queimando. Apenas o choro de Fred. Apenas o som do resfolegar de Harold sob o rolo escuro de cinzas e fumaça, que crescera tanto que se parecia com o longo e escuro braço de um pai alcançando o filho, de um marido alcançando a mulher.

* * *

Ela olhou para o céu. A lua se refletia no canto do olho dela, como se a estivesse deixando, ou talvez guiando. Impossível dizer.

Harold se aproximou e se ajoelhou perto dela. Sentia-se grato pela terra macia, pois assim o sangue não parecia tão vermelho quanto ele sabia que de fato era. Sob a luz retorcida do incêndio, o líquido não passava de uma mancha escura, o que lhe permitia imaginar ser aquilo qualquer outra coisa, menos sangue.

Ela respirava, mas muito mal.

— Lucille? — sussurrou Harold, a boca colada no ouvido dela.

— Jacob — ela chamou.

— Ele está aqui — disse Harold. Ela assentiu com a cabeça, os olhos se fechando. — Não morra — disse ele. Então limpou o sangue do próprio rosto, de súbito consciente de sua aparência, coberto de sangue e fuligem e sujeira.

— Mamãe — chamou Jacob.

Os olhos dela se abriram.

— Sim, meu bem — sussurrou Lucille, arquejante.

— Está tudo bem — disse o menino. Ele se reclinou sobre ela e a beijou na face. Então, deitou-se a seu lado e aninhou a cabeça no ombro da mãe, como se ela não estivesse morrendo, como se estivesse adormecendo sob o céu estrelado.

Ela sorriu.

— Está tudo bem — disse.

Harold enxugou os olhos.

— Droga, mulher. Eu falei para você que as pessoas não valiam nada.

Lucille continuava sorrindo.

As palavras saíram tão baixas que Harold teve de se esforçar para ouvi-las:

— Você é um pessimista — sussurrou ela.

— Sou realista.

— Você é um misantropo.

— Você é uma batista.

Ela riu. E o momento se prolongou, com os três sintonizados, abraçados, como haviam estado todos aqueles anos atrás. Harold apertou a mão dela.

— Eu amo você, mamãe — disse Jacob.

Lucille escutou o filho. E então se foi.

Jacob Hargrave

Nos instantes após a morte de sua mãe, ele não teve certeza de ter dito a coisa certa. Esperava que tivesse. Ou, pelo menos, esperava ter dito o suficiente. Sua mãe sempre soubera o que dizer. As palavras eram sua mágica — palavras e sonhos.

Sob o fulgor da casa em chamas, de joelhos ao lado da mãe, Jacob pensou em como as coisas tinham sido, antes do dia em que fora até o rio. Lembrou-se dos momentos que compartilhara com a mãe, quando seu pai viajava a trabalho por alguns dias seguidos, deixando os dois sozinhos. Jacob sabia que ela sempre ficava mais triste com a ausência de Harold, mas havia um lado dele que se alegrava por poder passar um tempo só com a mãe. Todas as manhãs, sentavam-se um em frente ao outro à mesa do café da manhã, conversando sobre sonhos, presságios e planos para o dia que começava. Se, por um lado, Jacob nunca conseguia se lembrar de seus sonhos, por outro sua mãe se lembrava de tudo nos mínimos detalhes. E seus sonhos eram sempre mágicos: montanhas impossivelmente altas, animais falantes, luas cheias das mais estranhas cores.

Para ela, cada sonho tinha um significado. Sonhar com montanhas anunciava adversidade. Animais falantes indicavam velhos amigos de volta à vida dela. A cor da lua, um sinal da emoção principal do dia que se iniciava.

Jacob adorava escutá-la explicar esses fenômenos maravilhosos. Lembrou-se de um dia em particular, durante uma daquelas semanas em que seu pai estava fora. O vento farfalhava o carvalho no jardim e o sol espiava por sobre os telhados. Haviam preparado o café da manhã juntos. Ele tomou conta do bacon e da salsicha fritando no fogão, e ela, dos ovos e das panquecas em miniatura. Enquanto isso, a mãe lhe contou um sonho.

Tinha ido ao rio sozinha, sem saber por quê. Quando chegou à beirada, a água estava calma como um espelho.

— Tinha aquele tom impossível de azul que você só encontra numa pintura a óleo abandonada por tempo demais no sótão — disse. Então parou e olhou para ele. Estavam à mesa, começando a tomar o café. — Você sabe o que eu quero dizer, Jacob?

Ele assentiu com a cabeça, embora não soubesse exatamente o significado das palavras da mãe, que prosseguiu:

— Um azul que era menos uma cor e mais um sentimento E, parada ali, eu podia ouvir música tocando a distância, rio abaixo.

— Que tipo de música? — interrompeu Jacob. Estava tão concentrado na história da mãe que não comera quase nada.

Lucille pensou por um instante.

— É difícil descrever — disse ela. — Parecia ópera. Como uma voz cantando muito longe, do outro lado de um campo aberto. — Fechou os olhos e deu um suspiro profundo, talvez evocando o som maravilhoso em sua mente. Depois de um tempo, abriu-os novamente. Parecia zonza e feliz. — Era somente música. Música pura.

Jacob assentiu com a cabeça. Mudou de posição na cadeira e coçou a orelha.

— E aí, o que aconteceu?

— Segui o rio talvez por vários quilômetros — respondeu Lucille. — As margens estavam todas floridas de orquídeas. Lindas e delicadas orquídeas, nada parecido com o que cresce por aqui. Flores mais lindas do que eu já vi em qualquer livro.

Jacob soltou o garfo e afastou o prato. Cruzou os braços na mesa e apoiou o queixo neles. Os cabelos lhe caíam sobre os olhos. Lucille se aproximou sorrindo e afastou a franja dos olhos do filho.

— Preciso cortar seu cabelo — disse ela.

— O que você encontrou, mamãe? — perguntou Jacob.

Lucille prosseguiu:

— O sol já se punha, e, ainda que eu tivesse andado muitos quilômetros, não tinha chegado nem perto da música. Foi justamente quando o sol começou a se pôr que percebi de onde vinha o som: do meio do rio. Era como a música das sereias, me chamando para dentro da água. Mas não tive medo — comentou Lucille. — E você sabe por quê?

— Por quê? — perguntou Jacob, completamente absorto na história.

— Porque um pouco distante, na direção do bosque e de todas aquelas orquídeas enfeitando as margens do rio, eu podia ouvir você e seu pai brincando e rindo. — Os olhos de Jacob se arregalaram na menção a ele e a seu pai. Lucille prosseguiu: — Então a música ficou mais alta. Ou talvez não exatamente mais alta, mas de algum modo mais intensa. Eu a sentia mais, como tomar um banho quente depois de um dia trabalhando no quintal. Uma cama aconchegante e quentinha. Eu só queria ir em direção à música.

— E o papai e eu ainda estávamos brincando?

— Sim — respondeu Lucille com um suspiro. — E cada vez mais estridentes. Como se estivessem competindo com o rio para prender a minha atenção, tentando me chamar de volta. — Ela encolheu os ombros. — Confesso que, por um momento, eu não sabia para onde ir.

— E o que foi que você resolveu? Como foi que você descobriu?

Lucille acariciou a mão de Jacob.

— Eu apenas segui meu coração — disse ela. — Dei meia-volta e fui até você e seu pai. E então a música do rio já não parecia tão doce. Nada é mais doce do que o som do meu marido e do meu filho rindo.

Jacob corou.

— Uau — disse ele, a voz distante; o encanto da história de sua mãe se quebrara. — Seus sonhos são os melhores!

Terminaram de tomar o café em silêncio. Volta e meia Jacob olhava para sua mãe com admiração, espantado com a mulher misteriosa e mágica que ela era.

* * *

Ajoelhado ao seu lado naqueles momentos finais da vida da mãe, Jacob se perguntou o que ela pensava de tudo aquilo que tinha acontecido no mundo. De tudo aquilo que conduzira ambos até o momento em que ela agonizava sob o fulgor do incêndio da casa, na mesma terra em que criara seu filho e amara seu marido. Ele ansiava por lhe explicar tudo que acontecera, e como ele havia voltado para ela depois de tanto tempo longe. Queria fazer pela mãe o que ela tinha feito por ele naquelas manhãs carinhosas quando estavam só os dois: explicar todas as coisas maravilhosas.

Mas o tempo compartilhado fora curto, como a vida sempre é, e ele não sabia como tudo acontecera. Sabia apenas que o mundo inteiro estava com medo, que o mundo inteiro se perguntava como os mortos ressurgiram, que aquilo era confuso para todos. Lembrou-se do agente Bellamy lhe perguntando do que ele se lembrava antes de acordar na China, do que se lembrava desse intervalo de tempo.

Mas a verdade era que ele só se lembrava de um som suave e distante, como uma música. E só. A lembrança, de tão delicada, não dava a ele certeza de que era real. Escutara essa música em cada segundo de sua vida desde que ressurgira. Como um sussurro chamando-o de volta, e que ultimamente havia se acentuado. Como um comando. Perguntou se era a mesma música do sonho de sua mãe. Perguntou se ela a escutava naquele momento em que chegava ao fim da vida, aquela música frágil que às vezes se parecia com o som de uma família rindo junto.

A única coisa que Jacob sabia era que, naquele exato instante, ele estava vivo, na companhia de sua mãe, e que não queria que ela sentisse medo quando seus olhos se fechassem e o tempo deles tivesse chegado ao fim.

— Estou vivo por enquanto — ele quase disse no momento em que ela agonizava, mas então percebeu que ela não tinha mais medo. No fim, só falou: — Eu amo você, mamãe. — Era só o que importava.

Em seguida, chorou com o pai.

EPÍLOGO

A VELHA PICAPE SACOLEJAVA NA rodovia. O motor tossia. Os freios chiavam. A cada curva, a caminhonete estremecia. Mas continuava viva.

— Mais alguns quilômetros — disse Harold, lutando com o volante ao entrar numa curva, enquanto Jacob olhava em silêncio pela janela. — Estou feliz por estar longe daquela igreja — comentou o homem. — Se passasse mais tempo ali, juro que acabaria me convertendo, ou então sairia dando uns tiros por aí. — Ele riu consigo mesmo. — Ou, quem sabe, uma coisa levaria à outra.

O menino permanecia calado.

Já se aproximavam de casa. A caminhonete sacudia na estrada de terra, esporadicamente cuspindo fumaça azul. Harold quis justificar a péssima condição de sua picape pelos tiros que ela tinha levado, mas foi impossível. Ela simplesmente estava velha e cansada, pronta para ir para o ferro-velho. Quilômetros demais rodados. Perguntou-se como Lucille conseguira dirigi-la por todos aqueles meses, e como Connie conseguira se virar com a picape naquela noite. Se pudesse, pediria desculpas a ela, mas Connie e as crianças haviam sumido desde a noite em que Lucille morrera. A caminhonete de Harold fora encontrada na rodovia no dia seguinte, num ângulo esquisito, como se tivesse parado sem ninguém na direção.

Parecia que a família Wilson simplesmente se esvaíra, o que vinha se tornando comum ultimamente.

— Vai melhorar — disse Harold, finalmente estacionando no quintal. No lugar da casa havia apenas o esqueleto dela. Já as fundações demonstraram ser sólidas. Com o dinheiro do seguro, Harold contratou uma equipe para reconstruir a moradia, e quase toda a fundação fora aproveitada. — Vai voltar a ser como era antes — continuou Harold, desligando o motor. A velha Ford suspirou.

Jacob não disse nada enquanto ele e seu pai saíam da picape. Já era outubro. O calor e a umidade haviam cedido. O pai parecia envelhecido e cansado desde a morte de Lucille, pensou Jacob, mesmo que ele se esforçasse muito para não aparentar.

Lucille fora enterrada sob o carvalho em frente à antiga varanda. Harold pensara em enterrá-la no cemitério da igreja, mas concluiu que precisava da mulher por perto. Esperava que ela o perdoasse.

O menino e seu pai pararam diante do túmulo. Harold se agachou e passou os dedos sobre a terra. Então disse algo para si mesmo e seguiu adiante.

Jacob se demorou mais ali.

A casa estava ficando melhor do que Harold queria admitir. Apesar de ainda ser pouco mais que um esqueleto, já se podiam ver a cozinha, a sala, o quarto no andar de cima, no final da escada. A madeira seria nova, mas a fundação continuaria antiga como sempre fora.

As coisas não voltariam a ser como antes, Harold dissera para Jacob, mas tomariam seu rumo natural.

Harold se dirigiu para o entulho que restara do incêndio, nos fundos da casa. Só havia madeira e pedras queimadas. O pessoal que trabalhava na construção se oferecera para retirar tudo aquilo de lá, mas Harold não quisera. Praticamente todos os dias ele ia até a casa e procurava alguma coisa entre as cinzas e o entulho. Não sabia exatamente o que buscava, mas saberia quando encontrasse.

Após dois meses, nada ainda fora achado. Mas pelo menos ele parara de fumar.

* * *

Uma hora mais tarde, ainda não encontrara coisa alguma. Jacob continuava ao lado do túmulo de Lucille, sentado na grama, com as pernas recolhidas ao peito e o queixo apoiado nos joelhos. Não se mexeu quando o agente Bellamy estacionou nem respondeu quando o agente passou por ele dizendo "Oi", seguindo adiante sem parar, sabendo que o garoto não iria responder. Era sempre a mesma coisa cada vez que vinha ver Harold.

— Encontrou o que está procurando? — quis saber Bellamy. Ajoelhado, Harold se ergueu e sacudiu a cabeça. — Quer ajuda? — perguntou o agente.

— Gostaria de saber o que estou procurando — resmungou Harold.

— Sei como está se sentindo — disse Bellamy. — Comigo, são fotos. Fotos da minha infância.

Harold grunhiu.

— Eles ainda não sabem exatamente o que isso significa, nem por que está acontecendo.

— Claro que não — disse Harold. Olhou para o céu. Azul. Claro. Fresco.

Limpou as mãos sujas de fuligem nas pernas da calça.

— Ouvi dizer que foi pneumonia — disse Harold.

— Foi sim — respondeu Bellamy. — Exatamente como da primeira vez. No fim, ela partiu em paz. Exatamente como da primeira vez.

— E acontece igual em todo lugar?

— Não — Bellamy disse, acertando a gravata.

Harold estava satisfeito por ver o homem novamente usando terno, como tinha de ser. Ainda não conseguia entender como o agente passara o verão todo usando aquela maldita roupa sem parecer, no mínimo, incomodado, mas perto do fim Bellamy começara a parecer desgrenhado. Naquele momento, a gravata voltara para o lugar. E o terno estava passado com perfeição e imaculadamente limpo. Harold achou que as coisas estavam voltando a ser como antes.

— Está tudo bem agora — afirmou Bellamy.

— Hmm — Harold resmungou.

— Como vão as coisas na igreja? — perguntou Bellamy, dando a volta no entulho.

—Tudo bem — disse Harold, agachando-se e recomeçando sua busca.

— Ouvi dizer que o pastor está de volta.

— É, está. Ele e a mulher estão falando em adotar umas crianças. Querem formar a boa e velha instituição da família — Harold respondeu. Como as pernas lhe doíam, ajoelhou-se, sujando as calças como sujara ontem, e anteontem, e no dia anterior.

Bellamy olhou em direção a Jacob, que permanecia sentado perto do túmulo da mãe.

— Sinto muito por tudo isso — disse.

— Não foi culpa sua.

— O que não quer dizer que eu não possa lamentar.

— Nesse caso, acho que eu vou ter que dizer que sinto muito também.

— Por quê?

— Por qualquer coisa.

Bellamy assentiu com a cabeça.

— Em breve ele vai partir.

— Eu sei — disse Harold.

— Eles se tornam distantes assim, como ele agora. Pelo menos é o que a Agência tem observado. Mas isso nem sempre ocorre. Às vezes simplesmente somem, mas o habitual é se tornarem retraídos, calados, nos dias que antecedem o desaparecimento.

— É o que vem dando na TV.

Harold estava enfiado até os cotovelos nos restos da casa, os antebraços pretos e cinzentos de fuligem.

Se for de algum consolo — disse Bellamy —, eles normalmente são encontrados no túmulo. São colocados de volta nele... seja lá o que isso significe.

Harold não respondeu. As mãos do velho se mexiam como por vontade própria, como se estivessem se aproximando daquilo que ele desesperadamente procurava. Apesar dos dedos feridos por pregos soltos e farpas de madeira, nem assim ele desistia. Bellamy o observou escavar.

E ele continuou escavando pelo que pareceu muito tempo.

Finalmente, Bellamy tirou o paletó, ajoelhou-se nas cinzas e começou a escavar também. Nenhum dos dois disse qualquer coisa. Apenas escavaram à procura de algo desconhecido.

* * *

Quando Harold a encontrou, soube imediatamente por que a procurava. Era uma caixinha de metal, chamuscada pelo calor das chamas, preta com a fuligem da casa destruída. As mãos do velho tremiam.

O sol se punha, e a temperatura refrescara. O inverno chegaria mais cedo naquele ano.

Harold abriu a caixa, enfiou nela os dedos e retirou a carta de Lucille. Uma pequena cruz de prata caiu nas cinzas. Harold suspirou e tentou manter as mãos firmes. Apesar de a carta estar meio queimada, quase todas as palavras estavam lá, escritas com a letra elegante de Lucille.

... mundo enlouquecido? Como uma mãe deve reagir diante disso? E um pai? Sei que pode parecer demais para você, Harold. Às vezes eu mesma acho que é demais para mim. Então sinto vontade de mandá-lo de volta para o rio onde nosso filho morreu.

Há muito tempo, eu tinha medo de esquecer tudo. Depois, tive a esperança de poder esquecer tudo. Nenhuma alternativa era melhor que a outra, mas ambas me pareceram melhores do que a solidão. Deus me perdoe. Eu sei que Ele tem um plano. Ele sempre tem um plano. E sei que é grande demais para mim. Sei que é grande demais para você, Harold.

É pior para você. Eu sei disso. Essa cruz acaba sempre aparecendo em tudo que é canto. Dessa vez eu a encontrei na varanda, perto da cadeira onde você se senta. Acho que você dormiu com ela na mão, como sempre. E provavelmente nunca soube. Acho que você tem medo dela. Não deveria.

Não foi culpa sua, Harold.

Seja lá o que for que o deixa transtornado quando está com essa cruz, saiba que não é sua culpa. Desde que Jacob passou para o reino de Deus, você a carrega, assim como Jesus carregou a dele. Mas mesmo o Senhor foi liberto dela.

Liberte-se, Harold. Deixe-o partir.

Ele não é o nosso filho. Eu sei disso. O nosso filho morreu naquele rio, procurando penduricalhos como esta cruz aqui. Ele morreu brincando um jogo que o pai lhe ensinou, e você não consegue deixar isso no passado. Lembro como ele ficou contente quando vocês dois foram até o rio e voltaram com essa cruz. Como se algo mágico tivesse acontecido. Você estava na varanda com ele quando lhe contou que o mundo estava cheio de objetos secretos como esse. Você lhe disse que bastava procurar que eles sempre apareceriam.

Você não passava de vinte e poucos anos naquela época, Harold. Ele era seu primeiro filho. Você não tinha como saber que ele acreditaria em você. Não podia adivinhar que ele voltaria lá sozinho e se afogaria.

Não sei como esta criança, este segundo Jacob, veio a existir. Não quero saber. Ele nos deu algo que nunca pensamos que teríamos de novo: a oportunidade de lembrar o que é o amor. A oportunidade de nos perdoarmos. A oportunidade de descobrirmos se ainda somos as pessoas que éramos quando éramos jovens pais, que rezavam e esperavam que nada de ruim jamais acontecesse com a nossa criança. A opᵣtunidade de nos perdoarmos.

Liberte-se, Harold.

Ame-o. Então, deixe-o partir.

Tudo se turvara. Harold cerrou a pequena cruz de prata na palma da mão e riu.

— Tudo bem com você? — perguntou Bellamy.

Harold riu ainda mais. Amassou a carta e a segurou junto ao peito. Quando se virou para olhar o túmulo de Lucille, Jacob não estava mais lá. Harold se levantou e perscrutou todo o quintal, mas não achou o menino. Também não estava perto da construção. Tampouco na picape.

Harold enxugou os olhos e se virou para o sul, em direção ao bosque que levava até o rio. Talvez por sorte, ou porque era assim que estava destinado a ser, por um instante vislumbrou o menino sob o fulgor do sol poente.

Meses atrás, quando começaram a confinar os Ressurgidos em suas casas, Harold dissera para sua mulher quanto as coisas iam começar a doer depois daquilo. Ele estava certo. E sabia que isso também doeria. Nesse tempo todo, Lucille nunca acreditara que Jacob fosse seu filho. No entanto, nesse tempo todo, Harold sabia que ele era. Possivelmente fora assim com todos. Algumas pessoas trancavam as portas de seu coração quando perdiam alguém. Outras mantinham as portas e as janelas abertas, deixando a memória e o amor passarem livres. E talvez fosse assim que tinha de ser, pensou Harold.

As coisas estavam acontecendo do mesmo modo em todos os lugares.

NOTA DO AUTOR

Doze anos depois de minha mãe ter falecido, mal consigo me lembrar do som de sua voz. Seis anos após a morte de meu pai, as únicas imagens dele que consigo relembrar são os poucos meses antes de seu suspiro final. Gostaria de poder esquecer essas lembranças.

Assim funcionam as lembranças quando perdemos alguem. Algumas permanecem, enquanto outras acabam por desaparecer completamente.

Mas ficção é outra coisa.

Em julho de 2010, duas semanas depois do aniversário da morte de minha mãe, sonhei com ela. O sonho foi simples: cheguei em casa vindo do trabalho e ali estava ela, sentada à mesa de jantar, esperando por mim. Durante o sonho inteiro, simplesmente conversamos. Contei a ela sobre a pós-graduação e sobre a vida de modo geral desde que ela morrera. Ela me perguntou por que eu ainda não havia me estabilizado e constituído família. Mesmo depois de morta, minha mãe continuava querendo me casar.

Compartilhamos algo que, para mim, só em sonhos é possível: uma conversa entre mãe e filho.

O sonho permaneceu comigo durante meses. Em algumas noites, enquanto dormia, esperava poder recriá-lo, mas nunca consegui. Um pouco depois disso, encurralei um amigo na hora do almoço e lhe contei que eu estava emocionalmente abalado. A conversa tomou o rumo das conversas entre velhos amigos, com seus meandros, as gozações de praxe, mas, em última instância, teve o efeito de me reenergizar. Mais para o fim do almoço, quando já estávamos ficando sem assunto, meu amigo me perguntou: "Você já imaginou se ela realmente voltasse, só por uma noite? E se não fosse só ela? Se acontecesse também com outras pessoas?"

Ressurreição nasceu naquele dia.

É difícil explicar o que *Ressurreição* se tornou para mim. A cada dia que trabalhava no manuscrito, eu enfrentava dúvidas sobre a física em geral, sobre os detalhes e os resultados finais. Lutei até com as questões mais básicas: De onde vieram os Ressurgidos? O que eles são? São reais? Foi fácil responder a algumas dessas perguntas; outras tiveram um efeito paralisante. Chegou um momento no processo de criação desta obra em que quase desisti e parei de escrever.

Mas me senti motivado a continuar pelo personagem do agente Bellamy. Comecei a me ver nele. A história da morte de sua mãe — o derrame cerebral e a enfermidade que se seguiu — é a história da morte de minha mãe. O constante desejo do agente Bellamy de se distanciar dela representa a minha tentativa de fugir das lembranças mais dolorosas dos dias finais de minha mãe. E, finalmente, a reconciliação do personagem se tornou a minha reconciliação.

Para mim, *Ressurreição* se tornou mais do que apenas um manuscrito; foi também uma oportunidade. A oportunidade de novamente me sentar com minha mãe. A oportunidade de vê-la sorrir, de ouvir sua voz. A possibilidade de estar com ela durante seus últimos dias de vida, em vez de me esconder, como fiz na realidade.

Acabei, então, por entender o que eu queria que este romance fosse — o que ele *poderia* ser. Queria que *Ressurreição* representasse uma oportunidade para os meus leitores sentirem o que eu senti naquele sonho de 2010, para que pudessem encontrar as suas próprias histórias aqui. Por meio de processos e magias desconhecidos até para mim, queria que este livro fosse um lugar onde as duras e insensíveis regras da vida e da morte não existissem, e que as pessoas pudessem, mais uma vez, estar com seus entes queridos. Um lugar onde mãe e pai pudessem abraçar seus filhos de novo. Um lugar onde os amantes pudessem se encontrar novamente, depois de se perderem um do outro. Um lugar onde um menino pudesse, finalmente, se despedir de sua mãe.

Uma amiga próxima um dia descreveu *Ressurreição* como um "tempo fora de sincronia". Achei a descrição relevante. Espero que os leitores possam vivenciar nestas páginas as palavras não ditas e as emoções não reconciliadas de sua própria vida. Quem sabe possam se ver perdoados de suas dívidas e aliviados de seus pesares.

Impresso no Brasil pelo Sistema Cameron da Divisão Gráfica da
DISTRIBUIDORA RECORD DE SERVIÇOS DE IMPRENSA S.A.